1.ª edición: marzo, 2016

© Marisa Sicilia, 2014
© Ediciones B, S. A., 2016
    para el sello B de Bolsillo
    Consell de Cent, 425-427 - 08009 Barcelona (España)
    www.edicionesb.com

Publicado originalmente por B de Books para Selección RNR

Printed in Spain
ISBN: 978-84-9070-203-1
DL B 1131-2016

Impreso por NOVOPRINT
            Energía, 53
            08740 Sant Andreu de la Barca - Barcelona

El juego de la inocencia

MARISA SICILIA

A Antonio, que me inspira

Porque es preciso no engañarse; ese encanto que se cree hallar en los otros existe en nosotros; el amor es el que hermosea el objeto amado.

CHODERLOS DE LACLOS,
Las amistades peligrosas

1

Louis Edmond d'Argenteuil La Rochelle, vizconde de Tremaine, caballero de la Orden de Saint-Esprit y señor de Valdecourt y Chenerailles, por citar solo algunos de sus muchos títulos, esperaba con las manos extendidas a que su lacayo le pasase la toalla con la que secarse el rostro tras sus abluciones matutinas.

En realidad, el paño estaba justo a su derecha y habría bastado con que Louis se girase muy ligeramente para tenerlo a su alcance; sin embargo, prefería esperar a que fuese Pierre quien se lo tendiese para proceder a su aseo. Ni siquiera se trataba de una decisión meditada, era solo la fuerza de la costumbre.

Louis se secó con parsimonia y volvió a extender los brazos para que Pierre lo vistiese con la camisa, le acomodase la levita y le calzase las medias y los escarpines. Cuando terminó con su atuendo, fue a por una de sus pelucas, la ajustó con cuidado en la cabeza de Louis y procedió a esparcir polvos de arroz por su rostro para dotarlo de una palidez elegante y adecuada.

Una vez Pierre dio por concluida su obra, Louis se volvió hacia el espejo y se complació con lo que vio. La levita mostaza con festones dorados era magnífica y la palidez daba un matiz aún más frío a su rostro. Sus facciones eran angulosas y no del todo formadas, ya que Louis recién había cumplido veintiún años, pero en su rostro juvenil e indolente ya destacaban algunos rasgos. Las pestañas rubias, claras y desdibujadas; los ojos de transparente iris azul pálido; la mirada con frecuencia acompañada de soberbia pero viva e inteligente. Y sobre el conjunto destacaban sus labios, gruesos y, a decir de muchos, groseros, más acostumbrados a las muecas de desprecio que a las sonrisas y, sin embargo, manifiestamente libidinosos y sensuales.

Sí, Louis tenía justo el aspecto con el que pretendía mostrarse. Un aristócrata joven, ocioso, libertino y hedonista. ¿Y es que acaso la vida estaba hecha para algo más que su disfrute?

No obstante, ese día no era uno de esos en los que Louis pensaba sacar más partido de la vida. Tenía concertado un encuentro con su tío paterno y tutor legal, Eustache d'Argenteuil, conde de Bearnes. No era la ocupación con la que habría preferido perder el tiempo.

El padre de Louis había muerto pisoteado por un caballo cuando él tenía tres años. A su madre se la había llevado la tisis cuando no había cumplido ni los ocho. La recordaba vagamente vencida en su lecho; su habitación estaba siempre a oscuras, olía a enfermedad y corrupción. Su madre lo llamaba implorante y le pedía que se acercase, pero los accesos de tos la interrumpían, se ahogaba y escupía sangre. Louis se soltaba de la mano de su aya para escapar al jardín y sentir de nuevo el calor del sol en el rostro. No recordaba haber llorado ni cuando la vieja Manon le comunicó su muerte.

Su tío ejerció la tutoría con rigidez y distanciamiento. Louis tuvo los mejores preceptores, severos y rigurosos, prestos a poner en práctica aquello de que la letra con sangre entra. El joven Louis soportaba mal los varazos y palmetazos, pues nunca fue aplicado ni dado al estudio, y se tragaba las lágrimas como buenamente podía. Por fin, un día, sus estudios se dieron por concluidos. Louis cumplió los dieciséis y como recompensa su tío le cedió la administración y el dominio del vizcondado de Tremaine y le asignó una renta anual de tres mil ducados.

La vida comenzó entonces para Louis.

Dio buen uso de los tres mil ducados y, a decir verdad, no le sobraba nunca ni un franco; es más, con frecuencia se veía obligado a pedir sumas extras a su tío. Normalmente acababa por concedérselo, habría sido indigno que un Argenteuil no cumpliera a tiempo con sus compromisos, pero a cambio tenía que soportar sus enervantes reprimendas. Una burda molestia. Además, su tío no perdía ocasión de recriminar a Louis su ociosidad y su comportamiento. Louis lo despreciaba. Actuaba como un mediocre burgués. Le parecía cargante y anticuado.

El conde de Bearnes solía hacer vida retirada de la corte. Ocupaba su tiempo en reyertas con campesinos y arrendatarios. En sus encuentros de rigor abrumaba a Louis con pesadas charlas sobre el rendimiento de las tierras, nuevas cláusulas de aparcería y mejoradas técnicas de cultivo. Louis no disimulaba su tedio y su tío, el conde, le manifestaba su disgusto con inacabables discursos y reproches.

A Louis aquello le resbalaba. Le fastidiaba, pero no le calaba. Solo tenía que esperar a cumplir los veinticinco para recibir su herencia al completo, y su situación en la corte no podía ser más aventajada. Era uña y carne con François Garnier, íntimo de la Du Barry, y no descartaba que la misma María Antonieta lo invitase algún día no muy lejano a una de sus apreciadas fiestas pastoriles. Louis ya saboreaba el triunfo y se imaginaba gozando del honor de compartir lecho con su majestad la reina.

Por el cristal de la ventanilla de su carroza divisó el perfil del palacio de Bearnes. Era un imponente conjunto de edificios de estilo renacentista y cierto aire italiano, influencia del arquitecto toscano que algún bisabuelo de Louis había hecho traer expresamente para su construcción. Era mucho más grande y señorial que Tremaine y, desde luego, más impresionante. A Louis le mataba la envidia cada vez que lo visitaba.

Aquel día había mucha actividad en el exterior. Cuadrillas de obreros se afanaban en los jardines. Louis sonrió. El viejo había sucumbido por fin a la frivolidad y estaba llenando la mansión de fuentes y rotondas. Un nuevo y pequeño Versalles. No podía reprochárselo. Él mismo se había gastado la nada desdeñable cifra de ciento setenta y cinco mil francos adecentando Tremaine, y habría sido mucho más si la mezquindad de su tío no lo hubiese frenado.

La carroza se detuvo y un lacayo acudió a abrirle la puerta. Louis se bajó y contempló la fachada con aire de futuro propietario. En verdad, Bearnes no estaba nada mal, sus líneas clásicas conjugaban elegancia y tradición en perfecta armonía. Además, se hallaba extraordinariamente bien situado, a un paso de París y a tiro de piedra del Trianon. Sí, un lugar maravilloso del que disfrutaba el necio de su tío.

Mientras avanzaba por las galerías enceradas, Louis se complacía en pensar que algún día todo aquello sería suyo. La condesa, una mujer insignificante, triste y seca, había tenido solo embarazos malogrados uno tras otro. En cuanto su tío Eustache falleciese, Louis lo heredaría todo. Si hubiese tenido fe en algo más que el poder y las intrigas habría rogado al Señor por que tuviese la deferencia de no hacerle esperar demasiado. Pero conforme exigían las modas, Louis era rigurosamente ateo. Aunque, por supuesto, en cuanto gozase de su herencia, se encargaría de anotar en su legado espléndidas donaciones a la iglesia. Por si acaso...

Un lacayo de espalda encorvada lo saludó dificultosamente y se encargó de abrirle las puertas y anunciarlo.

—Su ilustrísima excelencia el vizconde de Tremaine.

Louis cruzó la amplia sala con la barbilla alta y la desenvoltura que le proporcionaba frecuentar los mejores salones de París y sonrió cordial a su tío. También estaba familiarizado con la hipocresía.

—Buenos días, querido tío. ¿Cómo os encontráis? Espero que esas molestias pasajeras de las que me hablasteis hayan cesado. Os veo francamente bien.

Louis no mentía. Había examinado con atención el aspecto de su tío buscando señales de ictericia, llagas o tumores, cualquier cosa le habría valido, pero el maldito carcamal lucía tan duro y resistente como siempre.

Su peluca vieja y gris, su mentón mal afeitado, su piel cetrina y arrugada como la de un labrador... Louis a veces se horrorizaba pensando que pudiese acabar por parecerse a él. No, tal cosa no era posible.

—Luces ridículo, sobrino. Pareces una muñeca adornado con tantos lazos. Si tu padre se levantase de la tumba se avergonzaría de ti.

Su tío siempre era igual de afectuoso con él. Louis sonrió forzado. Podría haber optado por un vestuario más discreto. No ignoraba la inquina de su tío por los adornos que eran comunes en la corte, pero Louis era un fiel seguidor de las modas y no iba a ceder en sus costumbres solo por darle ese gusto al cafre de su tío.

—Siento que no os guste mi aspecto.

—No me gusta nada de ti, Louis. Si no fuese por el respeto que me merecía tu pobre madre, dudaría incluso de que fueras mi sobrino.

Louis volvió a estirar sus labios en una fría sonrisa. Si hubiese estado en su círculo habitual, habría tomado un pellizco de rapé y habría devuelto el insulto con crueldad y agudeza. Pero no tenía sentido perder el tiempo con chanzas a costa de su tío. No sin más público que lo presenciara.

—Os subirá la tensión y nada odiaría más que alterar vuestra salud. ¿Para qué queríais verme, tío? Si es por los trescientos luises que os solicité en mi última carta no necesitabais molestaros. Bastaba con que hubieseis mandado un pagaré a mi cambista.

Su tío frunció el ceño. Era terriblemente avaro y Louis sabía que nada le molestaba más que el hecho de que le pidiera dinero. Era algo inevitable. Su renta era miserablemente mezquina, y solo el mantenimiento de los veinte sirvientes entre lacayos y doncellas que Louis necesitaba para ser atendido adecuadamente ya consumía esa cifra. Y también tenía que sufragar numerosos gastos. Sin ir más lejos, esa misma semana había encargado un florete nuevo, con la empuñadura guarnecida con perlas y filigrana de plata y el acero más flexible que podía obtenerse en todo París. Tenía más de una docena aunque jamás había usado ninguno, pero se lo había visto al duque de Verlain y no se resistió a encargar otro igual. Además, le tenía prometido a Madame de Faberge un relicario de marfil para sustituir el que rompieron cuando la volcó un tanto impetuosamente sobre la cómoda de su dormitorio. En puridad, no creía que Madame de Faberge tuviese queja de su comportamiento, no le había puesto el más mínimo reparo y se había mostrado la mar de satisfecha, pero el original era una pieza exquisita y lamentaba no haber tenido un poco más de cuidado.

—¿Dinero? Voy a darte una mala noticia, sobrino. No pienso darte un franco más.

El rostro de Louis se contrajo. Una cosa era hacer una gracia y otra bromear sobre algo tan serio.

—No entiendo de qué me habláis, tío.

—No lo entiendes, ¿eh? —gruñó el viejo Eustache—. ¡El señor de Vailles me dijo que te había pedido audiencia por tres veces este mes para tratar sobre los arrendamientos y que se había pasado toda la mañana esperando a que lo recibieses!

Louis hizo memoria. Recordaba fugazmente al señor de Vailles, un hombrecillo insignificante que vestía de negro y le hablaba de quintales de trigo y fanegas de terreno. Si llegó a concertar con él audiencia alguna, había quedado olvidada y había preferido dormir hasta que el sol estaba bien alto en el cielo. Si al levantarse se encontró con que su ayuda de cámara le anunciaba que se había marchado tras esperarlo en vano, no lo había lamentado. Ahora recordaba también que el tal Vailles venía especialmente recomendado por su tío. Una contrariedad.

—Pero, ilustrísima, sin duda se trata de un malentendido. Escribiré al señor de Vailles y lo recibiré con sumo gusto.

—¡Lo recibirás! ¡Tendrás que ir a verlo y suplicar sus disculpas!

—¿Disculparme? —bufó Louis—. No es más que un labrador venido a más.

—¿Un labrador? ¡Si dedicarse a sacar provecho de los campos es ser un labrador, yo también soy un labrador! ¡Y a mucha honra! Pero ¿qué eres tú? ¡Un mequetrefe cubierto de encajes y brocados!

Louis iba a protestar o tal vez a volver a manifestar su desprecio por todos los que ejercían algún tipo de trabajo manual, aunque lo cierto era que su tío jamás había realizado trabajo físico alguno. Solo se encargaba de que otros lo realizasen, pero eso sí, se encargaba personalmente.

A Louis aquellas minucias le hastiaban y había despedido a varios administradores por molestarlo con naderías. Por eso ahora no tenía ninguno. Su tío se le adelantó antes de que Louis se explicase y le hizo guardar silencio.

—Me he cansado de ser paciente contigo, Louis. Lo he intentado por la memoria de mi difunto hermano, pero estoy convencido de que eres una nulidad. Tu ineptitud me ha hecho tomar una decisión que llevaba un tiempo meditando. Desde que murió Euphone he estado dándole vueltas a la idea de volver a casarme y por fin me he decidido. Ya he encontrado a la que será mi nueva esposa. Es joven y espero que me dé muchos hijos. Bastará con uno solo, siempre que no sea tan inútil como tú. Así que despídete de heredar. Y da gracias a que te mantenga la asignación de tres mil ducados. Ahora voy a tener muchos gastos.

Louis se quedó mudo, y cuando recuperó el uso de la voz lo hizo tartamudeando:

—Pe... pe... pero qué decís... ¿Cómo que vais a casaros? ¿Y qué hay de mi herencia? ¡No podéis hacer eso! ¡Exijo que me entreguéis los bienes que me corresponden!

—¡En cinco años has gastado seis veces más de lo que te corresponde! ¡Has dejado los campos yermos y sin cultivar! ¡Has malgastado mi dinero! ¡Has malvendido las joyas de tu madre! ¡Me has chupado la sangre, pero eso se ha acabado! ¡Tengo que pensar en mi esposa y en mi futuro o futuros hijos! ¡Hazte un hombre de provecho y demuestra que eres un Argenteuil!

Louis no podía articular palabra. La indignación se lo impedía. Que ese vejestorio hubiese pensado en casarse de nuevo y engendrar un heredero era algo que no se le había ocurrido. Lo cierto era que su tío tenía cincuenta y ocho años recién cumplidos, pero para los veintiuno de Louis aquello era prácticamente la senectud.

—¡Sois... sois... sois ridículo! ¡Quedaréis como un viejo verde! ¡Casaros seis meses después de la muerte de vuestra esposa con una jovencita! ¡Seréis el hazmerreír de todo París! ¡Murmurarán a vuestras espaldas y se reirán de vos! ¿Y sabéis qué? ¡Yo me reiré más que ninguno! —proclamó, insolente, sin pensar en nada más que en sus ilusiones perdidas.

Una cosa es que no se hubiesen llevado nunca bien, pero aquello sobrepasaba todos los límites. Su tío se enderezó con el semblante rojo y deformado.

—¡Eres un desvergonzado y un alfeñique manirroto! ¡Tú te atreves a insultarme! ¡Quítate de mi vista antes de que te rompa esto en las costillas! —dijo amenazándolo con un bastón de considerables dimensiones.

Louis dio un par de pasos atrás. Temblaba de indignación. Sería inútil tratar de hacer cambiar de idea a su tío. Cuando algo se le metía en la cabeza, nada ni nadie lo sacaba de ella. Por otro lado, acusarlo en su propia cara de viejo verde tampoco ayudaba, Louis lo sabía, pero había veces en las que no era capaz de contener sus impulsos.

—¡Me marcho! ¡Ya tendréis noticias mías!

—¡Vete, sí! ¡Vete y vuelve cuando no tenga que avergonzarme de ti, pero no se te ocurra pedirme ni un franco más! ¡No me sacarás ni uno solo! —gritó apopléjico su tío.

Louis abandonó la sala y recorrió a toda velocidad las galerías cubiertas de espejos.

En todos ellos su imagen reflejaba idéntica furia.

2

Era una situación injusta, grotesca. Louis se desesperaba de impotencia. Al ser su tío el primogénito disponía de la administración y el gobierno de todos los bienes principales del condado. Louis apenas heredaría una pequeña, en proporción, parte de la suma de propiedades que poseía la familia Argenteuil. En realidad, con lo que Louis poseía se habrían podido alimentar sobradamente más de doscientas familias numerosas durante esta generación y muchas otras venideras, pero para lo que Louis despilfarraba era una miseria. Siempre había dado por hecho que, aun cicateándole los ingresos, su tío no le dejaría de la mano; pero, por lo que se veía, su nuevo matrimonio le había vuelto aún más avaricioso.

Louis se enfureció de nuevo. Al viejo sátiro no se le ocurría otra cosa que casarse y arreglar la mansión. Le criticaba mientras se vaciaba el bolsillo en mármoles y estucados. Siempre había sido reacio a las novedades, y más a las que suponían un desembolso monetario.

Aquel exceso debía de ser un tardío intento de rejuvenecimiento. Ya que no podía quitarse años de encima, reformaba y modernizaba Bearnes. ¿Quién sería la nueva esposa de su tío? No era posible que la hubiese escogido en la corte, se habría enterado, no le cabía duda. Lo más seguro era que la hubiese encontrado en Le Havre o en Rouen. Una provinciana palurda y vulgar como él.

—¡Mierda! —gritó fuera de sí cuando la doncella que le hacía la manicura le pinchó un poco con las tijeras por un movimiento intempestivo y nervioso de Louis—. ¡Cómo puedes ser tan torpe! ¿No sabes hacer algo tan simple?

La muchacha no se atrevió a protestar y menos a decirle algo más que evidente, como que la culpa había sido solo suya. En su lugar murmuró en voz casi inaudible una disculpa. Louis la despidió con cajas destempladas, y eso a pesar de que en ese momento tenía media mano arreglada y la otra media sin arreglar y de que ni por ensueño Louis pensaba terminar de cortarse él mismo las uñas. Todavía no había llegado a ese grado de desesperación.

Cuando se quedó solo, empezó a caminar arriba y abajo de la habitación. Se encontraba nervioso y alterado. Todos sus sueños, todas sus aspiraciones estaban a punto de echarse a perder. Seguiría siendo vizconde de Tremaine, sí, pero sin la ayuda que le proporcionaba hasta entonces su tío, se hundiría en la más gris y fatal mediocridad.

No podía permitírselo, no ahora, cuando estaba en un momento dulce y tenía como amantes habituales a la marquesa de Cheviet, a la condesa de Valois y a la pequeña Mignon, que no tenía título alguno, pero era la cortesana más deseada de la temporada. Y ninguna de ellas era barata ni estaba entre sus escasas virtudes conformarse como recompensa a sus favores con un frasco de perfume.

No, Louis necesitaba una solución. Pasó el resto del día cavilando posibilidades. Por supuesto, la de ponerse manos a la obra y sacar utilidad a sus tierras fue la primera que desechó. Louis no iba a desperdiciar su juventud y su talento, aún no demostrado pero ciertamente existente, en labores propias de campesinos. También especuló durante largo rato con las diferentes enfermedades que podían terminar con la vida de su tío en un lapso de tiempo breve. Se le ocurrieron muchas, pero lamentablemente no ideó ningún método efectivo para hacer que las contrajese. Aunque no descartó del todo la posibilidad de mandar buscar a unos cuantos infectados de viruela y enviarlos a que tropezasen expresamente con su señor tío.

Tras estos pensamientos, Louis se encontró más sosegado; al fin y al cabo no era constante ni dado a las preocupaciones. Se consoló diciéndose que era muy posible que tampoco en esa ocasión su tío fuese capaz de engendrar un varón. Quizá le faltase ya el vigor o, si lograba que se le enderezase, solo conseguiría crear pequeñas criaturas deformes e inservibles, como le ocurrió con su anterior esposa.

Esa crueldad lo animó un tanto, pero no lo consoló del hecho de que tendría que conseguir fondos como fuese hasta que llegase el momento en que su tío le hiciese la gracia de abandonar este mundo. La única salida que le quedaba era su tía Augustine.

Augustine era la hermana mayor de Eustache. Una matrona viuda y amable a la que Louis recordaba con algo parecido al cariño. La tía Augustine siempre le traía dulces cuando era niño y regalos feos pero valiosos cuando se hizo mayor. Hacía tiempo que no la veía, ya que por problemas de salud se había retirado a su quinta de Tours. El clima allí era más benigno para su artritis. Augustine le remitía con frecuencia largas cartas contándole sus achaques e invitándolo a que la visitara.

No era un panorama halagüeño. Un viaje de varios días respirando el polvo que se empeñaba en colarse por las rendijas de su carruaje y soportando los vaivenes de los baches del camino, comiendo en posadas infectas y pernoctando Dios sabe dónde. Al menos podría hacer un alto en Orleans y visitar a Madame de la Bressuire. El cornudo de su marido se había empeñado en alejarse de la corte y se la había llevado con él a aquel destierro. Todos echaban de menos a Silvina, y seguro que ella se alegraría de oírlo.

Con ese pensamiento durmió esa noche un poco más tranquilo. Visitaría a su tía en Tours y, si hacía falta, suplicaría para que se apiadase de él. Creía conocerla y la buena señora era un pedazo de pan. Además, no sabía por qué razón, tenía un elevado concepto de Louis, todo lo contrario que su tío. El mismo Louis era lo suficientemente sincero para reconocer que no había hecho gran cosa para granjearse el cariño de su tía, pero gozar del afecto femenino era algo natural para Louis.

Sus ayas, sus amantes, sus criadas, sus amigas, sus queridas... Todas lo adoraban.

O eso al menos pensaba Louis. Y era cierto que siempre había estado rodeado del tierno afecto femenino; pero tal vez a causa de la prematura muerte de sus padres, Louis ignoraba lo que era dar y recibir verdadero amor, y confundía cualquier tibia muestra de cariño con el auténtico y desinteresado acto de amar. También porque nunca lo había sentido, y por eso no podía apreciar la diferencia.

Pero no por ello debía Louis despertar la conmiseración de sus semejantes. A decir verdad, si alguien lo hubiese mirado con lástima a causa de la pobreza de su espíritu, se habría sentido muy sorprendido, además de ultrajado, ya que se consideraba un hombre feliz y sumamente afortunado, y solo la inquina y la malicia de su tío habían podido empañar su dicha con una leve sombra.

Al día siguiente se despertó cargado de ánimo. Rechazó incluso que le llevasen el desayuno a la cama y ordenó que se lo sirviesen en el gran comedor. Mientras los lacayos entraban y salían con los platos, Louis, sentado solo a la cabecera de aquella enorme y resplandeciente mesa de caoba, pensaba en sus siguientes pasos. Redactaría una nota avisando de su ausencia y le diría a su secretario que la copiase para remitirla a todas sus amistades. Las de Beatrice y Amanda tendría que redactarlas de su puño y letra, las demás bastaría con que las lacrase con su sello. A Mignon iría a verla esa tarde, se despediría de ella y le contaría alguna mentira interesante para que la hiciese circular por los salones. Le dejaría caer que iba a Orleans y negaría que pensase visitar a Silvina. Los celos de Mignon harían el resto. De cualquier forma, no pensaba ausentarse más de dos o tres semanas. A finales de mayo sería el baile de disfraces de la Saint-Remy y no podía faltar. Ya tenía preparada una máscara adornada con plumas de pavo real. Era magnífica.

Estuvo ocupado toda la mañana con los preparativos y por la tarde fue a ver a Mignon. Ella lo recibió con fiestas, palmoteando como una niña, y pidió que les sirvieran dulces y champán.

Minutos después de que se retirase la doncella con la bandeja, Louis comía los pastelillos entre las sábanas de Mignon, mientras el champán resbalaba por sus muslos. Ella ahogaba sus risas con la mano y él comenzaba a lamentar tener que marcharse.

—¡Calma, señor! —rio Mignon—. Me vais a desgastar.

—Sois demasiado deliciosa —murmuró él—. Os voy a echar tanto de menos...

Ella hizo un gesto enfurruñado y tiró de la sábana cubriéndose un poco. Un ademán absurdo cuando acababa de lamerla desde el cuello hasta el bajo vientre.

—Entonces ¿por qué os marcháis? No lo neguéis. Vais a ver a esa mujer impertinente. —Mignon y Silvina habían estado a punto de agarrarse de sus empinadas pelucas a causa de que Silvina había dicho que Mignon le había pegado una enfermedad sucia al duque de Charennes. Un infundio, sin duda, porque Mignon no tenía más de media docena de amantes y era extremadamente limpia. No necesitaba recurrir al perfume de rosas para encubrir hedores, si no, no la habría lamido de ese modo.

—Silvina dijo eso porque os envidia. Todas las mujeres os envidian. Sois la más hermosa de todas las damas de la corte.

Mignon hizo un delicioso mohín frunciendo los labios en una boquita de piñón.

—Sé bien que eso se lo decís a todas. Se lo dijisteis delante de mí la semana pasada a Madame de Martignac.

—Pero tenéis ojos en la cara y veis que es vieja y fea y no puede compararse con vos.

Mignon volvió a reír. Madame de Martignac era una mujer de gran belleza y distinción y Louis la perseguía afanosamente y en vano desde hacía tiempo, pero tenía ya cerca de treinta y cinco años y Mignon, veintiuno. Contra eso no se podía competir.

—Temo que seáis vos, mi dulce flor, la que se olvide de mí en este par de semanas —susurró mientras se empinaba sobre ella para aliviar su perentoria necesidad de gratificante y rápida satisfacción en la siempre acogedora Mignon.

—Eso es imposible, señor —contestó cortés Mignon entre suspiro y suspiro.

La tarde se le pasó a Louis rápidamente entre esos agradables entretenimientos y, cuando volvió a su hogar, se durmió en su gran cama flanqueada por cuatro columnas con la tranquilidad de espíritu de quien piensa que los acontecimientos no pueden tomar otro curso más que el de arreglarse.

3

El viaje terminó por ser mucho más desagradable de lo que Louis había previsto. En algún momento llegó incluso a temer por su seguridad y lamentó haber salido tan poco acompañado. Solo el cochero, su ayuda de cámara y dos de sus lacayos, que viajaban en el pescante y la trasera, respectivamente.

Poco antes de llegar a Orleans, el eje de una de las ruedas se salió y hubo que esperar a que lo arreglasen. Harto de estar en el coche, decidió bajar a estirar las piernas. Fue entonces cuando sufrió un incidente sumamente desagradable. Una niña flaca y sucia apareció de la nada y se lo quedó mirando impertinente.

Louis llevaba como siempre sus mejores galas. Camisa blanca festoneada y cerrada con un lazo de terciopelo, chaleco gris perla bordado con motivos de hojas y flores, levita y pantalón negros con detalles ribeteados en plata, medias blancas e impolutas. Ofrecía una imagen imponente y admirable. Louis era alto y delgado y, aunque no practicaba más ejercicio físico que el de pasear alguna vez a caballo y el que exigían sus habituales prácticas amatorias, tenía una constitución fibrosa que realzaba su buen porte.

Por ello no era extraño que, allá por donde fuese, la gente se volviese a su paso. Pero esa niña lo miraba de un modo más que descarado.

—¿Qué quieres, pequeña? —le preguntó por fin, puesto que la niña no dejaba de mirarlo y seguirle los pasos—. ¿Qué quieres? Di.

La pregunta sonó brusca y la niña echó a correr. Louis se alegró. Le molestaba esa mocosa, pero su alegría duró poco. La niña volvió acompañada por una mujer desharrapada y de aspecto fatigado que llevaba una criatura de pecho en brazos y otras tres, más grandes y más pequeñas, a su alrededor.

—*Sire*, *sire* —llamó la mujer con la mano abierta tendida—, apiadaos de nosotros, *sire*. Mi marido está enfermo y tengo seis bocas que alimentar. Mis hijos no tienen ni un pedazo de pan que llevarse a la boca.

Louis se alarmó y retrocedió inmediatamente en dirección al coche. No llevaba su bolsa encima, pero aunque la hubiese llevado era bien sabido que no se debía cometer el error de arrojarles ni una sola moneda. El tintineo del metal era una especie de reclamo que hacía que los pedigüeños surgiesen de debajo de las piedras.

La mujer lo siguió, llamándolo con desesperación; pero cuando comprendió que sus lamentos eran inútiles, trocó sus súplicas por insultos.

—¡Bastardo! ¡Desgraciado! ¡Miserable! ¡Sois capaz de dejar que estos inocentes se mueran de hambre!

¡Ojalá os pudráis en el infierno! ¡No sois más que un gran pedazo de mierda!

La mujer se agachó, cogió un puñado de barro y se lo arrojó a Louis alcanzándole en la espalda. Louis se volvió, incrédulo y temblando de indignación. Llevado por la ira echó mano a la empuñadura de su florete.

La mujer dio un paso atrás y apretó con fuerza al bebé contra su seno. Louis dudó. Eran canalla, pero también era una mujer con un niño en brazos. En alguna ocasión había tenido que defenderse de algún que otro truhan, pero nunca había golpeado a ninguna mujer. Aun así, estaba muy furioso y aquello era una ofensa que no podía dejar pasar sin castigo. No estaría bien herirla, pero al menos debería lamentar lo que había hecho. La mujer parecía asustada ahora. Antes de que a Louis le diese tiempo a pensar en la contestación adecuada, uno de los niños cogió otro puñado de barro y se lo arrojó salpicándole en la camisa y en la cara.

Louis se quedó atónito.

Los niños no vacilaron. Su excelencia el vizconde de Tremaine se vio atacado por una lluvia de proyectiles que le llegaban entre abucheos y risas. Louis se demudó y se cubrió el rostro como pudo para defenderse. Entre el barro comenzó a llegar también alguna piedra y le pareció que más populacho se acercaba alertado por el jaleo.

Su inteligencia lo avisó de cuál sería la decisión más prudente y echó a correr a toda la velocidad que le permitían sus piernas. Los niños lo siguieron detrás. Algunos llevaban palos... Por ventura, su carruaje apareció cuando los pulmones de Louis amenazaban con reventar. Llamó a voces a sus criados. Pierre y Horace cogieron sus bastones y corrieron en su ayuda. Los niños se dispersaron con la misma velocidad con la que habían aparecido. Los criados desistieron pronto de perseguirlos.

Louis estaba frenético.

—¡Idiotas! ¡Cómo habéis dejado que se escapen! ¡No valéis para nada!

—Son muy rápidos, señoría. Pero podemos volver a buscarlos —dijo resoplando Horace.

Llevaba al servicio de la casa Tremaine prácticamente desde su nacimiento. Su madre había sido doncella de la vizcondesa. Eso hacía que considerase cualquier ofensa a su señor como propia. El problema era que los muchos años de buena vida y molicie habían hecho a Horace poco apto para perseguir pilluelos.

El orgullo de Louis exigía venganza; sin embargo, su sentido práctico le recomendó que se pusiesen en marcha con la mayor rapidez posible. De repente se sentía observado por decenas de rostros que no veía, pero que intuía vigilantes entre las casuchas miserables y la maleza y los arbustos del camino.

Y Louis sabía que no lo miraban con buenos ojos.

—¡Vámonos! ¡Vámonos de aquí! ¡Pero volveré, ¿me oís?! ¡El mismo rey se enterará de esto! ¡Lo pagaréis muy caro!

Sus amenazas se perdieron en el viento mientras el carruaje de Louis se alejaba. La única huella que dejó su paso fue el escupitajo que aquella cansada mujer lanzó al suelo al verlo desaparecer. Los pobladores de aquella aldea perdida sabían bien que ningún rey se acercaría jamás hasta allí.

El humillante suceso le hizo desistir de la idea de

parar en Orleans. No habría podido presentarse así ante Silvina y además se le habían quitado las ganas. Pernoctó en una posada que hizo vaciar solo para él, y el posadero dejó que su propia hija se encargase de subir agua caliente para llenar la única tina que había en la posada. Era una muchacha muy fea y muy torpe, que volcaba más agua fuera que dentro del recipiente y además ni siquiera llegaba medio tibia. Louis temió enfermar de pulmonía.

Todo aquello le recordó por qué odiaba con toda su alma viajar. Y si no hubiese recorrido ya más de la mitad del camino, y si su fortuna no hubiese estado en juego, de buena gana se habría dado la vuelta en ese mismo instante.

Fueron necesarias dos jornadas más para que, una luminosa mañana de mayo, Louis arribara a Tours y divisara junto a la orilla del Loira la bella mansión que su tía, Augustine de Varennes, poseía y administraba.

Era un pequeño palacete barroco, no demasiado ostentoso, pero dotado de todas las comodidades. La construcción era reciente, no más de setenta años, y las sucesivas filas de galerías y ventanales saludaban brillantes al radiante sol de mayo. La fachada de piedra caliza junto al tejado empinado de pizarra tenía ese aire elegante, espléndido y ligero que tanto gustaba; y las cuidadas rosaledas y los recortados parterres le recordaban a Louis que, gracias a Dios, se hallaba otra vez en un lugar civilizado.

El cochero se detuvo junto a la entrada de la fachada principal. Louis se apeó y estiró sus entumecidos músculos. Los lacayos corrieron a anunciar su presencia, y no le había dado tiempo a atravesar el vestíbulo principal cuando oyó los gritos admirados de su tía Augustine.

—¡Oh, Señor, mi Señor! ¡Pero si es Louis! ¡Mi sobrino, mi muy querido sobrino!

Madame de Varennes se lanzó corriendo hacia él, pese a que hacía mucho tiempo que había perdido la agilidad de la juventud, y lo abrazó efusivamente. Louis se dejó querer, aunque no pudo evitar cierta rigidez en su disposición.

Su tía había engordado y envejecido desde la última vez que la vio, pero aún conservaba íntegro su aire maternal y bondadoso, solo que Louis ya era mayor para ese tipo de demostraciones de afecto.

—Os hallo radiante, señora —murmuró Louis aplastado bajo el amoroso abrazo de Augustine.

—¡Oh, querido, querido, si estoy radiante es por la dicha de verte! ¡Qué es lo que digo! —dijo Madame de Varennes corrigiéndose—. ¡No puedo ya tratarte como a un niño! Sois todo un caballero, y qué gentil caballero... —dijo mientras se alejaba un poco para apreciar mejor su aspecto, manteniendo sus manos cogidas con afecto.

Louis se envaneció por el cumplido y adoptó en el acto su más graciosa pose versallesca. Una estudiada actitud que consistía en mostrarse todo lo aparentemente indiferente y condescendiente que fuese posible fingir. No todo el mundo podía ser a la vez negligente, despectivo y orgulloso, pero Louis había nacido para ello.

Los ojos de su tía estaban empañados por las lágrimas y Louis pensó que estaría bien empezar por ganarse su afecto con una pequeña concesión.

—Para vos, querida tía, solo soy Louis, os lo suplico.

Augustine no se hizo de rogar y olvidó pronto el tratamiento. Era una buena y sencilla mujer que había huido de la corte precisamente porque no se acomodaba a las constantes exigencias de la vida mundana en París. Era completamente feliz en Tours ocupada en su jardín, su huerto, la elaboración de mermeladas y confituras cuando llegaba su tiempo y la sucesiva experimentación de remedios caseros para paliar la artritis que padecía.

—Eres el vivo retrato de tu padre cuando tenía tus años. Tan apuesto, tan... —Augustine calló tratando de buscar la palabra que describiera ese indefinible aire que acompañaba a Louis, aunque se rindió antes de encontrarla.

Augustine de Varennes era una mujer sencilla y hasta inocente, que se había casado a los dieciséis años con quien su padre había dispuesto: un amojamado marqués que le sacaba cincuenta inviernos y que no le había dado hijos. Algo no extraño puesto que, ya fuese por su edad o por otras cuestiones, su esposo nunca llegó a disponer de sus derechos conyugales. Y por eso, aunque ella esperó ansiosamente a que su vientre fructificase, la incapacidad del marqués y la ignorancia de Augustine lo hicieron materialmente imposible. Y así, a sus más de sesenta años, Madame de Varennes seguía siendo virgen y cándida en lo referente a las nociones básicas de intimidad y afecto entre un hombre y una mujer, aunque no era tan torpe que desconociese lo superficial.

—Sí, tu padre también era un joven vividor que no quería compromisos. Hasta que conoció a tu pobre madre, claro está. Ella le hizo sentar la cabeza en un santiamén. ¿Cuándo vas a casarte, Louis? ¿No habrás venido a darme esa alegría?

Louis esbozó una sonrisa desvaída. Todas las cartas que su tía le remitía con puntualidad mes tras mes constaban de la misma recomendación: que se buscase una buena esposa y procurase tener descendencia lo antes posible. No era un consejo injustificado dado que ni su tío ni ella habían tenido hijos, pero Louis era aún joven para preocuparse por eso, y ahora su tío... Louis procuró apartar esas preocupaciones que conseguían ensombrecer su rostro.

—Aún no, amada tía, aún no. Pero con la ayuda de Dios espero hacerlo pronto. He venido exclusivamente por el placer de veros.

—¡Oh, Louis, querido! —dijo su tía con una emocionada y candorosa sonrisa—. ¡Cuánto, cuánto te he echado de menos! Me alegré enormemente cuando recibí tu misiva, aunque ya iba siendo hora —le regañó—. En fin, lo que importa es que ya estás aquí. Procuraré atenderte como te mereces. ¡Thérèse! —dijo llamando a una de las doncellas, que apareció en el acto—. Thérèse, encárgate de mostrar a mi sobrino su habitación, y ocúpate de que no le falte nada de lo que precise.

Thérèse era una bonita joven con una cofia muy blanca en la cabeza, que hizo una graciosa reverencia primero a su señora y luego a Louis. Le dirigió una mirada curiosa con los ojos entornados y al advertir el interés aprobatorio con el que Louis la observaba se animó a levantar más la vista y a sonreír.

—No os preocupéis, señora. No le faltará de nada.

Louis también sonrió.

4

Echó un vistazo a la estancia y la encontró digna de su aprobación. La cama medía más de dos metros de ancho y la guarnecía un espléndido dosel de cortinajes azul noche adornado con flores de lis bordadas en hilo de oro. Gruesas y mullidas alfombras a sus pies, un armario de cuatro puertas de nogal, un amplio escritorio, una gran bañera con doradas patas curvas... La mejor habitación de la casa, no tuvo la menor duda.

—¿Os gusta, señor? —preguntó la doncella.

—Sí, no está mal —repuso Louis, dirigiendo su atención y sus pasos hacia un enorme espejo de pared que le devolvió su amado reflejo de cuerpo entero.

—¿Necesitáis que os ayude con algo más? —añadió la muchacha, amable.

—No —respondió displicente—, mi ayuda de cámara se ocupará del resto.

Pierre hizo su aparición justo en ese instante cargado con bolsos y maletas, y con dos de los criados de la casa portando los baúles más pesados. Louis se acercó a uno de los ventanales dejando que a sus espaldas los hombres se afanasen con su equipaje.

Era una hermosa vista. La campiña de Tours se extendía ante sus ojos. El sol lucía radiante y el Loira lanzaba destellos plateados. La antigua y noble ciudad de Tours se divisaba a no demasiada distancia y se veía pequeña y provinciana en comparación con París. Louis decidió que se aburriría mortalmente allí. Suspiró resignado y resolvió ponerse manos a la obra lo antes posible. Tenía que saber cuál era exactamente la renta de la que disponía su tía y conseguir que le cediese una parte sustancial. La promesa de contraer próximamente matrimonio sería un buen incentivo. También sería conveniente que Augustine legase en él como único heredero. Si moría sin testamento, todos sus bienes pasarían a manos de su miserable tío. La cólera volvió a estremecerle. No podía dejar que ese viejo detestable se saliese con la suya.

Cuando Pierre hubo ordenado su guardarropa, Louis cambió sus ropas de viajes por otras algo menos ostentosas, pero igualmente favorecedoras. Eligió un azul zafiro para la levita que realzaba singularmente la tonalidad fría de sus ojos y contrastaba con el blanco deslumbrante del pañuelo de encaje que llevaba al cuello; sin embargo, renunció a los polvos de arroz. Su piel ya era de por sí bastante pálida. También prescindió de la peluca. Hacía calor en Tours, y como tenía el cabello un poco largo —solo los burgueses eran tan ordinarios como para llevarlo corto— bastaba con recogérselo atrás con una cinta para resultar correcto.

Su tía estaba esperándolo, y también había cambiado su vestido por otro de más ceremonia, además lucía una vistosa gargantilla de esmeraldas. Louis lo aprobó.

—Querido, qué espléndido y atractivo caballero eres. No me canso de admirarte. Has cambiado tanto desde la última vez que te vi... Larguirucho y flaco como un palo, aunque sigues estando demasiado delgado. Yo arreglaré eso. ¿Cuál es tu plato favorito?

Louis hizo un mohín de disgusto. Hacía más de cuatro años que su tía no se movía de Tours, así que tenía diecisiete en su último encuentro. Aun así, detestaba recordar que no siempre había sido la viva encarnación de la elegancia y el buen gusto.

—Cualquier cosa estará bien, amada tía. No soy de gran apetito.

No era de gran apetito, pero era extraordinariamente exquisito en sus gustos y se hacía traer expresamente paté de *canard* desde la Provenza y, durante un tiempo, para desayunar, le dio por exigir que le sirviesen únicamente huevos de alondra.

Pero no esperaba encontrar esos refinamientos en Tours. Tendría que sacrificar sus apetencias y su paladar mientras estuviese allí.

—Solo dime lo que te gusta y haré que mi cocinero te lo consiga. No quiero que eches nada en falta —dijo sonriente su tía, colgada de su brazo. Louis pensó en las muchas cosas que echaría en falta y una mueca se dibujó en su rostro. Su tía debió de adivinar sus pensamientos—. No creas que nos faltarán las diversiones. No hago mucha vida social, pero todos los lunes me visita el deán de la catedral, y los miércoles, el señor de Corday, y a primeros de junio se celebra la recepción de la presidenta de Tours, una mujer encantadora, ya la conocerás.

Louis se alarmó, y no solo por lo que su tía consideraba diversión. Para dentro de dos semanas debía estar ya de vuelta en París, pero sería más prudente mostrarse moderadamente entusiasmado.

—Claro que no faltaré, tía. Y estoy seguro de que disfrutaré enormemente aquí, en Tours, aunque solo gozase de vuestra compañía.

—¡Qué amable eres, Louis! Solo soy una vieja aburrida, pero al menos no estarás completamente privado de distracciones, ni de amistades de tu edad. Los jóvenes queréis juventud. Los hijos del marqués de Veirre son de tu mismo tiempo y los muchachos Caideville también, estupendos y jóvenes caballeros. Y además está Hélène, claro.

Louis había escuchado con indiferencia aquellos nombres, pero no pudo evitar que su curiosidad se despertase al oír el nombre de Hélène. En lo referente a ese punto, Louis tenía instinto de depredador.

—¿Hélène?

—Sí, Hélène Villiers. Es mi ahijada. Su abuela Alphonsine era una amiga a la que quise mucho cuando éramos niñas. Hace tanto tiempo de eso... Ella murió hace demasiados años, pero llegué a saber que el matrimonio de su hija no había sido muy acertado. Su esposo se arruinó y embarcó hacia las Antillas para hacer fortuna allí. Creo que la pobre mujer nunca más volvió a saber de él. La ayudé en lo que pude y pagué la educación de la niña. Era lo menos que podía hacer.

—Sois todo generosidad, tía —dijo Louis con una

sonrisa falsa, desaparecido todo su interés por Hélène. No necesitaba más pedigüeños alrededor de su tía.

—No es nada —dijo su tía haciendo un gesto con la mano—. No podía dejar que una nieta de Alphonsine, aunque sea venida a menos, se criase de cualquier forma. Ha recibido la mejor educación posible. ¿No te he hablado alguna vez de ella? —Louis trató de hacer memoria. Su tía le hablaba de muchas cosas, igual que su tío Eustache, pero él rara vez prestaba atención—. Su madre al principio decía no sé qué tonterías de que no podría vivir si la separaban de la niña, pero le hice comprender que sería lo mejor para las dos y acabó aceptando que entrase en el convento de Sainte-Geneviève. Como sabes, también ayudo a las hermanas y siempre les suplico que se acuerden de ti en sus plegarias —añadió Augustine con sonrisa de beatitud. Y es que verdaderamente era todo benevolencia y generosidad. Otro asunto distinto era que su exceso de celo la llevase a cometer injusticias de las que ni siquiera era consciente. Estaba tan convencida de la bondad de sus actos que habría sido imposible hacerle ver lo contrario—. El asunto es que he hecho todo lo que he podido por ella. A saber dónde habría acabado si no me hubiese ocupado.

Louis escuchaba el relato de su tía fastidiado. Muchachas de la calle y conventos de hermanas benedictinas, pésimas formas de desperdiciar los ducados cuando a él se le ocurrían tantos y tan buenos modos de emplearlos.

—Pero cuéntame de ti, Louis. Dime, ¿has pensado ya en con quién vas a desposarte? Tendrá que ser una joven muy linda.

Louis sonrió más animado ante la perspectiva de hablar de sí mismo. Era una conversación de la que nunca se cansaba. Además, le venía de perlas para llevar la discusión hacia su terreno.

—Tengo varias damas muy significadas en las que estoy interesado, y os aseguro, mi adorada tía, que ellas tampoco me ven con indiferencia. —A Augustine se le escapó una risa pícara ante la mirada de complicidad de Louis. La madura señora disfrutaba enormemente propiciando amores ajenos. Ya que ella no había gozado del placer del cortejo, se complacía en vivirlo a través de los demás, y por eso ejercía de casamentera de toda la buena sociedad de Tours; e incluso, si se terciaba, mediaba entre mozos de cuadra y cocineras.

—Estoy segura de que todas las damas de la corte se mueren por que te fijes en sus hijas, pero no creo que ninguna de esas damitas descaradas sean adecuadas para ti. En cambio, aquí en Tours podría presentarte a media docena de muchachas que te harían perfectamente feliz.

Louis dudó. Por corta que fuese su estancia nunca estaba de más conocer a muchachas capaces de hacerle perfectamente feliz. La idea casi le hizo sonreír, aunque la descartó de inmediato. Su tía solo le presentaría a jóvenes aburridas y mojigatas que tratarían de cazarlo como a un zorro en un lazo, y él no iba a caer en esa trampa.

—Nada me proporcionaría más placer que conocer a todas vuestras amistades, aunque me temo que no soy lo que se dice un buen partido —se quejó adecuadamente amargo.

—¡Cómo que no eres un buen partido! ¡Eres un

Argenteuil! —dijo su tía, como si no hubiese otro apellido más ilustre en toda Francia, pese a que el condado y el vizcondado careciesen desde hacía tiempo de auténtica relevancia social y política, a pesar de los esfuerzos de Louis por remediarlo.

—Lo sería si no se me hubiese privado absoluta e irrazonablemente de mis derechos, señora. ¿Sabéis que mi señor tío, vuestro hermano, ha decidido retirarme la renta de Crayenne y la de Montant, así como todos los otros beneficios? Y si pudiese me echaría de Tremaine. Me odia, me odia y quiere acabar conmigo —dijo conteniendo a duras penas las lágrimas. Y es que, cuando Louis pensaba en ello, sentía la rabia y la indignación agolpándose en su cabeza de tal modo que necesitaba de toda su voluntad para no romper en llanto como un niño.

Su tía abrió la boca con sorpresa, pero no con demasiada sorpresa.

—Eso... Sí, algo sabía.

—¿Lo sabíais? ¡Y no os parece la más malvada y cruel acción sobre la faz de la Tierra! —exclamó Louis, alterado ante la mirada algo avergonzada de su tía.

—Mi hermano me escribió... Por supuesto le he dicho que esas medidas me parecen excesivamente extremas... e injustas —se apresuró a añadir apretando la mano de Louis—; sin embargo, parece ser que piensa que es el único modo de hacer que... ¿cómo dijo él? De hacer que actúes con mayor responsabilidad —explicó Augustine ante la estupefacción de Louis—. Ya sabes cómo es cuando algo se le mete en la cabeza.

—¡Pero, señora! —gritó Louis ante lo que ya consideraba un ataque declarado contra su persona.

—Yo estoy de tu parte, querido, no lo dudes ni un instante, y te aseguro que buscaremos una solución.

—¡Una solución! ¡¿Qué solución?!

—Pues la solución es evidente —dijo su tía con una sonrisa beatífica—. ¡Ah, qué casualidad, mira a quién tenemos aquí!

Su tía lo había conducido hasta un pequeño salón donde una joven bordaba inclinada sobre un bastidor. Louis la habría tomado por una criada, tan bastas y corrientes eran sus ropas, si no hubiese sido porque no llevaba cofia.

—¡Hélène, hija, deja eso! Tengo que presentarte a mi querido sobrino Louis d'Argenteuil.

La joven dejó de bordar, pero vaciló mirando a su alrededor como si no supiese qué hacer con el bordado y el bastidor. Acabó por dejarlo todo en el suelo y se levantó con cierta torpeza, impresionada quizá por la magnificencia de Louis. No se atrevió a acercarse y, desde su rincón y con la mirada baja, hizo una pequeña reverencia igual de torpe y falta de gracia que todos sus otros movimientos. Louis frunció el ceño. No podía haber sido más ordinaria.

Su vestido era feo y de color gris y gastado, y su aspecto no menos gris. Sus cabellos de un vulgar tono castaño sin brillo, recogidos severamente y pegados al cráneo con muchas horquillas. Unos ojos castaños, una nariz chata y no muy simétrica, un cutis basto y grueso y unos labios pálidos de un rosa desvaído completaban el conjunto. Ella también era pálida, pero no con la palidez elegante de los salones, sino con el tono apagado que denotaba la falta de luz en su rostro.

Carecía de la más mínima gracia, pero ¿qué podía esperarse de una joven recién salida de un convento más que una estupidez supina y una total falta de encanto? Sobre todo, si tenemos en cuenta que, para Louis, el encanto era la propensión a dejarse desatar los lazos del corpiño a la primera oportunidad posible.

—Excelencia —murmuró la muchacha con voz prácticamente inaudible.

—No seas tímida, Hélène —la animó Augustine—, Louis es de la familia. Va a pasar unos días con nosotros y es muy importante para mí que os llevéis bien. He puesto tanto empeño en todo este asunto que me disgustaría muchísimo si no os entendieseis.

Hélène se ruborizó y Louis miró a su tía sin entender. No sabía de qué diantre estaba hablando, a no ser que pretendiese... No, eso no era posible. No podía ser que su tía hubiese considerado seriamente la posibilidad de que contrajese matrimonio con aquella muchacha fea, vulgar, sin oficio y sobre todo sin beneficio.

—Señora —comenzó a decir Louis mientras pensaba en algo coherente que decir y que no fuese demasiado brusco para no desairar a Augustine, pero que dejase rotundamente clara la imposibilidad de que pudiese estar ni por lo más remoto interesado en esa desventurada muchacha. Pero no le fue posible, Augustine se le adelantó.

—Ven aquí, acércate, hija. Debemos ser amables con ella, Louis, y ayudarla en cuanto podamos. —La muchacha avanzó cabizbaja. Augustine cogió su mano y la unió con la de Louis bajo las suyas—. Hélène va a ser la futura esposa de mi hermano, Eustache.

5

¿La futura esposa de Eustache? La mano de Louis se crispó sobre la de Hélène. O sea ¿que aquella insignificante criatura era la causa de su desdicha y la principal amenaza en lo relativo a su futuro?

Louis la habría estrangulado sin perder más el tiempo.

—¿No es maravilloso? —ronroneó su tía—. Eustache buscaba una joven honesta y criada lejos del bullicio de la corte y yo le recomendé a Hélène. Estoy segura de que serán muy felices.

Hélène mantenía la vista baja y lo rojo de sus orejas ponía de manifiesto su timidez. Por un segundo, Louis perdió el hilo al apreciar aquel extraño conjunto. La piel blanca y lechosa de su tez y el rojo ardiente de sus pequeños y encarnados lóbulos. Pero enseguida recuperó su inquina. Aquella mosquita muerta era la culpable de todo.

—Maravilloso —rugió Louis en baja voz—, es justo el tipo de mujer que se merece mi tío Eustache.

El rojo encarnado de las orejas de Hélène se volvió

aún más encendido. Parecían arder por dentro. Louis experimentó una muy pequeña y levemente consoladora felicidad por el mero hecho de hacerla sufrir.

—Hélène está un poco preocupada porque teme no estar a la altura de lo que se espera de la esposa del conde de Bearnes, por eso quiero que comience a hacer más vida social, para que vaya ganando en confianza, ¿verdad, Hélène?

Hélène volvió a mover sus labios de un modo apenas perceptible para pronunciar un ronco: «Sí, señora.» Louis se sentía cada vez más furioso con ella. Era prácticamente imposible que aquella muchacha torpe e insulsa aprendiese a desenvolverse algún día en sociedad; en cambio, era seguro que sería perfectamente capaz de abrirse de piernas y parir a su debido tiempo varias camadas de nuevos Argenteuil.

Louis la examinó con severidad mirándola de arriba abajo. Debía de tener dieciséis o diecisiete años, pero sus caderas se veían formadas, el vestido carecía de adornos y armaduras, así que podía apreciarlas con claridad. Sus pechos no parecían gran cosa, aunque tampoco llevaba corpiño que los realzase y el escote era cerrado en torno al cuello. En puridad, no podía juzgarlos, pero por comparación con los que Louis estaba acostumbrado a admirar parecían pobres y anodinos, aunque sin duda existentes.

—Haré cuanto me sea posible por ayudarla.

Louis tiró de repente de la mano de Hélène. Su tía aún mantenía las de los dos unidas bajo las suyas, pero su movimiento hizo que las liberase. Louis llevó la mano de la muchacha a sus labios a la vez que se inclinaba ante ella en una perfecta pose cortesana. La cabeza alta, la mano izquierda tras su espalda, los ojos fijos en los de ella, que levantó por primera vez la cabeza para mirarlo, asustada.

—Es un auténtico e inestimable placer conoceros, señorita Villiers.

Louis sintió la mano de Hélène helada bajo su beso. Ella parecía paralizada. Los ojos muy abiertos y la postura rígida y envarada. Hasta Augustine lo notó.

—Mi querida niña, no debe intimidarte Louis. Es impresionante, lo sé, pero es un perfecto caballero.

La pequeña nuez de su garganta subió y bajó con rapidez por su cuello. Louis esbozó una media sonrisa torcida, soltó de golpe la mano de Hélène y recuperó de un quiebro la verticalidad. Ella bajó de nuevo los ojos, apocada, y unió sus manos entre sí, como si quisiera protegerlas de él. Louis apenas disimuló el desprecio. No había nada en Hélène que pudiera despertar su interés. Solo alguien tan ajeno al buen gusto, la belleza y la distinción, como lo era su tío, podía haberse fijado en ella. O quizá ni la había visto y cualquier cosa le servía con tal de que le diese un heredero. O tal vez pensase que siendo fea, ignorante y anodina nadie más se fijaría en ella.

Louis no podía negarle cierta razón en ese punto. La primera esposa de su tío había sido una mujer de reconocida cuna, pero fea, apocada y triste, y por supuesto virtuosa. Era bien sabido que tales rasgos solían ir unidos.

—No puedo estar más feliz por este encuentro —aseguró Augustine con verdadera felicidad infantil, y eso a pesar de que ella era la única persona visiblemente complacida. A Hélène se la veía atolondrada y nerviosa, y Louis necesitaba recurrir a toda su cortesanía para mantener a raya el mal humor.

Una pupila recogida de un convento disfrutaría de los cincuenta mil luises anuales que garantizaba el condado de Bearnes, residiría en la mansión de la familia, elegiría la decoración y recibiría pleitesía como futura condesa, mientras que Louis se vería condenado a luchar desesperadamente por cada miserable franco. ¡Y sin haber hecho absolutamente nada para merecerlo!, se decía Louis, olvidando que tampoco es que él hubiese hecho gran cosa en su vida, más allá de gastar con espléndido derroche.

La furia de Louis hervía como el aceite en el fuego cuando un criado fue a anunciar que la mesa para el almuerzo ya estaba dispuesta. Su tía volvió a apoyarse en su brazo para dirigirse al comedor y, tal y como se temía, Hélène los siguió con la cabeza baja y las manos cruzadas aún en su regazo. Cuando se sentaron a la mesa, Louis no disimuló la censura. Hélène también debió de notarla porque hundió la vista en el plato. Su tía comprendió y trató de justificar aquel atentado a las buenas costumbres.

—Tienes que disculparnos, Louis. Aquí la vida es mucho más sencilla que en París. Ya has visto mi aspecto cuando has llegado. No solemos andarnos con formalidades. Además, la modista aún está preparando el guardarropa de Hélène. Todos sus vestidos son igual de sencillos, por eso no merece la pena cambiarse de ropa para comer. Tú mismo, si lo deseas, puedes arreglarte aquí con más desenfado. No nos ofenderemos, ¿verdad, Hélène?

Hélène volvió a decir algo así como «no, señora», con una voz tan profunda y gutural que Louis dudó de que fuese propia de un ser humano. Por su parte, él mismo estaba sin palabras. Ya era bastante malo oír decir a su tía que la elegancia, los buenos modales y el mejor gusto eran considerados allí en el campo como algo superfluo, pero pretender que él también renunciase a su educación y al cuidado de su apariencia para entregarse a la dejadez propia de la provinciana vida de Tours...

Tomó la cuchara de plata y trató de sonreír con naturalidad, aunque le resultó en extremo difícil.

—Estáis en vuestra casa, tía. No os molestéis en cambiar vuestras costumbres por mí. Por mi parte sería incapaz de actuar de otro modo al que lo hago. Ya sabéis, señora. Es algo innato...

Pronunció aquella palabra deteniéndose especialmente en ella. Hélène comprendió la indirecta. Sus orejas volvieron a enrojecer y se encorvó más sobre el plato. Un espectáculo lamentable. Louis comenzó a comer con la espalda erguida, pero la postura ligeramente vencida. Resultaba altivo, indolente, despectivo, elegante, indiferente... Sí, incluso comiendo, Louis poseía modales dignos de un príncipe, tanto por su magnificencia como por su desmedido egoísmo y su soberbia displicencia. Aunque a los ojos de los observadores benévolos —y sin duda Augustine lo era— solo destacase su aristocrática y pulida belleza. Lo que de aquello pensase Hélène era difícil saberlo, ya que seguía comiendo sin apartar la vista de su tazón de caldo.

—Por supuesto que puedes seguir cambiándote para las comidas y vestir como lo harías en la corte, Louis. Solo verte me eleva el espíritu y te mereces que el resto del mundo haga lo posible por estar a tu altura. Hoy mismo enviaré recado a Madame Bourguinne y le pediré que me ayude a organizar una recepción en tu honor. Es una dama encantadora y tiene dos hijas preciosas. Créeme, Louis, unas muchachas deliciosas. Hélène ya las conoce.

Si Augustine esperaba que Hélène añadiera algo más, se quedó con las ganas, porque a pesar de que hacía rato que había acabado su caldo —algo lógico, ya que se había dedicado a ingerir una cucharada tras otra sin interrupción— no dijo absolutamente nada, ni siquiera movió la cabeza con uno de sus rudos asentimientos. Siguió solo mirando el recipiente vacío con la mayor de las atenciones.

Toda la comida transcurrió en el mismo tono, con su tía parloteando sin cesar sobre la aburrida vida de Tours y con Louis sonriendo cortés de vez en cuando, y en otro tanto, reprobando y despreciando a aquella pálida e inerte personilla que estaba destinada a convertirse en un futuro inmediato en la esposa de su tío.

Otro, quizás, hubiese visto en ella su juventud y su inocencia, pero Louis no se dejaba engañar. Era joven, pero no era bella, y al lado de su tío maduraría tan pronto que cuando se quisiera dar cuenta sería también vieja. Vieja, miserable y ruin y no habría modo de sacarle ni una sola moneda. Se aferraría al dinero y a los cupones de intereses igual que otras se aferraban a su belleza.

Privada de todo conocimiento de lo que pudiera ser

el placer, y con la envidia añadida de saber que otros gozaban de lo que ella nunca poseería, se volvería tan mezquina y taimada como su tío.

Sí, posiblemente un alma más sensible que la de Louis habría sentido conmiseración por la suerte de una muchacha que, sin haber conocido más vida que la que se intuye tras las tapias de un convento, se veía destinada a ser la esposa de un viejo amargo y despótico. Pero Louis solo pensaba en cómo le afectaría aquello a él, y casos como el de Hélène se veían todos los días.

La comida se le hizo a Louis interminable. Más cuando en atención a su ilustre presencia, Augustine hizo desfilar un sinfín de platos que se vio obligado a probar y a alabar, pese a que para desilusión de su tía ninguno le satisfizo lo bastante para que tomase de ellos más de un par de bocados. Tampoco Hélène comió otra cosa aparte de su caldo y ya no abrió más la boca. Solo cuando llegaron los postres se atrevió a tomar la cucharilla para probar el chantillí y las fresas, pero una nueva mirada rencorosa de Louis volvió a amedrentarla y Hélène desistió. Al menos su tía se retiró pronto, manifestando su costumbre de descansar un rato tras el almuerzo, y Hélène, como es natural, se retiró también.

Esa era una práctica que Louis aprobaba. También él gustaba, especialmente con la primavera avanzada y sobre todo en el verano, de dormitar hasta bien mediada la tarde. La pereza le vencía aún más de lo habitual en esa época del año y, si se echaba, después podía disfrutar del ambiente más fresco de la noche hasta altas horas de la madrugada. Además, en Tours hacía aún más calor que en París y estaba fatigado por el viaje.

La misma doncella que le había atendido esa mañana le abrió la cama y le preguntó si deseaba que llamase a su ayuda de cámara o lo ayudaba ella misma a desvestirse.

Louis se sentía muy frustrado y muy desdichado y necesitaba descargar esas oscuras emociones de algún modo. Ella tendría dieciocho dulces años. Ojos oscuros y vivaces. Sonrisa procaz y despierta. Unos dientes blancos y unos labios rojos. Los senos altos sobre el corpiño.

Fue Louis quien la desvistió a ella.

6

La vida en Tours era tan tediosa como Louis había supuesto. Su tía le presentó a la crema y nata de la sociedad, pero eso no menguó su aburrimiento. Las dos hijas de Madame Bourguinne se mostraron tan desesperadas por agradarle que era vergonzante, sobre todo porque no eran nada bonitas, y su falta de talento era tan evidente como su pacata honestidad. Las dos cantaban y tocaban algún instrumento y era una auténtica lástima que su aplicación no hubiese dado mejores frutos. Louis amaba la música y, aun habiendo sido educado para ello, renunciaba siempre a ejecutar pieza alguna. Era lo bastante sincero para admitir su falta de maestría y odiaba cuando alguien mancillaba la belleza de una composición con una imperfecta ejecución.

Aquel era uno de los casos más flagrantes y, en su opinión, las hermanas Bourguinne debían haber sido ahogadas antes que permitir que semejantes gañidos saliesen de sus gargantas.

Al menos Thérèse, la joven doncella de su tía, le servía de distracción. No solía rebajarse a acostarse con criadas, pero la necesidad hacía que menguase su nivel de exigencia. También había puesto sus ojos en la baronesa de La Bruyère. Estaba casada, por supuesto, y cuando correspondía a sus miradas, sus pestañas se curvaban de un modo encantadoramente lánguido que agradaba sobremanera a Louis. Ya había intentado acercarse a ella al menos en dos ocasiones y se había mostrado receptiva, pero demasiado cicatera a la hora de dispensar sus dones. Ni siquiera había tenido oportunidad de aspirar el perfume de sus abundantes senos de orgullosa madre de tres hijos varones.

Eso sí, la baronesa había permitido que la tomase por la cintura y la besase con el apasionado ardor que Louis solía emplear para estos casos, pero después se había mostrado fría y había rechazado sus intentos de avance, ofendida. Sin embargo, en la siguiente reunión, no había tardado en volver a buscar con avidez su mirada. A Louis le gustaban los juegos y el cortejo, pero comenzaba a sospechar que la baronesa solo quería quedarse con el galanteo sin ofrecerle a cambio su merecida compensación.

De todos modos, aún no la había descartado del todo y, tras considerarlo, decidió que la indiferencia sería la actitud que más le favorecería. La baronesa parecía haber comprendido y había optado por la misma táctica, con lo cual la partida estaba en tablas, y a Louis no le atraía lo suficiente para molestarse en hacer el siguiente movimiento.

En resumen, llevaba solo diez días en Tours y ya estaba mortalmente aburrido. Había intentado discretamente abordar el tema de sus ingresos con su tía, pero Augustine se hacía la tonta y no dejaba de referirse a la importancia de que se casase y sentase la cabeza. Louis comprendía la relación: no habría dinero si no contraía matrimonio, pero ese sería su último y desesperado recurso. Conocía demasiado bien las trampas y las humillaciones a las que le sometería el matrimonio y no estaba dispuesto a verse engañado y escarnecido públicamente. Prefería ser él quien pusiese en ridículo a los demás y, si la baronesa realmente hubiese merecido la pena, el barón de La Bruyère luciría ya una cornamenta tan grande como el dintel de la puerta principal de su morada. Pero su moral estaba tan alicaída que ni esa perspectiva conseguía animarlo.

Y para colmo de males tenía que soportar a todas horas la presencia constante de Hélène. Louis la detestaba. Tan apagada, tan silenciosa, tan acobardada. Hasta poner de manifiesto su ineptitud era deprimente. Hélène parecía ser más consciente que nadie de su propia falta de valía y aceptaba sus fulminantes miradas con humilde resignación.

Aburrimiento, mediocridad y pésimas expectativas. Louis veía el panorama tanto más negro cuanto más luminosa era la mañana de mayo. Se veía obligado a elegir entre una existencia miserable —miserable para las miras de Louis, claro está— o caer atrapado en las cenagosas aguas del matrimonio. Las dos opciones se le antojaban a cual más infortunada.

Aquella mañana decidió salir a dar un paseo, solo porque no tenía ninguna otra cosa mejor que hacer. Solía cabalgar de cuando en cuando, pero su caballo se había lastimado una pata y Louis no montaba otro, así que resolvió caminar.

La quinta brindaba espacio de sobra para ello. Era una amplia finca rodeada de jardines y también poseía un huerto con multitud de árboles frutales y toda clase de hortalizas. Mientras Louis permanecía ocioso, en la quinta reinaba la animación. Augustine presumía de buena ama de casa y gustaba de aprovechar todos los recursos que su propiedad le brindaba. Y aquel era el tiempo de las ciruelas.

Los árboles estaban llenos de ellas: redondas, amarillas, jugosas y fragantes perfumaban el aire y llenaban de color el paisaje. Ni siquiera Louis conseguía permanecer indiferente a su aroma dulzón y persistente. Sentía la tentación llamándolo desde todos los rincones, pero la resistía, porque después de todo solo era fruta y él únicamente apreciaba lo que era distinguido y refinado.

Pasaba junto a un pozo rodeado de flores cuando un coro de risas atrajo su atención. Varias eran claramente infantiles, pero una parecía más formada y destacaba sobre el resto. Cristalina, fresca, argentina... Louis estaba tan acostumbrado a la afectación que aquel sonido espontáneo despertó su curiosidad. Sonaba joven y alegre, así que pensó que pertenecería a una de las doncellas, aunque no a Thérèse; Thérèse reía con una risita baja y complacida que comenzaba a hastiarle.

Las risas aumentaron de volumen y Louis se encontró frente a frente con el alegre grupo. Un par de criadas que se afanaban en recoger ciruelas, varias niñas pequeñas, hijas seguramente de las mismas criadas, y la joven cuyo timbre destacaba sobre los demás.

Ella y las niñas saboreaban con fruición los frutos que las mujeres mayores recogían en una especie de competición por ver quién comía más rápido. Louis la vio tomar una redonda ciruela y morder con avidez el fruto. El jugo saltó con fuerza salpicándole el rostro e incluso el pecho, y la muchacha rompió en nuevas risas que las niñas secundaron. La muchacha siguió comiendo deprisa sin dejar de reír y cuando terminó se lamió uno a uno los dedos para limpiar los restos de zumo.

Louis no había visto nada más sensual en toda su vida.

Él mismo estaba total y absolutamente sorprendido. Tal vez fuese por su animación, tal vez por aquellas gotas dulces que imaginaba salpicadas por los labios, por el rostro y por los senos de Hélène. Tal vez porque el placer de la joven era tan manifiesto que provocaba en Louis un movimiento y un deseo reflejos. Un movimiento y un deseo que se habrían revelado visibles si no hubiesen quedado ocultos por los bajos de su carísima levita de tafetán.

Y lo que más asombraba a Louis era que la causante de ese deseo fuese la insignificante e insípida Hélène. Porque aunque pareciera alguien completamente distinto, aquella joven no era otra que Hélène. El sol hacía brillar su cabello infundiéndole un matiz dorado que Louis hasta ese momento no había apreciado, y también su atuendo ofrecía otro aspecto. El calor había hecho que se quitase la sobrepelliza del vestido y Hélène lucía un escote que había ocultado celosamente hasta entonces. Y eso era algo que no tenía perdón, porque a ojos de Louis no había pecado mayor que el de ocultar la belleza.

Todo aquello, sin duda, ayudaba; pero, ante todo, Louis sabía que se trataba de su risa. Era su risa lo que hacía que Hélène pareciera casi hermosa.

Molesto por ese pensamiento se irritó consigo mismo y se obligó a recordar sus defectos. Antes de que le diese tiempo a enumerarlos, Hélène notó su presencia. Su alegría inocente y sincera desapareció de inmediato, y su habitual gesto apocado y temeroso la sustituyó con rapidez.

—Excelencia... —murmuró soltando los huesos que aún conservaba en la mano y limpiándose en el mismo vestido a la vez que doblaba las rodillas en una precipitada reverencia que las chiquillas y las criadas imitaron.

Era como si una nube hubiese ocultado el sol. Su naciente deseo también se evaporó como si nunca hubiese existido. Louis se sintió molesto y furioso porque su presencia causase tal efecto. Y es que, en el fondo, todo cuanto Louis deseaba era ser amado y admirado allá por donde pisaba.

—¿También os dedicáis a recoger fruta? ¿Creéis que eso os resultará de utilidad cuando seáis condesa? —dijo desabrido.

Hélène humilló la cabeza y no contestó. Eso también irritó a Louis.

—Os he hecho una pregunta.

Ella se defendió en voz baja y nerviosa.

—Vuestra tía me dijo que viniese y recogiese algunas ciruelas para servirlas durante la comida.

Hélène seguía cabizbaja, pero las mujeres mayores y hasta las niñas miraban a Louis con mala cara. Estaba claro que todas estaban de parte de Hélène.

—Vosotras seguid trabajando —ordenó con severidad—. Y a vos os iría mejor si os aplicarais en algo de más provecho que en perder el tiempo con las criadas.

Hélène se encogió más si cabe, y las criadas y las niñas se pusieron a recoger ciruelas en silencio y con rapidez.

Louis abandonó pronto el sitio. No le gustaba estar rodeado de quienes no le apreciaban. Desistió de su excursión campestre y se dispuso a regresar a la confortable comodidad de los salones de la mansión.

Pero la tentación lo llamaba desde cada árbol.

No tardó en rendirse. No era hombre capaz de resistir una prueba. Se acercó a una rama y cogió uno de aquellos frutos dorados. Antes de probarlo, miró en derredor suyo para comprobar que nadie lo veía. Sin duda, Louis había cometido peores delitos que coger una ciruela de un árbol, pero no quería que nadie lo sorprendiese haciendo lo mismo por lo que acababa de regañar a Hélène.

La probó con cuidado. El jugo llenó su boca, caliente por efecto del sol, aromático, intenso, dulzón y a la vez ligeramente ácido. Era agradable, sí, pero no más que eso. Pegó otro pequeño mordisco y esperó el resultado. Algo parecido a la sensación que mostraba el rostro de Hélène. El segundo intento tuvo aún menos efecto que el primero. Louis se sintió de pronto estúpido y tiró la fruta al suelo sin terminarla.

Regresó a la mansión limpiándose con el pañuelo y dando órdenes a los criados para que le llevasen agua para lavarse las manos. Cuando llegó la hora de la comida se vistió tan exagerada y formalmente como siempre y, mientras Augustine seguía contándole la vida y milagros de toda las gentes que formaban la buena sociedad de Tours, atormentó más que de costumbre a Hélène con sus miradas. Ella había vuelto a vestirse con sobriedad, sin dejar al aire ni un pedazo de piel; su pelo ya no lucía dorado, sino ceniciento, y su tez tenía también el color de la ceniza, igual que su vestido.

Louis la censuraba tanto por su falta de belleza como de cuidado. Cierto que no tenía nada de especial, pero podía haberse mostrado un poco más esmerada, lo mismo en sus modales como en su apariencia. Si tan solo sonriese de cuando en cuando en lugar de mostrarse asustadiza como un conejo...

—¿Has probado las ciruelas, Louis? Este año son especialmente deliciosas —dijo su tía ofreciéndole un plato de escogidas, lavadas y relucientes ciruelas.

—No, gracias, tía. No son de mi gusto —declaró Louis mirando a Hélène con aire ofendido.

—No puedes decirlo en serio —dijo su tía, escandalizada—. No hay fruta más exquisita en esta época del año y más si están recién cortadas como estas. ¿Y tú, Hélène? Coge una.

—No, gracias, señora. Yo tampoco quiero —murmuró atreviéndose a levantar la vista y mirando a Louis como si suplicase clemencia.

Sus miradas se sostuvieron durante unos interminables segundos. Pero esta vez, en lugar de rehuirle, Hélène se quedó prendida, atrapada por la intensidad fría de Louis.

—Pero bueno, ¿qué os pasa a los dos? No sabéis lo que os estáis perdiendo —dijo Augustine, iniciando una larga charla sobre las virtudes y los beneficios de tomar fruta fresca a todas las edades y en todas las estaciones del año.

Hélène bajó la vista, turbada. Augustine continuó hablando y hablando, aunque Louis no la escuchaba: andaba sumido en otros pensamientos. Acababa de tener una revelación.

¿No era francamente gracioso? La pequeña Hélène Villiers se había enamorado de él.

7

Louis comenzó a observarla con más atención. Cierto que era ordinaria, nada bonita y menos divertida, pero quizás existiera una posibilidad —una muy probable posibilidad— de que Hélène no fuera inmune al natural encanto de Louis y desease, a su torpe e insuficiente manera, agradarle. Su mirada suplicante así se lo había mostrado y era lo bastante vanidoso para no temer equivocarse.

No es que eso le importase gran cosa. Nada en ella agradaba a Louis. Había desterrado el recuerdo de la mañana en el huerto como un signo de debilidad impropia de él. Pero había algo que no podía obviar. Sería muy muy conveniente contar con el favor de Hélène una vez que se convirtiera en la esposa de su tío, por no hablar de cuando se convirtiera en su viuda.

La sola idea de rebajarse a pedirle algo lo sublevaba, pero quizá, si jugaba bien sus cartas, no tendría ninguna necesidad de hacerlo. Sería ella quien se lo ofreciese...

Bastaría con seducir a Hélène.

Y no podía ser demasiado difícil. La buscó con la mirada entre los asistentes a la velada que celebraba aquella noche Augustine. Las hermanas Bourguinne, el imbécil del caballero Annaud, dos o tres vejestorios y el padre Lavryl. Al menos la música no la ponían las hermanas, esta vez se trataba de músicos profesionales: un cuarteto de cuerda que en ese momento interpretaba el canon de Pachelbel con bastante acierto.

Era una música que le entusiasmaba y aprobó que Hélène pareciera transportada y absorta en la melodía, no como las hermanas Bourguinne, que cuchicheaban sin parar entre ellas. También podría ser que, como Hélène apenas hablaba, disimulase su falta de habilidad para expresarse y relacionarse haciendo como que le interesaba la música.

Aquella tarde llevaba un vestido nuevo, pero igual de feo que los viejos, y seguía sin adornarse lo más mínimo. Su peinado era un anodino moño y no había rastro de carmín ni de colorete en su rostro. Hélène tenía el mismo aspecto que podría tener si aún viviese en el convento.

Eso desmotivaba a Louis. Le gustaban las mujeres frívolas, mundanas, atrevidas y casquivanas. Las honestas eran peligrosas. Su conciencia las sumía en un mar de dudas y reparos morales que, en el mejor de los casos, llevaría a reproches, lágrimas y acusaciones sin fin. Louis prefería evitar todo eso, y en lo referente a Hélène el dilema era aún mayor, porque si su tío llegara a enterarse...

Su frente se arrugó y sus ojos se empequeñecieron. Sería un grave problema. Por otro lado, sería tan divertido reírse de él... La idea lo tentaba. Bastaría con que fuese cuidadoso y se asegurase de guardar bien el secreto.

Hélène apartó su mirada de los músicos, que habían pasado a interpretar una pieza ligera y rápida, y se encontró con la de Louis. Él le sonrió. Ella se puso del color de la grana y volvió a mirar a los violinistas.

La sonrisa de Louis se tornó abiertamente cínica. Por supuesto, Hélène estaba loca por él. No es que eso le admirase, ¿podía haber sido de otra manera? Quizás, incluso él mismo, había pensado que una joven tan falta de interés como Hélène no se atrevería a fijar sus ojos en alguien como Louis, los mantenía tan constantemente bajados... Pero después de todo no era ciega.

Y así, en un rápido cambio de opinión, fue como se decidió. Por vanidoso orgullo tanto como por capricho y rencor hacia su tío. También porque llevaba demasiados días aburrido en Tours, tantos como para que la conquista de la asustadiza e impresionable Hélène se convirtiese en un incentivo.

Y puesto que ya se había decidido, ¿para qué perder más el tiempo? Cruzó el salón y se colocó justo a espaldas de Hélène.

—¿Os gusta? —dijo inclinándose sobre ella y murmurando con suavidad las palabras en su oído.

Hélène tragó saliva y todo el contorno de sus pequeñas orejas volvió a ponerse deliciosamente encarnado. Louis estaba tan cerca que creyó sentir en sus labios el calor que desprendían.

—Es una música muy hermosa.

—Rameau es uno de mis compositores favoritos. ¿Cuál es el vuestro?

Ella dudó solo un poco.

—También Rameau.

La sonrisa de Louis se hizo taimada, pero como permanecía a su espalda, Hélène no pudo verla.

—No sabéis cuánto me agrada que nuestros gustos coincidan.

Hélène no dijo nada, así que Louis continuó hablando muy bajo y muy cerca de ella. Tanto que sus mejillas prácticamente se rozaban. Todos observaban educadamente a los músicos, y su tía, que era quien más le preocupaba, estaba sentada más adelante, así que no podía verlos.

—Debo deciros que comienzo a darme cuenta de que me había engañado respecto a vos y creo que ocultáis más de lo que mostráis.

La garganta de Hélène tembló levemente.

—Y me gustaría tener ocasión de conoceros mejor.

La joven se atrevió a volver la vista hacia él. Los fríos ojos azul aguamarina de Louis la observaban con tanta fijeza que Hélène ni siquiera parpadeó.

Cuando consiguió librarse de su influjo, se volvió hacia el frente con rapidez y susurró su respuesta.

—No tengo nada que ocultar.

Louis dejó que sonasen varios compases antes de contestar.

—¿De veras? Me desilusionáis cruelmente.

La pieza terminó justo en ese momento y los asistentes rompieron en aplausos. Louis también golpeó las palmas, cortés. Hélène no, Hélène solo cogió aire.

Los músicos pasaron a interpretar a Haydn. Era un autor que le agradaba menos, así que aprovechó para dirigirse hacia las señoritas Bourguinne. Estas lo recibieron encantadas y Louis pasó el resto de la velada agasajado por ellas y disfrutando de las miradas furtivas, sufrientes y celosas de Hélène.

Aquello lo distrajo lo suficiente para aguantar de buen grado los melindres de las empalagosas hermanas. Se mostró amable y encantador. Su tía irradiaba satisfacción al verlo cortejar a sus favoritas y, cuando las hermanas Bourguinne se marcharon, parecían abultar el doble que cuando llegaron. Hélène, en cambio, era una sombra en un rincón a la que nadie prestaba la menor atención.

Su tía también se retiró feliz pero agotada tras despedir a todos sus invitados. Hélène siguió sus pasos. Louis tiró de su mano atrayéndola hacia sí y la retuvo antes de que subiese la escalera.

—¿Os vais ya?

—Yo... t-t-tengo... q-q-que... —tartamudeó Hélène.

La cercanía hacía que Hélène temblase como una hoja. Era tan evidente que incluso a Louis le pareció excesivo.

—¿Qué?

Louis tenía su aire más resuelto y mortal. Hélène lo miraba como miraría un ratoncillo a la serpiente que se dispone a engullirlo, tan fascinada como aterrada.

—Yo... debería irme —se excusó ella, aun cuando no necesitaba excusas, y si realmente hubiera querido irse, ya lo habría hecho.

—Como os he dicho antes, me gustaría conoceros mejor —susurró Louis, ardiente.

—Vuestra tía me está esperando. Todas las noches rezo junto a ella —le dijo Hélène con acento desesperado.

—Id entonces a rezar —dijo Louis soltándola abruptamente—. Os estaré esperando después.

Hélène lo miró acobardada y justo en ese momento se oyó la voz de Augustine.

—¿Vienes, querida?

—¡Sí, señora, ya voy! —respondió Hélène recogiéndose la falda y subiendo a toda prisa la escalera.

Louis sonrió triunfal. Sería tan absurdamente fácil... Decidió aguardar en el corredor apenas iluminado. Tras una espera que se le hizo larga, oyó la puerta del dormitorio de su tía abrirse y después cerrarse con sumo cuidado. Enseguida la vio acercarse con la cabeza perennemente baja. Salió de entre las sombras, la cogió al paso y tiró de ella introduciéndola en una de las habitaciones. Hélène hizo el amago de gritar, pero él la silenció poniéndole la mano en la boca.

—No hagáis ruido —murmuró Louis.

Su pecho subía y bajaba a causa de su respiración acelerada, pero Hélène no hizo intención de liberarse. A pesar de eso, Louis le dejó su mano en la boca todavía un poco más, solo para sentir su suave jadeo y sus labios temblorosos.

—¿Qué pretendéis? ¿Por qué me habéis traído aquí? —dijo ella en otro murmullo cuando él consintió en retirar su mano.

Se encontraban en una pequeña salita al otro lado del corredor respecto a la habitación de Augustine, sin más luz que la que se filtraba por la puerta entreabierta.

—¡Chsss!, no digáis nada —dijo colocándole esta vez solo dos de los dedos en los labios. Hélène calló paralizada al instante—. Solo pretendo lo que os he dicho antes, conoceros un poco mejor. Vais siempre tan cubierta, tan recatada... Os ocultáis tan bien que es casi imposible saber cómo sois realmente —susurró desabrochándole uno a uno y muy despacio los botones de la chaquetilla del vestido—, pero os vi aquella mañana en el huerto y os he visto hoy en el concierto. —La respiración de Hélène era cada vez más agitada, pero no hacía nada por detener a Louis—. Creo que sabéis reconocer el placer y la belleza cuando los encontráis y creo que estaréis de acuerdo conmigo en que no hay nada malo en disfrutar de ambas cosas.

Los dedos de Louis dejaron los labios de Hélène para descender por su barbilla y su garganta. Abrió la chaquetilla y acarició lentamente y con suavidad su tibio pecho y el nacimiento de sus senos. Los ojos de Hélène brillaron en la oscuridad y lo miraron tan fijamente como si quisieran traspasarlo. Louis, en cambio, solo tenía ojos para la tersa piel que ahora acariciaba.

—Tenéis un hermoso cuerpo y, sin embargo, lo ocultáis. Es algo que no puedo perdonaros.

Avanzó más abajo sobre la tela del vestido, rodeó uno de sus pezones con sus dedos y sintió cómo se endurecía al instante. También él sintió otra parte de su cuerpo endurecerse a la misma velocidad. Ella exhaló un alarmado suspiro y apartó su mano de un golpe.

Louis se enrabietó como un niño al que le quitan su juguete y volvió a llevar su mano al mismo lugar. Hélène trató otra vez de retirarla, pero él no cedió.

—Soltadme —dijo ella muy bajito.

—No.

—Soltadme os digo —repitió igual de bajo luchando en vano por quitarle la mano de su pecho.

—No voy a hacerlo —dijo con decisión—. ¿Y qué vais a hacer vos? ¿Gritaréis? Le diréis a todo el mundo que he intentado... ¿Qué? ¿Qué les diréis?

Louis sintió el temor de Hélène ante la perspectiva de explicar a su tía qué era lo que estaba haciendo allí con él. Solo tenía que persuadirla un poco más.

—Estáis exagerando. No ocurrirá nada que no deseéis. Os juro que no os haré daño y será solo un momento. ¿Me lo concedéis? Un minuto para dejarme hacer y luego podréis iros.

Tenía todavía el seno izquierdo aprisionado bajo su mano y además de su notable firmeza sentía el corazón de ella latiendo muy muy rápido. Hélène no contestó a su pregunta, pero tampoco negó, y Louis sintió cómo su tensión se aflojaba poco a poco.

También él aminoró su presión y muy lentamente reanudó sus caricias. Delineó sus senos y comprobó la tersura sedosa de su piel, descubrió que no eran tan pequeños como parecían bajo la ropa, pero tampoco demasiado grandes, aunque sus pezones sí tenían un tamaño considerable, y respondían rápidamente a su toque, igual que las rodillas temblorosas de su dueña.

Louis siguió recorriéndola, sin prisas y sin dejar de observarla, vigilando si cerraba los ojos o parecía demasiado asustada. Habría sido difícil determinar cuánto lo estaba, pero lo cierto era que no se movía, ni tampoco se terminaba de abandonar.

Louis se atrevió a ir más lejos. Tomó su talle con ambas manos, abarcó su cintura, tentó sus caderas y se hundió en su falda buscando entre los muslos, mientras con la otra mano apreciaba complacido el volumen y la consistencia de sus nalgas.

Hélène prácticamente ya no respiraba. Aquella era una experiencia demasiado nueva e inesperada para ella. Después de todo tenía solo diecisiete años y había pasado ocho de ellos en el convento de Sainte-Geneviève. No había sido allí ni desdichada ni feliz. Comprendió pronto que la desobediencia era duramente castigada y que lo mejor para prosperar en aquel ambiente era no destacar en ningún sentido. Ni por hacer oír la voz, ni por la belleza, ni por la inteligencia, ni por ningún otro motivo. Aprendió a ser mediocre y obediente, y cuando salió del convento se encontró sola y extraña junto a aquella mujer que la trataba con amabilidad, pero que no dejaba de decirle constantemente lo que tenía y lo que no tenía que hacer. Eso al menos no había supuesto ningún cambio. Y ahora estaba allí, con su intimidante y altanero sobrino, su excelencia el vizconde de Tremaine, un caballero de una belleza perversa y extraña como Hélène nunca antes había visto. Su palidez, sus ojos fríos, sus labios gruesos y, sin embargo, tan seductores que Hélène no podía dejar de espiarlos a hurtadillas. Él con toda seguridad la despreciaba, pero Hélène lo admiraba como solo puede admirarse lo que a la vez se envidia y se desea: ansiándolo para sí.

Y él era quien estaba haciéndole aquello. Sus manos en un cuerpo que nadie antes había tocado de ningún modo. Hélène no era tan estúpida como para no saber que aquello estaba mal, pero también sabía que el resto del mundo lo hacía. Las damas elegantes, las criadas jóvenes y sonrientes, las mujeres hermosas por las que docenas de hombres suspiraban. Incluso allí, en el convento, las muchachas cuchicheaban y reían entre ellas, y Hélène sabía que hasta las mismas monjas pensaban en eso. En una ocasión sorprendió a dos de las religiosas juntando sus labios. Después la habían castigado, pero eso no había evitado que Hélène pasara muchas noches pensando en cómo sería: ser acariciada y deseada. Y ahora, Louis d'Argenteuil, un caballero joven y hermoso, la estaba acariciando a ella.

Louis había ido subiendo poco a poco la falda de su vestido y con manos hábiles y expertas se las compuso para soltar la lazada de sus pantaletas. Con delicadeza bajó por su vientre terso para buscar con la yema de los dedos el punto más cálido de su cuerpo.

Hélène ahogó un chillido y Louis se apartó con rapidez tras tener constancia de lo que pretendía averiguar. Estaba húmeda y caliente.

Ella se puso muy nerviosa de repente y trató de componerse la falda aunque, como tenía los cordones de las pantaletas sueltos, temió que se le cayesen en cuanto se moviese. Se debatía entre el terror por ese ridículo y el pánico por lo que acababa de suceder. Pero él la tomó por los hombros con amabilidad y le hizo mirarlo a los ojos a pesar de la oscuridad.

—No os inquietéis —dijo como si adivinase todos sus temores—. Lo habéis hecho muy bien y no ha ocurrido nada irreparable.

Verdaderamente Louis se sentía muy satisfecho. No

es que hubiese dudado de su capacidad, pero siempre era agradable comprobar el efecto de sus poderes de persuasión. Se trataba de un mérito insignificante del que no valía la pena ni presumir: embaucar a una muchacha inocente y completamente ignorante. Pero no podía negar el agudo placer que había sentido al comprobar la prometedora predisposición de Hélène.

—Pero yo... —empezó ella.

Louis volvió a poner los dedos en sus labios. Los mismos dedos que hacía tan solo un instante habían gustado de un rincón mucho más dulce. Ese pensamiento también le agradó.

—Sin peros —dijo firme Louis—. No hay nada malo en buscar el placer, quien os lo haya dicho os ha mentido.

Hélène dudó un poco, pero terminó asintiendo ante la mirada interrogante y tranquilizadora de Louis. Él sonrió y como recompensa le depositó un suave y corto beso en la punta de sus labios. Fue tan breve como inesperado, y Hélène lo recibió tan sorprendida como todo lo demás.

—Bien —dijo apartándose y dejándole la salida libre—. Ya podéis retiraros.

Ella se quedó parada, como si no comprendiese bien lo que tenía que hacer en ese momento, pero Louis tuvo la paciencia suficiente para esperar a que la idea calase por su propio peso en su cabeza. Por fin, aunque confundida, Hélène dejó la salita y Louis oyó sus pasos apresurados perderse por el corredor y la puerta de su dormitorio cerrarse de un golpe.

Louis sonrió pensando en que la pequeña Hélène

se había quedado con ganas de más y casi estuvo tentado de llamar a su puerta y culminar con ella esa misma noche.

Sin embargo, se resistió. No merecía la pena precipitarse e incluso habría sido de mal gusto mostrar excesivo interés. Además, no podía desflorarla. Era la futura esposa de Eustache y tenía que llegar virgen al altar. Si no, las reclamaciones airadas de su tío y las explicaciones culpables de Hélène lo pondrían todo en evidencia.

Entornó los ojos pensando en otras muchas y variadas posibilidades. Su sonrisa se agudizó. No, eso no sería un problema. Él se encargaría de resguardar adecuadamente su virtud.

8

Los días en Tours se volvieron menos pesados en cuanto Louis comenzó a forjar planes, y Hélène era parte crucial en ellos.

De acuerdo que no era el tipo de mujer que prefería, pero merecía la pena hacer un sacrificio solo por vengarse de su tío. Y pervertir a Hélène sería, cuando menos, una agradable distracción. No comprendía cómo no se le había ocurrido antes, porque, si bien no era hermosa, tampoco podía decirse que fuese horrible. No le importaba reconocer que había compartido lecho con otras aún menos agraciadas. Sin ir más lejos, ese mismo invierno se había visto envuelto en una absurda relación con Madame de Tonnais, una marquesa viuda, mal conservada y de humor desagradable, que lo había perseguido y desafiado hasta que Louis se vio en la obligación de citarse con ella. Al menos la marquesa había tenido el buen gusto de mantener el dormitorio a oscuras mientras él trataba de dejar su nombre en buen lugar. Después ella continuó persiguiéndolo, pero Louis consideró que con una sola vez ya había dado muestras de generosidad suficientes.

Solía ocurrir a menudo. Era una especie de prueba de fuerza. Todo se basaba en ver quién conseguía ganar la batalla a quién y hasta qué punto. No dejaba de ser un entretenimiento frívolo en el que dar muestras de verdadero sentimiento estaba incluso mal considerado.

Pero con Hélène tendría que tener especial cuidado, no solo para mantenerlo en secreto, también para procurarse su auténtico afecto, de tal modo que, cuando Hélène fuese la condesa de Bearnes, tuviese en ella una aliada y no una enemiga. Louis había visto con sus propios ojos lo peligrosa que podía llegar a ser una mujer despechada. La misma Madame de Tonnais lo había mirado torcido unas cuantas semanas, y no solo porque fuese un poco bizca, también le había jugado algunas malas pasadas. Él había buscado con afán la forma de desquitarse, pero uno de sus íntimos, el vizconde de Bennot, lo disuadió de hacerlo. La marquesa era una mujer muy influyente, por algo Louis había cedido a tratar de complacerla, aunque no había sido fácil, y su pesado perfume de violetas y su exigente avidez no fueron suficiente reclamo. Por suerte, Madame de Tonnais se olvidó de él en cuanto encontró una nueva distracción, pero también a Louis se le había quedado clavada la espina de una cierta humillación y no quería que eso ocurriese con Hélène.

Todas esas consideraciones distraían sus pensamientos mientras pasaba las hojas de un pequeño libro de poemas. La lectura era otro de sus placeres más queridos, solo que aquella tarde estaba de visita el padre

Lavryl y su presencia evitaba que Louis pudiese abstraerse en la musicalidad de los versos. Lavryl era un hombre tedioso que rivalizaba con Augustine en hacer inacabables sus charlas y, lo que era peor, acosaba a Louis a preguntas sobre la corte y el monarca a las que se veía obligado a responder como si alternase una tarde sí y otra también con el soberano.

La realidad era que solo había visto a su majestad, Luis XVI, en cuatro o cinco ocasiones y todas ellas desde bastante distancia, pero ni por un momento se le habría ocurrido confesárselo al padre Lavryl. En cualquier caso, el sacerdote siempre ponía al rey como ejemplo y paradigma de toda clase de virtudes, y no iba a ser Louis quien lo desengañara.

Su tía y Hélène también los acompañaban en el salón de visitas de verano. Una estancia muy luminosa y amueblada en colores claros. Augustine daba conversación a aquel hombre santo y Hélène bordaba. Su ajuar, sin duda.

Louis levantó la cabeza de su ejemplar de *Bucoliques* de André Chénier y la observó con disimulo.

Solo habían pasado un par de días desde su breve pero intenso encuentro en la oscuridad y no había sucedido ningún nuevo intento de acercamiento. Cuando coincidían en las comidas, ella parecía desear que la tierra se la tragase, se mostraba azorada e incluso temerosa y avergonzada, como si temiese que él le echase en cara su falta. Solo con mirarla a Louis le entraban ganas de sonreír a causa de su simpleza. Pero, en lugar de eso, había hecho como si nada y hasta se mostró más amable con ella. Nada realmente extraordinario, solo un poco menos riguroso. En compensación, le complació apreciar que Hélène hacía también cierto esfuerzo por resultar algo más agradable a la vista. Sin ir más lejos, en aquella ocasión llevaba un vestido de un color tan mortecino como siempre, pero que le sentaba mejor. Le quedaba más ajustado a la cintura y menos suelto del talle realzándole la figura. También se había recogido el pelo de forma distinta. En lugar del feo moño que solía llevar, había dejado el cabello suelto atrás, cayendo en desvaídas ondulaciones y adornado con un lazo blanco. Louis pensó que el efecto tenía algo de pueril, pero pueril y todo le agradaba. Allí, apartada, bordando aquellas sábanas blancas, concentrada en el hilo y la aguja, mientras él la observaba y decidía sus siguientes pasos.

Hélène levantó el rostro y se encontró con la inequívoca mirada pérfida de Louis. Ella se sonrojó y él trató de disimular adoptando un medido gesto cortés. Hélène volvió con rapidez a su labor, pero se aturulló tanto que se pinchó con la aguja y se quejó audiblemente, a la vez que se llevaba el dedo a la boca para no manchar la sábana con la sangre.

—¿Otra vez, querida? —dijo extrañada Augustine—. ¿Cómo estás hoy tan torpe?

—No lo sé, señora. Lo siento mucho —murmuró Hélène con un débil hilo de voz.

—¿Cómo vas? Trae aquí y déjame ver.

Hélène se levantó con cara de oveja degollada y le enseñó la labor a Augustine. La señora se puso las antiparras, examinó la costura con ojo crítico y comenzó a sacar faltas.

—Estas puntadas son más largas que estas otras, Hélène, y estas te han quedado demasiado sueltas. Y mira este nudo, ¿qué te pasa hoy?

—No lo sé, señora, procuro hacerlo lo mejor que puedo. Me esforzaré más.

—Esto no está presentable —dijo disgustada Augustine—. ¿Qué crees que pensará el conde de Bearnes cuando vea estas sábanas? Pensará que eres una descuidada y una floja y nos avergonzarás a las dos.

Hélène agachó humillada la cabeza y hasta a él le dio un poco de lástima. Solo un poco. Hélène le daba a Louis tanta lástima en general que ese pequeño disgusto no suponía una diferencia.

El padre Lavryl intervino conciliador.

—Vamos, seguro que puede hacerlo mucho mejor. Es posible que la estemos distrayendo con nuestra charla. ¿No es así, jovencita? —Hélène solo enrojeció y no dio ninguna respuesta, pero al menos aquello sirvió para que el padre Lavryl decidiera que había llegado la hora de retirarse—. Madame de Varennes es una anfitriona tan amable que las horas se pasan sin sentir, pero debo volver a mis obligaciones.

—Os acompaño, reverendo padre —dijo Augustine levantándose. Y es que era extraordinariamente devota y nunca se cansaba de agasajar a cuanto miembro de la Iglesia se cruzaba en su camino. Debía de pensar que eso le allanaría el camino cuando le llegase su hora, y no es que tuviese dudas sobre si tendría o no su lugar reservado a la derecha del Padre, no. Augustine no dudaba de que estaría sentada entre los justos, pero también ahí quería ocupar el mejor lugar posible.

Así que Louis y Hélène se quedaron solos. Solos por un buen rato, calculó Louis. Conociendo a su tía y al sacerdote su charla de despedida se alargaría por bastantes minutos. No tardó un instante en soltar el libro y abandonar el sillón.

Hélène prácticamente se echó a temblar en cuanto lo vio acercarse. Louis tenía esa capacidad. La de conseguir mostrarse a la vez encantador y temible.

—¿Puedo ver lo que os habéis hecho?

Ella vaciló, pero su tono era amable y casi parecía de verdad interesado.

—Es solo un pinchazo.

—Pero ¿puedo verlo? —insistió él con suavidad.

Hélène dudó, aunque acabó extendiendo la mano. Él se la cogió y la estudió con atención. Era pequeña, de dedos finos y cortos, y acostumbrada al trabajo, no un duro trabajo, pero trabajo al fin y al cabo. Los pinchazos apenas se distinguían, pero la piel estaba enrojecida y tenía rozaduras y durezas. Louis tuvo que volver a disimular la conmiseración.

—No deberíais trabajar tanto —dijo sujetándola por la punta de los dedos, ella sentada en su sillita baja de costura, él inclinado sobre ella.

—Tengo que hacerlo. Vuestra tía quiere que lo haga —murmuró Hélène sin poder resistir la atracción de sus ojos azules y calmos.

—¿Y siempre hacéis lo que os dicen que hagáis?

Hélène tomó aire antes de responder. Él la miraba intensamente y le tiraba suave pero firmemente de la mano. Lo justo para no dejarla escapar.

—Siempre —susurró Hélène.

Un leve temblor sacudió los labios de Hélène. La mirada de Louis se afiló acerada y su boca se frunció con avidez y deseo. Los labios de Hélène eran ligeramente irregulares, más pronunciado el inferior que el superior, pero se veían carnosos y mullidos. Parecían muy confortables y Louis sintió el inequívoco impulso de besarlos. Reprimió, contrariado, aquel repentino y caprichoso deseo, quizá solo por la inesperada fuerza con que se había presentado y, en lugar de eso, se inclinó un poco más sobre ella; y dándole la vuelta a la mano por la que aún la mantenía cogida, la besó despacio en la muñeca. Louis sintió el escalofrío que recorrió a Hélène igual que si se tratase de un calambre. Una corriente que iba de ella hacia él. Fuerte y rendida.

Hélène estaba tan prendida de sus gestos que no era capaz de pensar en nada más. Ni en el tacto helado de los dedos de él, ni en su aliento cálido, ni en la carne de gallina que le erizó el casi inexistente vello de su piel cuando él la besó en aquel lugar sensible y no usual. No pensaba. Solo lo miraba y sentía.

—Sois encantadora —mintió cordialmente Louis, puesto que pasado aquel momentáneo arrebato volvía a encontrar a Hélène demasiado boba—. Seréis una perfecta condesa, incluso aunque el bordado de vuestras sábanas tenga algún que otro fallo.

El gesto de Hélène se enturbió al instante. Retiró la mano de entre sus dedos con brusquedad y se puso a buscar la aguja para volver a su costura. Louis no se inmutó. Al revés, sonrió para sí. Realmente disfrutaba poniéndola en su lugar.

—Lo seréis al menos si ponéis un poco de vuestra

parte. Tenéis aún mucho que aprender y os aseguro que será más divertido que bordar y... menos doloroso —añadió con otra indescifrable sonrisa.

Hélène levantó la vista del bordado muy a su pesar. Louis d'Argenteuil la miraba atento y persuasivo y a Hélène le pareció tan bello, tan magnífico... Su apariencia imponente y perfecta, sus ojos claros, su refinada palidez, sus labios, extrañamente rojos para tratarse de un hombre. Hélène sabía que lo que le inspiraban aquellos labios tenía un nombre: pecado. Era una palabra con la que la habían amenazado y atemorizado durante muchos años, pero hacía dos noches que había probado de aquella fruta, y resultó más que suficiente para hacerle ver lo muy difícil que era resistirse a su dulce y oscuro sabor. Y más cuando su única otra alternativa era bordar.

Y, sin embargo, y a pesar de todo, Hélène aún trató de sostener una última, pequeña y valiente resistencia.

—¿Y qué le parecerá eso a vuestra tía?

Los labios de Louis se tensaron muy ligeramente.

—¿No os dijo ella misma que confiarais en mí?

Hélène calló mientras él le sostenía la mirada. Louis se sabía ya triunfador.

—Eso fue lo que me dijo —contestó muy bajito.

—Hacedle caso entonces. ¿Os gustó lo que hicimos el otro día?

Hélène volvió a callar, ruborizada. No es que fuese muy expresiva, pero a Louis comenzaban a agradarle aquellos silencios. Compartían en ellos algo íntimo y cálido que despertaba su interés. Lo despertaba con fuerza y con urgencia.

—Sí, me gustó.

Aquella respuesta hizo que el interés se hiciese notablemente más duro y voluminoso bajo la levita de terciopelo negro de Louis.

—Entonces dejad esta noche abierta la puerta de vuestro dormitorio. Os prometo que os gustará todavía mucho más, y a mí no me importará cómo estén bordadas vuestras sábanas.

Las orejas de Hélène volvieron a ponerse visiblemente encarnadas. Ella lo odiaba. En muchas y repetidas ocasiones, cuando algo la hacía sentir abochornada o insegura o cogida en falta, sentía sus orejas arder y hacer que su vergüenza quedara aún más visiblemente expuesta. Sin embargo, en aquel instante sentía el calor en tantos puntos de su cuerpo que Hélène ni siquiera pensó en sus orejas escandalosamente rojas.

—¡No seas demasiado permisivo con ella, Louis!

La voz de Augustine sobresaltó a los dos. Louis se incorporó de un salto y Hélène se inclinó tanto hacia su sábana que pareció querer esconderse tras ella. Pero Augustine apenas les dirigió una mirada y avanzó decidida para quitar de las manos a Hélène su labor. Ella primero se resistió a soltar la tela, pero estaba demasiado acostumbrada a dejarse dominar por otros para ganar la batalla.

—¿No estás de acuerdo conmigo, Louis? Lo mejor será deshacerlo todo.

Louis esbozó otra de sus sonrisas más afables, dirigida especialmente a su tía.

—Es justo lo que le estaba diciendo.

—¿Ves, Hélène? Incluso Louis puede apreciarlo.

Un tejido tan fino... Costó no menos de cincuenta francos la vara; empezaste bien, pero ahora... Mira esto —insistió disgustada Augustine.

—Lo haré, lo desharé todo —se atrevió a decir Hélène con voz queda pero nítida.

—Es lo único que puedes hacer. Piensa en para quién van destinadas estas sábanas. Piensa en el lugar que vas a ocupar. Piensa en la responsabilidad que supone —dijo Augustine muy tiesa.

—Lo hago, señora —volvió a murmurar Hélène con su vocecilla inaudible.

—Espero que lo digas de corazón, Hélène. No puedo estar siempre pendiente de ti.

Hasta Louis comenzó a sentirse molesto al pensar en para quién iban destinadas las dichosas sábanas, pero se consoló pensando en sus planes.

—Estoy seguro de la buena voluntad de Hélène, tía. Mostremos un poco de confianza. Lo hará bien.

—Siempre tan gentil, Louis. ¿Ves la suerte que tienes?

Hélène miró primero a Augustine y luego a Louis. Su sonrisa, sus ojos del color del mar, sus labios turbadores y enervantes.

—Lo sé, señora.

Se inclinó sobre su labor y se puso rápidamente a deshacer lo avanzado. Augustine suspiró y Louis volvió a su sillón y a su libro. Hélène tiraba uno a uno de los hilos con delicadeza y paciencia. Eran muchas horas de trabajo perdido, pero no le pesaba. Pensaba en la noche y en unas manos frías que buscaban su calor en la oscuridad.

9

Louis probó el cierre de la puerta y cedió al primer intento. Satisfecho, empujó con precaución procurando no hacer ruido. Cerró tras él, echó el pestillo y trató de orientarse en la oscuridad.

Serían las dos o las tres de la madrugada. Había preferido dejar pasar las horas esperando a que todos estuviesen recogidos y durmieran. No quería exponerse a encuentros inesperados.

Su dormitorio estaba en el corredor del ala oeste. Los de Augustine y Hélène en el ala sur. De hecho, su tía debía de estar durmiendo plácidamente justo al otro lado de la pared. Eso le hizo esbozar una sonrisa. Comenzaba a estar harto de Augustine. Era cargante, insistente y molesta en lo referente a su matrimonio y se temía que no sacaría ni un franco de ella si no pasaba antes por el altar. Y casarse sería un completo fastidio. Louis no encontraba en el matrimonio nada que no pudiera hallar fuera de él.

O casi nada. Las cortinas estaban descorridas y tenía la vista acostumbrada a la oscuridad, así que se detuvo a contemplar la imagen que la penumbra de la luna le ofrecía.

Hélène dormía. Estaba tumbada sobre el costado, el cabello suelto y esparcido, un brazo doblado sobre su cabeza y el otro reposando a lo largo del cuerpo. La respiración tranquila y un poco fuerte. Tomaba el aire por la boca en lugar de por la nariz y por eso sus labios estaban entreabiertos.

La colcha se encontraba medio caída en el suelo. Las noches eran tibias en Tours y Hélène solo se tapaba con una sábana que no le llegaba más que hasta la cintura. Louis tiró de ella con sumo cuidado, descubriéndola. En la oscuridad vio sus piernas desnudas. El camisón se le había subido y lo tenía arrugado sobre los muslos.

Aun en tinieblas era una grata visión. Louis decidió que Hélène le gustaba mucho más así, con solo un camisón y no con uno de sus habituales vestidos grises. Su piel destacaba pálida y lechosa sobre las sábanas blancas, y no le importó reconocer que, contemplarla así, ajena a su presencia y desprotegida, le excitaba.

Se sentó junto a ella, sigiloso. Dormía tan plácidamente que Louis se animó a ir más lejos y deshizo el lazo que le cerraba la camisola. El nudo cedió al primer intento. Louis tiró un poco del borde para abrir la abertura dejando uno de sus senos al descubierto. La excitación se hizo fuerte y clamorosa. Empujó contra su vientre haciéndose notar y exigiendo ser atendida. Sin embargo, Louis había asumido que esa noche no se ocuparía de su propio placer, sino del de Hélène, aunque no descartaba que pudieran compaginarse de algún modo.

Tomó la punta del otro lado del camisón para descubrirla por completo. La visión lo fascinó. Tenía unos preciosos senos, redondos y altos, con apuntados botones rosados dormidos que parecían llamarlo a gritos pidiendo ser desperezados. Louis recordó que ya los había sentido entre sus dedos, pujantes y apretados, rápidos en reaccionar a su contacto.

Hélène se agitó en sueños y Louis temió por un segundo que despertase y rompiera a dar voces, atemorizada por su atrevida intromisión. Pero no, solo se volvió buscando otra postura y se quedó tumbada boca arriba.

Estaba realmente deseable así: el cabello revuelto y a medio desvestir, las piernas desnudas y los pechos escapándosele del camisón. Ajena a la intensidad del deseo que su involuntaria exhibición le provocaba.

Al ver la calma con la que dormía se aventuró a acostarse a su lado sin desvestirse. Había salido en camisa, prescindido de la levita, el chaleco y el pañuelo y, en cierta manera, para Louis eso era casi como estar desnudo.

Se quedó apoyado sobre su brazo derecho contemplando cómo dormía, tan cerca que sentía el pequeño soplo de su respiración y notaba el calor tibio que su cuerpo emanaba. Louis decidió correr el riesgo. Rozó muy despacio la mejilla con el dorso de su mano; como Hélène no dio signos de despertar, se atrevió a acariciar sus senos desnudos. Eran de verdad irresistibles, tentadores, perfectos. Su tacto, seda entre sus dedos. Hélène exhaló un débil suspiro. Louis ya no pudo evitar inclinarse sobre ella y besarla.

Fue un beso suave, tierno incluso, no quería asustarla sino sacarla poco a poco de su sueño. Sus labios se dedicaron amables a los de Hélène, con insistencia pero con solicitud, aguardando su reacción.

No tuvo que esperar demasiado.

Hélène había pasado muchas horas inquieta en su cama. Se acostó nada más cenar alegando jaqueca, se había levantado y vuelto a acostar al menos media docena de veces, abriendo y cerrando sucesivamente el pestillo de su puerta. Dio vueltas y más vueltas en la cama, nerviosa y pendiente de todos los sonidos que venían del corredor. Estaba mal desear que Louis fuera a su dormitorio, lo sabía sin la menor sombra de duda. Estaba mal pero lo deseaba. Deseaba oír sus pasos amortiguados y leves, y verlo aparecer en su puerta. Deseaba con todas sus fuerzas, a la vez que temía, que Louis d'Argenteuil fuese a su cuarto a besar y acariciar su cuerpo.

Pero las horas pasaron mientras Hélène se debatía entre el deseo y el temor ante lo que ocurriría si Louis cumplía su promesa, y la humillación de pensar que se estaba burlando a su costa, que alguien como Louis jamás podría sentirse verdaderamente interesado en ella, que ya podía considerarse bastante afortunada al haber sido elegida por Madame de Varennes para atender a un viejo, aguantar sus manías y soportar sus reprimendas.

Era eso lo que le habían enseñado en el convento: a ser paciente, callada, sufridora y obediente. Era cuanto Hélène conocía. Y, sin embargo, cuando sintió la lengua de Louis buscando insistente la suya, supo exactamente lo que tenía que hacer.

Louis se estremeció de puro placer al comprobar cómo Hélène se entregaba ansiosa a su beso y se rendía al dominio que ejercía sobre ella. Fue una oleada de euforia la que lo embargó cuando la lengua de Hélène se entrelazó ferviente con la suya, sin cuidar de taparse ni protegerse.

Avanzó la mano hacia sus nalgas, tomándolas posesivo. Hélène exhaló un claro gemido. Louis se apresuró a tapar su boca con la suya.

—No digáis nada, absolutamente nada. No podéis hacer el menor sonido, ¿comprendéis?

Hélène bajó la cabeza asintiendo y entonces fue cuando se dio cuenta de su desnudez, de su camisón abierto y alzado y de que ese arrugado pedazo de tela era lo único que la separaba de Louis. Desde algún lugar remoto al que había relegado su buen juicio, saltó un aviso alertándola de lo muy grave que era aquello. Hélène sabía que su honra y su virginidad eran lo único que una muchacha humilde podía ofrecer a un hombre como el conde de Bearnes. Ese mismo semienterrado sentido le recordó que Louis era hermoso pero no era bueno. Hélène lo había advertido. Lo había visto en sus actos, en sus fríos gestos de desprecio, en sus palabras altivas y mordaces. No, no era nada bueno, pero seguía siendo más de lo que Hélène nunca pensó tener.

—Confiad en mí y todo irá bien —susurró él lleno de persuasión antes de volver a besarla, más exigente ahora, tomando toda su boca, invasivo, a la vez que sus manos recorrían acaparadoras y egoístas su cuerpo.

Una oleada de calor y fuerte anhelo embargó a Hélène. Se sintió deshacer, desterró sus temores y olvidó toda prudencia. Era como si rodase ladera abajo por una colina. No le importaba lo que hubiera en el fondo, solo quería seguir cayendo.

Louis dejó de besarla y su boca fue a cerrarse alrededor de uno de los pezones. Se desperezó al instante y Louis se recreó en lamerlo goloso a la vez que sus manos se entretenían entre las piernas de ella. Su piel era suave y templada, tersa y sensible; a cada caricia, Hélène reaccionaba con un estremecimiento y un leve suspiro.

Le subió un poco más el camisón y la encontró desnuda bajo la tela. Ese descubrimiento le secó la garganta e hizo que su ya enhiesto miembro se resintiese aprisionado y dolorido. Louis apretó con fuerza la mandíbula y se resignó a sufrir, asegurándose a sí mismo que pronto, muy pronto se desquitaría.

Hélène juntó más los muslos y lo miró, indecisa y algo asustada de repente. Louis reprimió un mal gesto. No iba a forzarla. Tenía que conseguir su anuencia.

La besó con engañosa dulzura y Hélène no tardó en corresponder. Era algo torpe, como en todo lo que hacía, pero Louis volvió a notar su deseo de agradar. Acarició sus muslos muy despacio, buscando su cara interna y cada vez más arriba. No necesitó pedirle que los abriese, ella acertó a adivinar su deseo.

Aflojó solo un poco, pero fue suficiente para que Louis alcanzase a llegar a donde pretendía. Hélène volvió a gemir, pero fue un sonido tan ahogado que no consideró necesario reprochárselo.

En verdad era deliciosa, al menos en ese aspecto, se dijo Louis, dejando su dedo índice apoyado contra la acogedora intimidad. Hélène estaba de nuevo mojada y dispuesta y siempre era agradable ser bien recibido.

Aguardó a que se acostumbrase a su presencia y cuando la aceleración de su respiración se suavizó, deslizó los dedos por entre aquellos otros estrechos y ardientes labios extendiendo su humedad sobre ellos. Ella se quejó suave y lastimera, pero se abrió más. Louis se detuvo y la contempló a la incierta claridad de la ventana. Prácticamente desnuda, con los pechos escapándosele del camisón subido hasta la cintura, las rodillas dobladas y las piernas abiertas. Expuesta y abierta para él. Y sin poder evitarlo sintió el urgente y perentorio deseo de penetrarla en ese mismo instante.

Cogió aire y luchó contra sí mismo mientras reanudaba las caricias haciéndola jadear con mal reprimida fuerza. No podía hacerlo. Era estúpido e irracional. No podía desvirgar a la futura esposa de su tío. Lo arruinaría todo. Ella confesaría llorosa, la boda se anularía y solo conseguiría perjudicarse, perjudicarse irreparablemente. Ni siquiera podría contar ya con el favor de su tía.

Louis tragó saliva y trató de mantener a raya las demandas de su miembro, quejoso y entumecido. No era para tanto, se dijo, había estado con montones de damas, jóvenes y maduras, doncellas y viudas, y había practicado con ellas todo tipo de juegos. Era el hecho de saber que de ninguna manera podría desahogarse lo que acrecentaba su impulso, eso y la absoluta entrega de la atolondrada e inconsciente Hélène.

Luchó por aplacarse y, en parte, lo consiguió. Se dijo que debía concentrarse solo en ella. Hélène comenzaba a tensarse y su respiración era ya sofocada, las manos se contraían aferradas a las sábanas, los capullos rosas que eran sus pezones se erguían endurecidos, a la vez que sus piernas se abrían de par en par. Lo cierto es que eso no contribuía a su concentración.

Louis la sentía ya completamente humedecida bajo sus dedos, suave y resbaladiza, palpitante y trémula. Sería muy fácil proporcionarle un poco más de placer. Centró sus caricias en el pequeño botón superior y vio cómo Hélène tenía que llevarse la mano a la boca para acallar sus gemidos.

Insistió más fuerte y más despacio y la sintió cambiar bajo su tacto. Los labios se llenaron y rodearon sus dedos, hinchados, redondos, jugosos y plenos. Fue como si aquella flor abierta se hubiese transformado de pronto en una fruta madura y deliciosa.

Hélène arqueó la espalda y giró la cabeza con la boca abierta en un espasmo de puro y concentrado deleite. Louis la contempló extasiado. Era exquisito, era maravilloso sentirlo así, era como si su placer se desbordara y alcanzara por entero a Louis.

De pronto ella ya no pudo aguantarlo más, cerró de golpe las piernas y se encogió en un ovillo tembloroso. Louis, a su vez, necesitó un instante y, cuando pasó, Hélène seguía encogida sobre su mano, así que tuvo que tirar para desprenderse. Dejó que reposase y aprovechó para recuperar el aliento y tratar de adoptar un tono sereno y calmado al hablar.

—¿Os ha gustado?

Era una pregunta innecesaria, de sobra sabía que le había gustado, pero consideró conveniente mostrar un poco de amabilidad.

Ella alzó la vista y lo miró en la oscuridad. Louis volvió a parecerle sencillamente perfecto, y era él quien le había hecho sentir aquello.

—Ha sido...

Hélène no tenía palabras. No se le ocurría ninguna que lo describiese. Él se inclinó sobre ella para besarla gentil en la punta de los labios. Hélène se sintió insoportablemente feliz.

—Me alegra que os haya gustado. Y ahora será mejor que os deje. Ambos necesitamos descansar —dijo Louis incorporándose.

Ella asintió y se sentó sobre la cama para verlo marcharse. Estaba muy bonita así, incluso o tal vez a causa de la oscuridad, despeinada, los ojos brillantes, los labios intensamente rosas... Louis casi estaba tentado de decir que se veía hermosa.

—¿Volveréis mañana? —se atrevió a preguntar cuando ya estaba en la puerta.

—Por supuesto. Lo repetiremos siempre que queráis.

Hélène esbozó una sonrisa. Louis salió de la alcoba una vez que se cercioró de que no había nadie a la vista. Volvió a su cuarto con prisa, se encerró, se quitó con rapidez y enojo la ropa y arrojó al suelo, molesto, las prendas manchadas mientras buscaba algo con lo que limpiarse.

Sí, aunque le avergonzase reconocerlo, también Louis se había derramado, completa, rápida e incomprensiblemente, con solo admirar el inocente y turbador éxtasis de Hélène.

10

—Vuestro sobrino es auténticamente encantador.

Hélène alzó la vista de su costura. Hacía una tarde cálida y soleada, así que Augustine había decidido recibir a Madame de Marielles y a sus hijos en el jardín. Las señoras se refugiaban del sol bajo los tilos y Louis ayudaba a una de las niñas pequeñas a columpiarse mientras sus hermanos correteaban entre los setos. La niña reía al subir por los aires y Louis, ataviado con algo más de sencillez que en otras ocasiones por tratarse de una reunión al aire libre, lucía gentil y galante, ofreciendo a quienes los contemplaban una estampa digna de ser retratada por Watteau o Fragonard.

—Lo es, ¿verdad? ¿Y no creéis que parezca nacido para esto? Estoy segura de que será un padre maravilloso. No sé por qué no se ha casado ya —dijo Augustine dejando la taza de chocolate sobre la mesa y volviéndose hacia Madame de Marielles. Su invitada era una dama muy apreciada en Tours y Augustine confiaba mucho en su juicio.

—Es aún joven. Ya encontrará a la mujer a la que hacer afortunada.

Las palabras de Madame de Marielles eran amables. Ella misma era una mujer amable, prudente y sensata, y trataba de ayudar siempre en todo lo que podía. Por más que lo intentó, y a pesar de que Madame de Marielles la observaba en ese momento; Hélène no pudo dejar de mirar a Louis. Sí, la mujer que se casase con él sería muy muy afortunada.

—Nunca se es demasiado joven para casarse. Yo me casé con dieciséis años, ¿y qué me decís de vos? —dijo Augustine.

—Yo con quince —respondió Madame de Marielles sonriendo—, y no me arrepiento, además de que no estaba en mi mano decidir, pero no ignoráis que los caballeros son distintos. Ellos no tienen nuestras ataduras, ni nuestras limitaciones... —añadió con discreción y dirigiéndose especialmente a Hélène, solo que esta había vuelto a enterrarse en su bordado y no quiso atender la mirada de Madame de Marielles—. ¿Cuántos años tenéis vos, querida?

—Diecisiete, señora —respondió cabizbaja.

—Diecisiete. ¿Y cuándo es la boda?

—A principios del otoño —dijo Augustine sin dar tiempo a que Hélène contestase—. Mi hermano quería que se hubiera celebrado el mes que viene, pero aún faltaban muchas cosas que preparar y Hélène no va a marcharse a ningún sitio, ¿verdad, querida?

Hélène temió que le faltase la voz.

—No, señora.

—A ver, muéstranos lo que has hecho hoy.

Hélène le pasó resignada el bordado. Augustine lo examinó con ojo crítico y debió de darlo por bueno porque se lo enseñó a Madame de Marielles.

—¿Qué os parece?

La señora también lo observó con atención y expresó su aprobación asintiendo. Hélène volvió a respirar. Se había esmerado mucho procurando que todas las puntadas fuesen pequeñas e iguales.

—Es un buen trabajo y me gusta el tema escogido.

El tema eran pequeñas rosas entrelazadas. Lo había elegido Augustine.

—Recuerdo que, cuando me casé, estaba muy preocupada porque quería que todo fuese perfecto, y mi madre no ayudaba a calmar mis nervios, pero os aseguro que no es necesaria tanta preocupación. Los hombres no prestan la misma atención que nosotras a los pequeños detalles.

—¡No le digáis eso! —protestó Augustine—. Por supuesto que todo tiene que ser perfecto.

—Debéis hacerlo bien, lo mejor que podáis, poned en ello todo vuestro empeño. Siempre, en todo lo que hagáis, poned todo vuestro empeño y lo demás irá bien —dijo Madame de Marielles devolviéndole su labor.

Era una mujer afable y aún joven y bella, no había cumplido ni los treinta, pero le había dado tiempo a tener cuatro hijos, todos hermosos y de aspecto dulce como ella. Hélène agradecía su amabilidad, pero no podía dejar de pensar que para Madame de Marielles era fácil hacerlo todo bien.

—Es lo que yo le digo siempre —afirmó Augustine—. Pero anima esa cara, niña, a veces pienso que no valoras la gran fortuna que tienes.

Hélène sintió ganas de llorar. Por suerte llevaba muchos años de dura práctica en el arte de contener sus emociones, así que pudo evitarlo, aunque no logró parecer más feliz.

—Os estaré siempre agradecida, señora, igual que mi madre. Estamos en deuda con vos.

—Oh, eso —dijo Augustine haciendo un gesto con la mano—. No es nada. Me alegro de haber sido de ayuda.

—Seguro que vuestra madre se siente muy feliz al pensar que su hija va a ser condesa —dijo Madame de Marielles con una gran sonrisa.

Hélène intentó también sonreír, pero le salió una mueca sin gracia. Al menos, el comentario de Madame de Marielles le dio una excusa para retirarse.

—Si me disculpáis, acabo de recordar que tengo una carta a medio escribir para ella y me gustaría terminarla.

—Anda, ve —cedió Augustine, un poco decepcionada por la falta de entusiasmo de Hélène.

—Si la concluís antes de que me vaya, yo misma me encargaré de que llegue a su destino. Tengo correspondencia atrasada y no quiero demorarla más —se ofreció Madame de Marielles.

—Sois muy amable, señora. Pero no sé si podré darme tanta prisa —respondió Hélène aún más afligida.

La dama sonrió viendo su gesto de preocupación.

—Era solo un ofrecimiento. No quiero que no os extendáis cuanto necesitéis por mi culpa. Seguro que Madame de Varennes la hará llegar igual.

—Pues claro, niña. Clouzot la llevará. No te preocupes por esas cosas.

Hélène asintió con otro fracasado intento de sonrisa y se fue hacia la mansión; sin embargo, no llegó a entrar. Se desvió por uno de los vericuetos del jardín y buscó refugio en un rincón apartado. Los gritos de los niños llegaban amortiguados y desde allí ya no se veía a las señoras. Sentía una especie de agujero en el pecho y necesitaba aliviar su angustia. Era cierto que tenía una carta a medio escribir, pero aún no había reunido el valor para terminarla. En la misiva que había comenzado esa misma mañana le decía a su madre que ya no podía casarse con el conde de Bearnes y solicitaba su permiso para regresar con ella a Beauvais, a la humilde casa que tuvo que abandonar nueve años atrás y que, pese a todo el tiempo transcurrido, aún recordaba con nostalgia.

Su madre y ella se habían visto en contadas ocasiones desde entonces. Los viajes eran caros y su madre solo contaba con la ayuda que Augustine les proporcionaba. A cambio, su madre planchaba y cosía para los frailes dominicos de Beauvais. Se suponía que lo hacía por gusto, ya que no recibía sueldo alguno, pero como era Augustine quien la había recomendado, nunca se atrevió a faltar un solo día a su tarea.

Sin embargo, aunque no la visitase, sus cartas llegaban todos los meses sin falta. La madre de Hélène siempre le enviaba buenos deseos, esperaba que no pasase frío ni calor, que se alimentase bien, que creciese fuerte y hermosa, que las monjas y las otras niñas fuesen amables con ella.

Hélène contestaba a sus cartas diciéndole a todo que sí, que era muy feliz, que las monjas eran todo bondad, que adoraba a sus compañeras y sus compañeras la adoraban a ella.

Aunque apenas se viesen, Hélène guardaba un muy querido recuerdo de su madre; sabía que se preocupaba por ella y no deseaba causarle ningún dolor ni darle motivos de disgusto. Así que sus cartas estaban llenas de mentiras, y jamás le habló del frío atroz que pasaba en invierno, ni de cómo le dolían los dedos por lavar con agua helada las sábanas de las pupilas que provenían de mejores familias. Jamás le dijo que no era inteligente, ni buena, ni de rasgos dulces y bellos.

Cuando Madame de Varennes fue a visitarla acompañada de su hermano y, tras mirarla de arriba abajo, aquel señor dio su aprobación para con ella, Hélène pudo por fin y sin faltar a los hechos escribir una buena noticia a su madre. Pero ahora tendría que escribirle de nuevo y contarle la verdad. Toda la verdad.

—¿Qué hacéis aquí?

Hélène se sobresaltó. Louis la intimidaba. Le hacía verse aún más fea, inferior y torpe. Y, sin embargo, la noche antes le había hecho sentir aquello. Aquello había sido hermoso. Lo más hermoso que Hélène había sentido nunca. Aunque hubiese sido estúpida y tuviese que lamentarlo toda su vida, siempre le estaría agradecida. Aunque intuía que no era imprescindible demostrárselo.

—Nada —dijo dando un paso atrás. Siempre temía ser cogida en falta. Era un legado de su estancia en el convento. De todos modos, Louis ya conocía su falta, se dijo intentando serenarse.

Louis volvió el rostro hacia atrás buscando posibles testigos. No pretendía encontrase con Hélène; había dado con ella por pura casualidad, mientras jugaba al escondite con los niños. No es que le gustase perseguir infantes, no le interesaban lo más mínimo los niños, pero el juego formaba parte de su representación como perfecto sobrino y mejor heredero de los bienes de Augustine.

—¿Por qué os habéis levantado de la mesa? No debéis cambiar vuestro modo de actuar. Podría levantar sospechas y no queremos levantar ninguna sospecha, ¿comprendéis?

Hélène abrió mucho los ojos, sorprendida. ¿Cómo no iba a cambiar su modo de actuar? No podría seguir fingiendo todo el verano. No lo soportaría y, además, ¿de qué serviría? Cuanto más tiempo estuviese engañando a Madame de Varennes, peor sería.

—Pero tendré que decirle a vuestra tía que ya no voy a casarme con su hermano.

Louis palideció. Volvió a mirar en derredor suyo y, cuando comprobó que estaban solos, la agarró por la muñeca y la arrastró a toda prisa hasta el pequeño cobertizo que usaba el jardinero para guardar las herramientas. Abrió la puerta, empujó bruscamente a Hélène y, cuando estuvo dentro, cerró tras de él.

—¡Por todos los santos! —exclamó alterado—. ¿Por qué haríais una cosa así? No habréis pensado que podríais casaros conmigo, ¿verdad?

—No, claro que no —se defendió Hélène sacando de alguna parte cierto y bien escondido orgullo.

—¡Entonces ¿por qué?! —gritó Louis inclinándose sobre ella.

Era un sitio muy estrecho y el calor del día lo había convertido en un horno; eso y el enfado de Louis hacía que Hélène sintiese cómo el sudor le bañaba las axilas y le pegaba al cuerpo el vestido. Trató de mantener a raya su nerviosismo, después de todo también él había actuado mal, se dijo para infundirse valor.

—Me hacéis daño —se quejó.

Louis mantenía su mano sujeta por la muñeca y la apretaba con demasiada fuerza. Él se dio cuenta tarde de su gesto asustado. La soltó y, tras coger aire, se dirigió a ella con más calma.

—¿Puedo preguntaros por qué razón pensáis decirle a mi tía que ya no queréis casaros con su hermano?

Hélène se pasó la lengua por los labios. Louis la ponía muy muy nerviosa, también la madre superiora o Madame de Varennes, solo que Louis la ponía mil veces más nerviosa que cualquiera de ellas.

—No es que no quiera —dijo con un hilo de voz.

—¿Entonces? —preguntó al ver que ella no continuaba.

—Es... porque no puedo —dijo retorciéndose las manos con desesperación; de hecho, se hizo a sí misma más daño del que le había hecho Louis.

—¡Pero ¿por qué no podéis?! —dijo Louis sin entender absolutamente nada y con la paciencia pronta a agotársele.

Y Hélène no atinaba a explicarse mejor, para ella todo estaba clarísimo.

—Pues ya sabéis... por lo que hicimos... por lo que me hicisteis —murmuró, y esta vez no solo sus orejas se pusieron rojas: toda ella se sintió encendida, como si un fuego la estuviese quemando debajo de su piel.

—¿Por lo que...? ¿Creéis que...? —dijo Louis, admirado, pero comenzando a atar cabos—. Oh, no me había dado cuenta de lo inocente que sois. ¿No os dije que no haríamos nada irreparable? Aún conserváis vuestra virtud si es eso lo que os preocupa.

Louis se relajó tan visiblemente que Hélène tuvo que creerle aunque aún no lo entendiese. Era imposible que conservase virtud alguna.

—Pero si vos me... me... —Hélène nunca se había expresado con fluidez, pero sin duda aquella era la conversación más difícil que nunca había tenido que mantener—, me desnudasteis y me tocasteis —dijo tan bajito que solo fue un soplo, aunque lo dijo con convicción. Nadie iba a convencerla de que lo había soñado si era eso lo que Louis pretendía.

—Sí —reconoció paciente Louis—, hice todo eso, pero nada de ello importa mientras no introduzca mi miembro en vos, ¿comprendéis?

Realmente Hélène no comprendía gran cosa. ¿Su miembro? ¿Qué miembro? ¿Y dónde había que introducirlo? Felizmente, Louis comprendió su confusión.

—No ocurrirá nada mientras yo no introduzca esto, aquí dentro —dijo cogiendo la mano de Hélène y empujándola con firmeza hacia la parte más sensible de su anatomía, a la vez que él tocaba con más delicadeza la de Hélène—. Ni yo ni cualquier otro, claro está —añadió prudente Louis, por si acaso.

El calor era cada vez más insoportable dentro del cobertizo, iba a hacer que se desvaneciese si seguía faltándole el aire. Aunque no solo Hélène sufría extrañas reacciones, porque el bulto bajo su mano en el pantalón de Louis crecía y se endurecía por momentos.

—¿Comprendéis ahora? —dijo Louis con voz cálida y varios tonos más grave de lo habitual.

Hélène movió la cabeza asintiendo. No estaba segura de entenderlo del todo, pero también era cierto que la mirada y la cercanía de Louis la perturbaban de un modo tal que hacía que le fuese imposible pensar con claridad.

—Podremos jugar cuanto queramos mientras tengamos ese cuidado —dijo Louis inclinándose sobre ella hasta que sus labios rozaron la piel de la mejilla y le susurraron con calidez sus palabras—. Yo os respetaré y vos os mantendréis intacta hasta vuestro matrimonio. Así podréis entregarle a vuestro esposo ese preciado don sin que os suponga el menor cargo de conciencia. Es un acuerdo razonable, ¿no os parece?

Él buscó su mirada y a ella no se le ocurrió qué responder. Si Louis decía que eso era posible... Aún estaba muy confundida cuando él la besó. A Hélène le pareció simplemente maravilloso, suave, abrasador... Se sentía fundir en su boca. Louis la estrechó más contra sí. Ahora aquella abultada dureza que antes había tenido en su mano empujaba contra su vientre.

Aunque no solo esa parte del cuerpo era dura. Todo Louis era fibroso, firme, resistente. Ella, por el contrario, se sentía terriblemente blanda, masa en sus manos. Más ahora que se había quitado ese peso de encima. Si lo que Louis decía era verdad, ya no tendría que escribir a su madre dándole aquel terrible disgusto. Si aquello era verdad, entonces no había nada malo en dejarse besar y acariciar por él. Si era verdad, podía dejar que Louis le hiciera cuanto quisiera.

Hélène no necesitó meditar más para concluir que Louis sabía de lo que hablaba con mucho más conocimiento de causa que ella.

—Y ahora que nos hemos entendido, ¿haréis algo por mí? —volvió a susurrar Louis en su oído mientras la estrechaba tiernamente contra sí.

En aquel momento Hélène estaba dispuesta a hacer cualquier cosa por él. Louis le parecía el hombre más magnífico de toda Francia. No sabía qué había hecho para merecer tanta felicidad, y todo sin dejar de cumplir con su deber. En verdad la vida no era tan mala como decían las madres benedictinas, más bien era como daba a entender Christine Parze, una muchacha que entró a los dieciséis años para que se arrepintiese de alguna falta. Christine no se mostraba muy arrepentida y contaba a quien quisiera escucharla que dejarse deshonrar por uno de los mozos de cuadra de su padre había sido la mejor experiencia de su vida. Siempre estaba castigada y recluida, así que Hélène no tuvo ocasión de hacerse amiga suya, pero ahora creía comprenderla mucho mejor.

—¿Qué puedo hacer por vos? —preguntó Hélène, voluntariosa y dispuesta.

Louis cogió aire y después lo soltó en un largo y lento suspiro.

—Es una compensación... Yo me dediqué anoche a vos y vos podríais dedicaros hoy a mí.

Su mirada expectante la inquietó. Fuese lo que fuese lo que tenía que hacer, temió no hacerlo bien. Le solía pasar. No era muy hábil.

—Vos diréis.

Louis sonrió. Era una sonrisa atractiva, pero no calmó su inquietud.

—Es mi miembro. ¿Podríais tan solo arrodillaros e introducirlo en vuestra boca?

Primero Hélène no supo qué decir. Se quedó solo con la boca abierta. Louis no pudo evitar pensar que no lo suficientemente abierta.

—Bien, ¿qué decís? ¿Vais a hacerlo? —dijo Louis tras no ver ningún signo de respuesta en Hélène. Ella reaccionó.

—Sí, sí, esperad —respondió tragando saliva a la vez que se arrodillaba delante de él.

La dureza, ya bastante evidente de Louis, se hizo más manifiesta si cabe al verla a sus pies. Tenía que reconocer que le gustaba eso de ella: su rápida disposición. Nadie podría acusarla de hacerse de rogar.

Louis desató el nudo de su cinturilla y liberó las costuras. Su aprisionado miembro apenas agradeció el cambio, pegado y enhiesto como estaba contra su abdomen.

Hélène respiró muy fuerte. Nunca había visto esa parte del cuerpo de un hombre, solo a algún niño, y también visiones fugaces y apenas vislumbradas de los campesinos que a un lado del camino aliviaban sus necesidades. Y lo que Hélène había creído ver, un colgajo flojo y algo ridículo que hacía reír a todas sus compañeras, no tenía nada que ver con esto otro. Resultaba incluso amenazador. Quizá por lo desafiante, rígidamente vertical.

—Bien, ¿a qué esperáis? —dijo Louis con cierta impaciencia.

Hélène sintió sobre sí el inconfundible peso de la vergüenza, pero pensó que sería más vergonzoso echarse atrás, y él se lo había pedido. Acercó la boca a su verga y la rozó, prudente, con los labios. Era muy suave y tersa y a Louis debió de agradarle porque exhaló un largo y pronunciado suspiro de placer. Eso animó un poco a Hélène. Quizá no fuese tan malo como parecía.

—Lo hacéis muy bien. No temáis y metéosla en la boca —dijo Louis adivinando sus pensamientos.

Hélène obedeció. Tuvo que ayudarse un poco con la mano para hacerlo. Era muy firme y ofrecía resistencia. Probó su sabor con reparo y cierta prevención. Tenía un gusto extraño y no placentero, pero tampoco del todo desagradable, diríase que dulzón.

—Eso es. Un poco más, si no os importa —la animó Louis soltando el aire muy despacio.

Ella hizo lo posible por complacerlo. No mucho más, porque era grande de veras y se sofocaba y le entraban náuseas, pero al cabo de un tiempo comenzó a cogerle el truco y por las bajas exclamaciones de Louis supuso que estaba haciéndolo bien. Y eso, a su vez, la complació a ella. Una curiosa complacencia. Un calor vivo que se concentraba en la parte baja de su vientre.

Y en efecto, a Louis también le agradaba. Le gustaba ver su pequeña cabeza afanada en procurarle placer.

Le gustaba sentir sus labios en torno a él y su lengua húmeda y rápida. Y no es que fuese muy diestra. Louis había pasado por cortesanas, prostitutas y damas con bien merecida fama de expertas. Sin ir más lejos, la condesa de Torville era conocida en toda la corte por hacer auténticas maravillas con su dulce boca y con sus labios, en los que nunca faltaba el carmín rojo, y Louis no podía estar más de acuerdo con los méritos que se le atribuían. Desde luego, Hélène no era tan habilidosa, pero al menos era amable y tenía cuidado con sus dientes; Louis era muy sensible para eso, y además, de verdad lo necesitaba.

Era cierto. Necesitaba recuperarse de su denigrante experiencia de la víspera, reafirmar su superioridad un tanto herida por haberse dejado ir, conducido únicamente por el placer de ella, y aunque no había sido su intención y había ocurrido por pura casualidad, estaba claro que aquel desahogo en el cobertizo era el modo idóneo de conseguirlo.

Bajó los ojos hacia Hélène. Arrodillada, con las mejillas sonrosadas y los ojos vidriosos, ella lo miró también desde abajo solicitando su aprobación. Tenía toda su aprobación.

Sobresaltado, Louis sintió el aviso. No iba a ser capaz de aguantar mucho más. Aquello volvió a abochornarle. Ni siquiera tenía la debida experiencia y conseguía desbocarle.

Se apartó molesto y con rapidez, sorprendiendo a Hélène.

—¿Es que he hecho algo mal? ¿Os he hecho daño?

—No, no es eso. Lo habéis hecho bien, aunque aún

tenéis mucho que mejorar, pero por hoy es suficiente. Es mejor que salgáis, no vaya a ser que os echen de menos.

Ella asintió no muy convencida. Temía, pese a sus palabras, haberle desagradado. En parte por la brusquedad con la que le habló, y en parte porque Hélène no tenía mucha confianza en sí misma.

Se incorporó y se sacudió la falda. Louis le daba la espalda, así que aunque lo miró no pudo verle el rostro. Se asomó para comprobar si había alguien fuera —eso sí que lo había aprendido bien en el convento—, y al ver el jardín despejado y escuchar lejos los gritos de los niños salió y se dirigió con rapidez hacia la casa.

Louis no. Louis necesitó quedarse un rato más.

11

—¡Hélène, apresúrate o llegaremos tarde! —llamó Augustine a voces.

Era domingo por la mañana, día de ir a oír misa en la catedral de Saint-Gatien. Allí, en los primeros bancos junto al altar mayor, la familia Varennes tenía reservado desde tiempos inmemoriales un lugar de privilegio.

La catedral en sí no le disgustaba a Louis. Era muy luminosa. La hermosa visión de la luz tamizada por las vidrieras compensaba en parte la falta de aptitud del organista. Por lo demás, los oficios consistían en ver y dejarse ver, del mismo modo que lo habría hecho en Saint-Sulpice o en Saint-Germain si estuviera en París, solo que en Tours no tenía especial interés por ver a nadie, ni tampoco, si íbamos a eso, por que lo viesen. De todos modos, Louis no podía faltarse a sí mismo, así que lucía más que radiante, magnificente, de su color favorito y que más le favorecía, el azul oscuro. También Augustine estaba impresionante de violeta con manteleta blanca de encaje y prendedor de topacios.

Estaban ya listos y solo faltaba Hélène; Louis comenzaba a impacientarse cuando por fin apareció. Llevaba un vestido de mañana de un malva tan deslavazado que parecía marchito en comparación con la opulencia de Augustine. Sin embargo, era algo más alegre que otras veces y su escote lucía, aunque modesto y recatado, bastante aparente. Louis pensó que Hélène tenía cierto aire de flor sencilla y silvestre que no le sentaba mal del todo.

—¿Por qué tardabas tanto, Hélène? —preguntó Augustine.

—No encontraba mi limosnero —susurró ella.

Louis la miró con más atención y la encontró cambiada. Había más luz en sus facciones, más color en sus pómulos, más brillo en sus ojos y más rojo en sus labios. En resumen, Hélène se había estado componiendo el rostro.

No era nada exagerado, de hecho había tenido que mirarla dos veces para apreciarlo; sin embargo, el resultado era notorio. Si hubiese llevado unos pendientes de brillantes seguramente habría podido pasar por una más de las damas que ocuparían aquella mañana los primeros bancos de la iglesia.

—Bien, pues si ya estamos todos, vámonos. Ya sabéis cuánto me fastidia llegar tarde.

Louis ofreció el brazo a su tía y Hélène avanzó tras ellos. Eran una curiosa y corta comitiva. Tía y sobrino rutilantes en tonos oscuros, y Hélène, más pálida, detrás. Cuando se disponían a salir al exterior para tomar el carruaje, el chambelán se acercó a ellos con un recado en una bandeja.

—Acaba de llegar, señora. Han dicho que es urgente.

Augustine rompió el sobre y sacó una pequeña nota que leyó en silencio. Mientras aguardaba, Louis se dedicó a observar a Hélène. Seguía teniendo los ojos bajos pero, vista así, con los rasgos realzados por el color, el cabello recogido en alto y la actitud tímida pero serena, se la veía mucho más bonita.

—Es Broussard, mi administrador, solicita mi permiso para echar a los aparceros de La Musquette. Dice que llevan más de seis meses sin pagar la renta. No puedo entenderlo, llevan allí toda la vida. Nunca habían dado problemas. ¿Y por qué tiene que ser precisamente hoy? Este hombre me exaspera —se quejó Augustine refiriéndose a su administrador.

—¿La Musquette? ¿Qué es lo que tenéis allí? Es una granja, ¿no es eso?

—Es una pequeña hacienda. Hace tiempo que no voy. Me gustaría hacerlo. Mi difunto marido la visitaba todos los años sin falta hasta que su salud se lo impidió, y mi hermano siempre me lo recomienda; pero el camino es prácticamente intransitable con el carruaje. La única vez que fui hasta allí tuve que recorrer el último tramo a lomos de un burro, ¿puedes creerlo? Y eso fue hace... Fue hace mucho tiempo. —Augustine suspiró—. Tendré que darle permiso, pero no me quedo tranquila. Me gustaría saber qué es lo que pasa. No sé por qué no pagan. Apenas les he subido la renta y pueden quedarse con la décima parte de lo que produce la granja —se quejó la buena mujer, sinceramente herida por la falta de agradecimiento y formalidad de sus aparceros.

Louis vio la intranquilidad de su tía. A él no le importaba lo más mínimo La Musquette, pero le importaba quedar bien ante ella.

—Yo iré, señora, si eso os conforta.

—¿Lo harías, Louis? —dijo ella estrechando su mano—. No quiero ponerte en un compromiso, pero lo cierto es que me quedaría mucho más conforme si alguien de confianza se ocupase. No es que no me fíe de Broussard, pero esta clase de asuntos no pueden dejarse de la mano.

—No os preocupéis. Tomaré uno de los caballos, veré lo que hay y estaré de vuelta esta misma tarde para contároslo.

—¿Tú solo? No puedo permitirlo, y además te perderás la misa. —Augustine dudó.

—El Señor comprenderá —dijo Louis con gran seriedad, agradeciendo para sí la ocasión de librarse de los tediosos salmos del deán, incluso aunque se tratase de visitar una miserable granja en el campo.

Augustine cedió. Estaba deseándolo. Lamentaba de veras no tener ya las fuerzas precisas para ir por sí misma, y de hecho no lo descartaba, pero si el mismo Louis se ofrecía... Por alguna misteriosa e incomprensible razón, Augustine tenía total y absoluta fe en las posibilidades de Louis.

—Está bien, le escribiré una nota a Broussard diciéndole que espere mis órdenes. Dios mío, cuántos retrasos.

Augustine fue a escribir su nota y Louis y Hélène se quedaron solos en el recibidor. Al principio Hélène seguía con la mirada fija en su limosnero; pero cuando oyó que Augustine se alejaba, se atrevió a mirar fugazmente a Louis y se encontró con que él también la estaba mirando. Y le sonreía. Era una sonrisa amable que hacía parecer más joven a Louis, o quizá no más joven, solo de la edad que realmente tenía.

Hélène le devolvió una sonrisa risueña, pero volvió a bajar con rapidez la vista. Sí, se había arreglado mucho aquella mañana. Había sacado una caja con colores que encontró olvidada en su tocador y se había pintado y lavado la cara media docena de veces. Así hasta que consiguió encontrarse bonita. Augustine no se había dado ni cuenta, si no le habría dicho algo; pero no tenía muy buena vista y andaba distraída. Lo importante era que Louis sí se había fijado. Se alegraba, porque lo había hecho por él.

—No vayáis hoy a misa.

Hélène se volvió otra vez hacia Louis. Había dejado de sonreír, estaba serio y la miraba con tanta intensidad que la hizo acalorarse.

—Pero no puedo, ¿cómo voy a hacer eso? Vuestra tía...

—Pensad algo, buscad una excusa —dijo Louis con rapidez al oír aproximarse los pasos de su tía por el corredor—, fingid que estáis enferma.

Hélène comenzó a sentirse enferma de verdad. El tono de Louis era tan apremiante y exigente que sintió que no podía negarse. Pero temía explicarse ante Augustine. Seguro que se daría cuenta de que mentía y entonces Louis se enfadaría con ella por hacerlo mal, y también Augustine, y ella no sabría qué hacer.

—Bien, aquí está la nota —dijo entregándole un pequeño billete—. Lo dejo todo en tus manos, Louis. Sé que harás lo correcto. Vámonos, Hélène.

Hélène echó a andar evitando la mirada de Louis mientras se estrujaba la cabeza buscando algo que inventar. No podía fingirse enferma en tan poco tiempo.

El sol de la mañana de mayo la deslumbró. El carruaje y el cochero esperaban al pie de la escalinata. Augustine buscó su hombro para ayudarse a bajar los escalones. Los años y la artritis hacían que cada vez le costase más hacerlo sola.

Quizá fue el repentino peso sobre sus nada firmes rodillas. Quizá porque de pronto comprendió que, además de no querer defraudar a Louis, tenía muchas muchas ganas de quedarse con él en la quinta en lugar de ir a misa. Quizá por todo eso, añadido a su habitual torpeza, cuando el tobillo le falló no le fue nada difícil aumentar el tropiezo y caer rodando por la escalera.

—¡Pero muchacha! ¡Válgame el cielo! —exclamó Augustine, que había evitado por poco caer rodando tras ella—. ¿Cómo te has apañado?

Hélène estaba deslomada al final de la escalera. No sabía cómo se las había apañado. Pero además de haberse torcido el tobillo, se había golpeado las costillas y a buen seguro que llenado de cardenales las rodillas. También se había llevado un buen golpe en la cabeza, pero por lo demás estaba bien.

Los lacayos corrieron hacia ella. Incluso Louis se apresuró a bajar ágilmente los escalones, aunque se detuvo para ayudar a su tía.

—Tened cuidado no caigáis vos también.

—Gracias, gracias, querido, tantos disgustos van a acabar conmigo —se lamentó Augustine—. ¿Te encuentras bien, Hélène? Habrá que llamar un médico.

—Estoy bien, señora. No ha sido nada. No llaméis al médico por mí, pero no creo que pueda ir así a misa —dijo haciendo un gesto de dolor al tratar de levantarse auxiliada por uno de los lacayos—. No os entretengáis más por mi culpa. Marchaos sin mí.

—¡Dios mío, no sé qué hacer! Tal vez no debería ir.

Hélène se alarmó, después del daño que se había hecho. Y Louis también, pero lo disimuló mejor que ella.

—Si eso hace que os sintáis mejor...

Augustine dudó. No se perdía la misa de los domingos por nada del mundo. Solo recordaba haber faltado dos veces a lo largo de su vida: una porque estaba con tercianas, y otra porque una crecida de aguas desbordó el Loira e hizo que el carruaje no pudiese cruzar el puente. Luego se enteró de que la misma catedral se había inundado y no se celebraron los oficios, pero mientras sufrió igual.

—No os preocupéis por mí. Os lo suplico —imploró Hélène.

—Está bien, está bien. ¿Te ocuparás también de ella, Louis? Haz que llamen al médico si lo crees necesario.

—Me encargaré de ella, señora —dijo Louis, solícito, ayudando a su tía a subir al coche.

—¡Qué mañana tan desastrosa! No me voy nada tranquila —dijo Augustine mientras Louis ajustaba la portezuela.

—¡No tenéis por qué! ¡Todo irá bien! —gritó Louis a modo de despedida a su tía, que lo miraba con gesto de preocupación a través del cristal mientras el coche se alejaba.

Animado, se volvió hacia Hélène. La llevaban cogida entre dos lacayos y lucía tan apurada y sonrojada como siempre.

—Entonces ¿qué hacemos con ella, señoría?

Louis exhibió una amplia y libertina sonrisa.

—Llevadla a su dormitorio, por supuesto.

12

Tan pronto como vio salir a los sirvientes, Louis entró en la habitación de Hélène y, antes que ninguna otra cosa, echó el pestillo a la puerta.

A sus espaldas, Hélène se quejó, o tal vez fue solo un suspiro muy alto.

Estaba semiincorporada sobre la cama sin deshacer. Llevaba aún el vestido malva, y el carmín seguía en su sitio. A Louis le encantaba el carmín. Le gustaban los pequeños y primorosos mohínes que dibujaba en los labios de las damas. Le gustaba imaginar esos labios pintados haciendo lo mismo que Hélène le había hecho en el cobertizo.

Eran pensamientos agradables que estimulaban la imaginación de Louis. Una imaginación que, por otra parte, no necesitaba de muchos acicates. Pero antes de pasar a una acción que ya estaba deseando poner en práctica, no estaría de más mostrar algo de interés por su estado de salud.

—¿Os habéis hecho mucho daño? —preguntó amable, sentándose a su lado.

—No, no mucho, solo un poco —mintió Hélène, que temía haberse fracturado la pierna por varios sitios de tanto como le dolía, y si no exigía a gritos un médico era porque jamás le había atendido ninguno. Era una chica fuerte y sana y siempre se había curado sola de todo.

Louis decidió insistir en sus cumplidos.

—Reconozco que ha sido un tanto precipitado, pero os he visto tan deliciosa esta mañana que no me he podido resistir a suplicaros.

El corazón de Hélène bombeó con fuerza. Más que una súplica, las palabras de Louis le habían parecido una orden directa y clara, pero quizás había entendido mal.

—No se me ha ocurrido nada mejor —respondió ella, abstraída por el azul del iris de Louis. Con el sol que entraba a raudales por la ventana, sus pupilas eran solo dos minúsculos puntos negros perdidos en la infinidad del azul claro y nítido.

—Ha sido una idea extraordinaria —dijo él besándola con suavidad.

Había sido arriesgado, pero el riesgo aumentaba la diversión. Louis había sentido un deseo vivaz e imperativo por ella, tal como le pasaba con frecuencia con Hélène. Tan pronto pensaba que le avergonzaba desear su compañía, como experimentaba el acuciante deseo de desnudarla y yacer con ella. Justo en aquel instante lo experimentaba. Solo que, como siempre, habría de tener cuidado, aunque, al menos en esta ocasión, no tanto cuidado.

Y debía reconocer que era agradable besarla. Hélène

aprendía deprisa. Su boca era ardiente y acogedora; su lengua, receptiva y dúctil; sus labios, jugosos y tiernos. Era muy placentero besarla.

Louis declinó por el momento ese suave capricho. Ya tendrían ocasión de continuar en otro momento. Por ahora tenía cierta prisa.

—Dejadme ver dónde os habéis hecho daño —murmuró todo dulzura.

—Sobre todo en el tobillo —señaló Hélène.

—¿En este? —preguntó tomando con delicadeza uno de sus pies envuelto por las blancas medias de seda.

—Ese ha sido —dijo ella asintiendo con la cabeza y sin poder quitarle la vista de encima. Su pie descalzo apoyado contra la impecable levita azul, sus manos en la pantorrilla. Él sentado frente a ella con la mirada ávida y transparente.

—Dejad que os lo descubra para examinároslo mejor —susurró.

Louis alzó faldas y enaguas y descubrió sus piernas. Una de las medias se había roto por la rodilla y la piel aparecía arañada y enrojecida. Louis la besó con cuidado. Solo un leve roce, pero sintió el ligero respingo de Hélène. Rodeó con ambas manos el contorno de la pierna, soltó el lazo de la liga y bajó despacio la seda, enrollándola en torno al muslo y dejando un pequeño reguero de besos a su paso; mientras, Hélène miraba fascinada todo lo que hacía y con los ojos muy abiertos.

—No parece nada grave, pero os conviene el reposo. Daos la vuelta y dejad que os ayude a estar más cómoda.

Hélène se volvió, obediente y sofocada. Las manos

de él se ocuparon de las decenas de botoncitos de su corpiño y de las cintas de sus enaguas.

—Continuad vos, si no os importa —sugirió Louis cuando terminó de ayudarla con lo indispensable.

Hélène se incorporó sujetándose el vestido. Louis la miraba fijamente y ella se sentía avergonzada e insegura, pero no se atrevía a contrariarlo. Terminó de quitarse el vestido y se quedó solo con las pantaletas, la camisola y las medias a medio quitar. Alzó los ojos hacia Louis, dudando. Su respuesta despejó cualquier incógnita.

—Todo.

Hélène tragó saliva y comenzó a quitarse las pocas prendas que le restaban. Se quedó completamente desnuda frente a él. Revelada sin el más mínimo amparo con el que preservar el pudor; mientras que Louis conservaba toda su ropa: la chaqueta de lustroso terciopelo azul y pasamanería dorada, el chaleco a juego, la camisa cuyos volantes de delicada blonda sobresalían de las mangas hasta cubrir casi por completo sus manos, su pañuelo siempre inmaculadamente blanco y sujeto al cuello con un alfiler de brillantes. Hélène esperaba y temblaba, y no era de frío.

Louis se tomó su tiempo para contemplarla. Era la primera vez que la veía a la luz del día y no a las engañosas tinieblas de la noche. Su cuerpo mostraba los rasgos de la juventud, todo en él se veía nuevo y recién estrenado. Las rodillas heridas por la caída parecían casi de muchacho, pero sus muslos eran mórbidos y sensuales. Los senos destacaban turgentes, sin alcanzar aún un volumen que Louis, con ojo experto, preveía creciente. Los pezones rosas y rebeldes, la cintura fina, el pubis apuntado por un ligero vello oscuro.

—¿Sabéis que estáis mucho más hermosa desnuda que vestida?

Hélène paladeó el cumplido como si se tratase de un dulce: «¿Sabéis que estáis hermosa?» Repetía aquella palabra para sí una y otra vez: hermosa, hermosa, hermosa. Jamás nadie se lo había dicho. Bien, realmente solo le había dicho que estaba más hermosa desnuda que vestida, pero Hélène no quiso detenerse en eso. En verdad, aun no viéndose, se sentía hermosa. Bastaba con ver el modo en el que Louis la miraba.

—Tumbaos ahora —le pidió con voz ronca.

Hélène obedeció. ¿Qué otra cosa habría podido hacer? Era como si no pudiese nada contra él. Louis era la suma de todas las perfecciones y ella estaba desnuda. No tenía nada, pero le hubiera dado cuanto tuviese.

Él extendió su mano despacio y empezó por acariciarle los brazos, siguió por el rostro, los senos, la cintura, el pubis. Hélène se desperezó a su contacto, sensible y receptiva. Eso era lo que Louis más apreciaba de ella: su capacidad para entregarse al placer. Nunca se le hubiese ocurrido pensarlo cuando la conoció. Solo cuando la vio probar aquel fruto en el huerto.

Así se sentía también Louis cuando la tenía en sus manos, como si Hélène fuese una fruta dulce, madura y jugosa que solo esperase para ser devorada por él.

Cuando la tocó volvió a encontrarla mojada. Louis no se resistió a probarla. Abrió sus muslos y enterró la cabeza en ellos para ver a qué sabía. Hélène exhaló una exclamación entrecortada. Él la encontró embriagadora, sutil, intensa, fuerte, fresca, penetrante. Le embelesó su olor y su sabor. No solía gustarle, pero ella sí le gustaba. Sabía distinta. Quizá porque era joven, quizá porque era virgen, quizá porque la esencia de su sabor era una de sus características, como las orejas rojas, la buena disposición o la docilidad de carácter.

Louis la recorrió arriba y abajo con la lengua, separando los labios y lamiéndolos lenta e insistentemente. Hélène se ahogaba entre suspiros, y estaba tan mojada y sensible que volvió a experimentar el vivo deseo de penetrarla. Ahora, en ese mismo instante, sin mediar el más mínimo aviso.

Era una gran tentación. Resultaría fácil, sencillo y gratificante. Su tío podría buscar a cualquier otra. Él mismo le había quitado la idea a Hélène unos días antes en el cobertizo, pero quizá se había precipitado. Había centenares como Hélène. Bastaría con entregarle un poco de dinero para que volviese a su casa sin decir una sola palabra. Recogería sus vestidos grises y desaparecería para siempre de la vida de Louis, pero antes él se habría quedado con ese presente.

Louis dudó mientras su lengua atendía la delicada carne. Los gemidos de Hélène atormentaban su deseo. Sería tan hermoso oírla gritar cuando la penetrase...

La voz de la razón se impuso a duras penas. Era un capricho absurdo y fútil. No merecía la pena arriesgarse. Lo mejor sería mantener a Hélène en sus manos. Era joven e ingenua y bebía los vientos por él. Louis se daba perfecta cuenta. Bastaría con instruirla un poco para tenerla justo donde la quería. Se burlaría así de su tío y a la vez se aseguraría su poder sobre ella. Era un plan magnífico se mirase por donde se mirase. Ya tendría ocasión de resarcirse cuando estuviera casada.

Alentado por ese pensamiento aumentó la presión de su lengua sobre el reborde desigual en el que terminaban sus salados labios. Hélène se enarcó jadeante hacia su boca. Sí, aprendía bien y deprisa. Se desbordó ante sus ojos igual que el agua de una copa llena. Rápida e incontenible.

—Os ha gustado, ¿verdad? —dijo cortés Louis, pasándose la mano por la boca para secársela, sin dejar tiempo a Hélène de recuperar el aliento.

—Oh, señor —murmuró ella incorporándose sin fuerzas, con los ojos brillantes de lágrimas no derramadas—. No sabía que fuese posible sentir algo así.

—Hay tantas cosas que desconocemos... Por eso, nuestra obligación es poner remedio a la ignorancia —predicó Louis como si le inspirase el más claro espíritu de la Ilustración.

—¿Puedo hacer yo algo por vos? —preguntó ella solícita y con verdadero deseo de complacerlo, y es que habría sido muy ingrato de su parte no mostrarse agradecida—. Lo que os hice el otro día.

Por supuesto que tendría que hacer algo por él. Acababa de librarla de un futuro miserable. Louis sopesó las posibilidades. La idea de tener a Hélène desnuda y arrodillada ante él, mientras permanecía completamente vestido, le atraía. Había en ello algo oriental y dramático. Recordaba haber visto una estampa parecida retratada en los lienzos de una colección privada, del marqués de Tanqueray quizás. Aunque eso ya lo habían hecho y prefería ir probando otras cosas, algo rápido. Llevaban allí un buen rato y no quería que Augustine regresase y lo sorprendiese aún en la quinta. Y tampoco haría falta que se quitase la ropa. Desvestirse y volver a vestirse le llevaría una enorme cantidad de tiempo, y más si no contaba con la asistencia de su ayuda de cámara.

—Sois toda gentileza, pero haremos algo distinto. Tumbaos boca abajo.

Hélène se quedó inmóvil. Era otra de sus características: la lentitud en la asimilación de las ideas. Louis alzó las cejas paciente, indicándole que estaba esperando y Hélène, como de costumbre, obedeció sin rechistar, aunque no comprendía de qué modo podía complacerlo si se quedaba solo tumbada y mirando las sábanas.

Louis la admiró desde su espalda. También era bonita vista así. La nuca despejada, la piel tersa, sin señales ni manchas, la espalda larga, la delicada curva que marcaba el inicio de su trasero. Ciertamente tenía un muy lindo trasero.

Se aflojó la lazada de sus calzas. Con eso bastaría para lo que pretendía y seguiría gozando de esa pequeña perversidad. Ella completamente desnuda. Él completamente vestido. Solo un capricho, pero era caprichoso por naturaleza y no creía que Hélène se molestase por eso. Una vez pretendió hacerlo con Madame de Tramelie y ella amenazó con llamar a sus criados y echarlo de su casa si no se desvestía. Madame de Tramelie tenía muy mal genio. No duró mucho con ella.

Hélène hizo amago de girar la cabeza, pero Louis la detuvo.

—¡No miréis! —la regañó.

Ella se hundió en el colchón, arrepentida por su supuesta falta. A Louis le excitó. Era tan complaciente... Se tumbó sobre ella, cubriéndola con su cuerpo, y aspiró el perfume de su cuello, justo al lado de su nuca.

Justo desnuda bajo él. Joven, indefensa, expuesta. Louis la besó donde nacía su cabello, recorrió su espalda, midió con las manos su trasero, le acarició entre las piernas y abrió su sexo con los dedos. Aún seguía húmedo.

Hélène se quejó con un lamento hondo que redobló su excitación. Louis habría querido besarla ahora en la boca. Ahogar sus suspiros. Habría querido penetrarla y follarla hasta que sus gritos de placer se oyesen en toda la casa y Hélène gritase al mundo entero que lo amaba más que a nadie y a nada. Eran ideas locas que a veces le cruzaban por la cabeza. Louis tenía una inmensa necesidad de ser amado y admirado. Por lo general se dominaba y se decía que ya tenía suficiente de ambas cosas, pero otras veces la pulsión surgía en su cabeza como una tormenta de verano, rápida, aparatosa y con frecuencia dañina, y se manifestaba de la forma menos conveniente.

Pero no esta vez. Esta vez Louis tenía la cabeza en su sitio y se limitó a abrir sus nalgas y a colocar su verga entre ellas, apuntando hacia su sexo. Estaba estrecho y caliente y Louis lo agradeció, y su miembro también.

—¿Lo sentís?

Sí, lo sentía, imponente y rígido entre sus piernas, muy cerca del lugar que él le había dicho que debía resguardar.

—Sí —balbuceó Hélène, ahogada.

Louis la tomó por las muñecas con inesperada fuerza, le extendió los brazos hacia delante y la sujetó contra la cama evitando que pudiera girarse o moverse. Hélène volvió a temblar. Todo Louis era una presencia que se cernía sobre ella. Su aliento en la nuca. El terciopelo de sus ropas sobre la piel. Su sexo duro y desnudo, apretando y restregándose contra ella.

Resultaba desasosegante y perturbador. Hélène lo intuía aun careciendo de las más elementales nociones sobre las técnicas y los usos más comunes a la hora de amarse. No podía ser así. Con ella completamente desnuda y él vestido para asistir a misa de doce en la catedral. Con su boca contra la almohada y sus manos sujetándola para que no se moviese. Y aun así... Aun así el roce constante y acelerado de Louis, sus jadeos bajos, pero cada vez más rápidos, su aliento quemándola, sus manos conteniéndola. Todo aquello avivaba el deseo de Hélène y le hacía ansiar alcanzar de nuevo aquel extremo. El extremo al que Louis la llevaba con tanta facilidad.

Él se quejó alto, larga y pronunciadamente. El placer punzó con agudeza a Hélène. Su propio placer magnificado por haber ayudado al de Louis. Fue algo extraordinario. La hizo sentir orgullosa y feliz.

Sin fuerzas, Louis se derrumbó sobre ella, pero lo soportó de buen grado. Sus labios se apoyaron en sus cabellos y Hélène hubiera jurado que los besaba. También sintió algo espeso y resbaladizo que se extendía por sus muslos.

Louis se recuperó pronto, se apartó de ella y buscó

un paño para limpiarse. Cuando terminó se lo pasó a Hélène.

—Sería mejor que os limpiaseis cuanto antes. No creo que sea necesario, pero por si acaso —dijo Louis con una sonrisa tensa.

Hélène no estaba muy segura de a qué se refería con «por si acaso», pero le pareció razonable limpiarse. Aunque, absurdamente, le daba algo de apuro hacerlo delante de él. A pesar de sus reparos, siguió su consejo y se secó con el paño volviéndose, pudorosa, de espaldas.

A Louis su pudor le pareció tan innecesario como ridículo, pero debía reconocer que era común encontrarlo en todas las mujeres, incluso entre las cortesanas más gastadas.

—Ha sido un rato encantador, mi pequeña Hélène, pero tengo que dejaros. Ya sabéis, la obligación me llama.

—No correréis peligro, ¿verdad? —dijo preocupada. Fue una idea inesperada que de repente la sacudió.

—No digáis tonterías, ¿qué peligro va a haber? —replicó él terminando de colocarse en su sitio la levita.

—En cualquier caso, cuidaos —suplicó, impulsada por el sentimiento que Louis le inspiraba.

—Lo tendré, y vos tenedlo, también.

Hélène hizo un gesto de incomprensión. Louis le dedicó una sonrisa desde la puerta.

—Con vuestro tobillo.

—¡Ah!

Cuando salió, Hélène se miró el tobillo. Estaba hinchado, pero lo había olvidado por completo.

De hecho no sentía el más mínimo dolor.

13

Louis partió inmediatamente hacia La Musquette. Pierre lo acompañaba, pero pronto lo dejó atrás. Hacía tiempo que no cabalgaba y quiso poner a prueba su montura. *Vent*, su joven yegua baya, ya estaba totalmente recuperada de su tropiezo y respondió al desafío, fogosa. La velocidad y la emoción de la carrera calentaron la sangre de Louis; en realidad, ya la sentía densa y caliente antes de partir de Tours.

Por más que lo intentaba no podía dejar de pensar en Hélène. Ese pensamiento era el que le hacía azuzar a su caballo. Recordaba a Hélène debajo de él, cálida y gimiente, y el corazón se le desbocaba igual que se desbocaría su caballo a poco que aflojase las riendas.

No acababa de entenderlo. Se suponía que debía quedarse saciado después de desahogarse con ella, pero en lugar de eso se encontraba volviendo una y otra vez en sus pensamientos a las escenas vividas y prolongándolas en su cabeza. Las posibilidades se multiplicaban. Y no se trataba de deseos tiernos. Eran pasiones oscuras las que lo agitaban y le producían una molesta desazón.

Había estado con mujeres más bellas, más experimentadas, más deseosas de complacer. Aunque muchas veces se trataba más de necesidad que de deseo, e incluía cierta desesperación que tornaba aquel afán en repulsivo. Hélène no era de esas, sencillamente era ingenua y generosa y deseaba agradar. Louis acostumbraba a despreciar esas cualidades, pero con ella era distinto. No era especialmente bonita, no destacaba por su inteligencia, ni por su talento, ni por sus artes ni, desde luego, por el ingenio de su conversación y, sin embargo, tenía algo que lo atraía perniciosamente. Quizá su docilidad, su inexperiencia voluntariosa, su excitante ingenuidad. Fuese cual fuese la razón, Louis debía reconocer que el placer que alcanzaba con Hélène llegaba a cotas que podían calificarse de exquisitas. Y eso que ni siquiera había llegado a gozar de ella como era debido, y aun así le trastornaba, le conducía a un estado de disipación e insaciable lascivia. Ahora mismo, mientras cabalgaba, volvía a sentirse endurecer por el solo hecho de pensar en Hélène.

Espoleó más a *Vent*. El caballo hizo un extraño picado por el castigo y aceleró su carrera. Un caminante apareció desprevenido a la vuelta de una curva y Louis estuvo a punto de arrollarlo. El hombre cayó a una acequia por apartarse para dejar paso al equino. Mientras se alejaba, Louis oyó cómo insultaba a todos sus ancestros. Lo ignoró.

El viento lo azotaba en la cara y él no podía dejar de imaginarse practicando con Hélène toda clase de desvaríos. El problema era que cuanto más imaginaba, más insuficiente le parecía, ya que siempre tendría que reprimir sus instintos para que su odiado tío le arrebatase la primera vez de Hélène. Era molesto, muy molesto pensar en ello. Solo le consolaba la suposición de que, con toda probabilidad, su tío sería de los que practicaban el ayuntamiento carnal a oscuras, aunque solo fuese por no gastar velas; y tampoco acostumbraría a desnudarse, era friolero por naturaleza. Por su parte, él le explicaría a Hélène que de ninguna manera debía consentir que su futuro marido la desvistiera. Cuando faltase poco para la boda, la asustaría enfrentándola a la realidad, le diría que sería tratada de puta y repudiada si se atrevía a mostrar el menor indicio de sentir placer cuando su esposo la tocase. Por otro lado, sería muy improbable que Hélène pudiese sentir placer alguno con su tío, pero por si acaso.

Lo cierto era que le enfurecía reflexionar sobre ello. Le parecía que su pequeña estratagema para gozar de Hélène antes que su tío se convertía en insignificante y sin importancia por verse obligado a respetar su virginidad. Por eso se consolaba imaginando nuevas y mayores humillaciones. En cuanto los desposorios se celebrasen correría a visitar a su tío. Le presentaría sus respetos aunque tuviese que tragarse la bilis y el orgullo y, en cuanto se diese la vuelta, fornicaría con Hélène en su propia cama y en las sábanas que ella misma estaba bordando; y pondría todo su empeño en que si engendraba un hijo fuese suyo y no de su tío.

Era un consuelo, pero ni eso le parecía suficiente. Louis planeaba una suerte de venganza. Una manera efectiva y sencilla de desquitarse de su tío, de Hélène y también de borrar los extraños efectos que causaba en él.

Resultaba curioso cómo aquello trastornaba a Louis. Se veía a sí mismo como un libertino. Había tenido la suerte de encontrar buenas maestras, que le instruyeron amablemente en las prácticas más placenteras y disolutas. Sin embargo, había límites que ni Louis se había atrevido a traspasar. Quizá porque era joven y también, aunque no se había detenido a considerarlo hasta ese momento, porque solían ser sus compañeras quienes llevaban la voz cantante en sus juegos. Al fin y al cabo, Louis se consideraba un caballero; además, trataba de medrar, y nada podía ser más inconveniente para ese empeño que irritar a una dama.

Pero con Hélène no sería así. Podría disponer de ella como se le antojase. Y la mejor manera de quitarse la espina de su capricho frustrado y al mismo tiempo de degradarla aparecía con claridad ante sus ojos.

Le exigiría que se entregase a otro hombre delante de él. Le diría que si quería demostrarle su amor debía aceptar sin reproches cuanto le pidiese. La amenazaría con contar a todos su falta si no cedía; como ella cedería seguro, porque era débil y de principios morales poco sólidos o más bien inexistentes, la vería entregarse sin remedio a la depravación y al vicio más corrompido.

Aquel pensamiento hirió y excitó a Louis a partes iguales. Tuvo que detener el caballo para tratar de poner en orden sus soliviantados pensamientos. El animal obedeció al freno. Estaba cerca del agotamiento por culpa de la larga carrera enloquecida. Louis desmontó.

Dejó que *Vent* pastase en la hierba para refrescarse y se alejó un poco procurando serenarse. La fantasía, una vez invocada, se resistía a abandonar su cabeza. Hélène, postrada ante él, aliviando su necesidad, afanada en procurar su placer, rogando con ojos empañados por las lágrimas su perdón —incapaz de hablar, naturalmente, ya que su boca se hallaba concentrada en otra función—, mientras era poseída por algún otro. Algún otro que aún no había decidido, pero para lo que a buen seguro no le faltarían voluntarios. El conde de la Gire o el mismo Tournée, ambos conocidos, que no amigos de Louis, aceptarían encantados copular con Hélène en aquella actitud más propia de animales que de personas.

Louis jadeó por el esfuerzo, el cansancio y la alteración que le producía imaginar la escena. Lo excitaba desaforadamente y a la vez lo atormentaba. Quería culpar a Hélène de un delito que aún no había cometido, pero incluso en su malsana fantasía seguía conservando su aura de perfecta inocencia. Su deseo volvió a aumentar hasta un extremo casi doloroso, pero no podía dar rienda suelta a sus instintos allí, en medio del campo, como si fuera un salvaje. Y además era humillante tener que estar masturbándose cada dos por tres por culpa de Hélène. Louis había perdido ya la cuenta de las veces que lo había hecho en esos últimos días.

No era sana aquella obsesión y además se suponía que Hélène no le importaba lo más mínimo. Por eso buscaba ideas para mancharla y denigrarla. Sin duda, en cuanto las llevase a cabo, dejaría de afectarle. Entonces ¿por qué se sentía como si malbaratase algo único y precioso?

Louis frunció el ceño y se dijo que debía dejar de pensar en aquello. Respiró hondo y se centró en contemplar el paisaje. La campiña de Tours se veía singularmente hermosa aquella mañana de finales de primavera. El cielo estaba completamente despejado y era de un azul radiante. La brisa mecía con suavidad la hierba. Las amapolas tomaban los trigales agostados a pesar de lo temprano de la estación y los teñían de un rojo violento.

Louis pensó en lo hermoso que sería tomar la virtud de Hélène en medio de aquel campo de trigo.

Se enfureció consigo mismo y se dijo que ya estaba bien de pensar en tonterías. Tenía que concentrarse en cosas más prácticas, como en quitarse de encima ese asunto de La Musquette y convencer de una vez a su tía para que le traspasase una parte significativa de sus bienes. Si lo conseguía, podría regresar a París y olvidarse por el momento de Hélène. Llevaba demasiado tiempo en Tours. Lo mejor sería poner tierra de por medio. Después ya tendría tiempo de decidir fríamente lo que hacer con ella.

Aguardó a que llegase Pierre e hizo el resto del camino en su compañía a un ritmo más sosegado. Llegaron a La Musquette sobre las dos de la tarde. Estaba hambriento y eso le ponía de peor humor.

La hacienda tenía mucho peor aspecto de lo que había supuesto. Se veía que había conocido tiempos mejores, pero ahora todo estaba arruinado y destartalado. El techo del establo aparecía agujereado por varios sitios y solo unas cuantas vacas mugían lastimeras. El edificio principal no tenía mejor aspecto y un pequeño hilo de humo, que salía de la chimenea a pesar de lo cálido del día, era el único indicio que acreditaba que alguien se hallaba en su interior.

Pierre llamó al portón. Una niña de siete u ocho años abrió y se quedó mirando, curiosa y silenciosa, primero a Pierre pero enseguida a Louis.

—Su señoría el vizconde de Tremaine —le anunció Pierre con el mismo tono que habría utilizado para presentarlo si estuviese solicitando audiencia en el Trianon.

La niña salió corriendo y desapareció hacia el interior de la casa. Los minutos pasaron sin que nadie apareciese y a Louis aquello comenzó a parecerle ridículo en extremo. Intentó recordar por qué estaba allí y no fue capaz de conseguirlo.

Un hombrecillo encorvado y de aspecto decrépito llegó por fin haciendo reverencias e inclinaciones nerviosas, incluso trató de besar su mano. Louis estuvo a punto de empujarlo para evitarlo, pero logró contenerse a tiempo y se conformó con apartarse.

—¡Excelencia! ¡Gracias, gracias, excelencia! ¡Qué honor! ¡Pasad, pasad, no os quedéis en la puerta, mi casa es vuestra, señor!

Aquello no habría podido ser más cierto, aunque en realidad era de su tía, pero Louis decidió que si hubiese sido suya no le habría importado que saliese ardiendo, tan miserable y ruinoso era todo.

—Es un inmenso honor el que nos hacéis, señor. Yo sabía de la bondad de la señora y le dije a mi hija que no dejaría que se cometiese esa injusticia. No lo permitiréis, ¿verdad, señor? No echaréis a un pobre hombre y a su hija a la calle, no los dejaréis sin un techo sobre su cabeza, ¿no es así? Mi yerno murió este invierno, fueron las fiebres, y mi hija también está enferma. Yo hago todo lo que puedo, pero los cerdos también murieron de alguna especie de mal, ¡pero os juro que pagaremos todo lo atrasado! ¡Solo necesitamos un poco más de tiempo!

Habían comenzado a aparecer más criaturas pálidas y delgadas, la mayoría infantes de distintos sexos y tamaños, uno de ellos era alto y desgarbado, tendría al menos catorce años y lo miraba con algo que solo podía ser odio.

El pánico amenazó a Louis. Comenzaba a darse cuenta de que había sido un error ir allí solo con la compañía de Pierre, que no valía absolutamente para nada. Pero a pesar del miedo cobarde de Louis, lo cierto era que, aparte del mayor, el resto parecían mansos e inofensivos.

—¡Se lo dije a Broussard, le dije que se lo pagaría todo, pero no quiso escucharme! ¡Solo necesitamos esperar a la cosecha; cuando llegue la cosecha pagaremos todos los atrasos, excelencia! ¡Es culpa de la lluvia, señor, hace meses que no llueve! El cielo nos castiga a todos por nuestras faltas...

El viejo hablaba sin parar y Louis no veía el momento de marcharse, pero todavía ocurrió algo peor. La madre de aquella chiquillería apareció auxiliada por una de sus hijas. Estaba sin duda enferma, gravemente enferma de algo que Louis temió que fuera contagioso, y avanzaba directa hacia él.

—¡*Sire*! ¡*Sire*! —dijo la mujer tirándose a sus pies—. ¡Apiadaos, *sire*! ¡Apiadaos de mí y de mi familia!

Louis creyó encontrarse en uno de los siete círculos del infierno. Odiaba la enfermedad incluso más que a la muerte y la decrepitud. Era algo visceral, algo inequívocamente relacionado con su infancia, con su madre moribunda y con el olor agónico y corrupto que la acompañó hasta sus últimos días.

Buscó su bolsa, alterado, y se la entregó a Pierre.

—Dales algo de dinero.

Abandonó la casa buscando su pañuelo para llevárselo al rostro. Temía contagiarse de aquellos miasmas. No solo de la enfermedad, también de la pobreza, la ignorancia y la resignación. Eran, sin duda, males mortales que minaban el cuerpo y el espíritu.

Esperó fuera y alejado de la casa para no oír sus voces. El sol y el calor del mediodía actuaron como un bálsamo para su espíritu. El egoísmo de Louis era de una solidez prácticamente invulnerable. Le bastaba con alejarse de lo que no le gustaba para olvidar que existía; es más, se obligaba a olvidarlo. Si por él hubiese sido, en el mundo solo habrían existido cosas bellas. Lindas canciones, hermosos poemas, mujeres de talle grácil, sonrientes, adornadas y, a ser posible, de costumbres ligeras. Detestaba cuanto enturbiaba su mundo perfecto. Por eso despreciaba la fealdad, la falta de cuidado, la torpeza, la estulticia, la miseria, incluso el ahorro. Louis vivía solo para la vanidad, el hedonismo y el derroche.

Sin embargo, había ocasiones en las que ni siquiera su feroz ceguera era capaz de hacerle ignorar la realidad. Esa era una de ellas, y el resultado era un negro mal humor.

Pierre regresó, le devolvió la bolsa y esperó prudente. Era un hombre cauto y contento de su suerte que
sentía aversión a enfrentarse a cualquier tipo de problema. Ofreció a Louis su ayuda para montar al caballo,
pero él la rechazó. Otra señal de mal humor, porque si
no, no habría tenido el menor inconveniente en usarlo
como banqueta para subir a la montura con más facilidad.

Regresaron a Tours y Louis no quiso detenerse ni
para buscar una fonda donde comer. Tenía la cabeza
hirviendo y el estómago frío y vacío.

14

Llegó a Tours con un humor de perros. No había comido, pero el mismo mal humor le borró el apetito. Sorteó el interrogatorio de su tía con respuestas tan parcas como sus reservas de paciencia. Le recomendó olvidarse de aquel lugar y prenderle fuego para evitar la propagación de enfermedades. Augustine le escuchó asombrada y se quedó seriamente preocupada. Le pidió disculpas por haberlo enviado a un lugar tan horrible y le prometió que hablaría con el administrador para solucionar el problema y ayudar en la medida de lo posible a aquella pobre gente.

Louis no quiso seguir hablando del tema y ordenó que le preparasen inmediatamente el baño. El agua caliente lo calmó un tanto. Le gustaba que la temperatura fuese casi insoportable. La piel se le ponía roja y todo el cuerpo le escocía, pero después se sentía mejor, limpio, purificado. Aquel día exigió que se la llevasen prácticamente hirviendo.

Estuvo dentro del agua hasta que las yemas de los

dedos se le pusieron tan arrugadas como uvas pasas. Pierre lo vistió para la cena, aunque hubiese preferido no bajar al comedor y cenar solo en su dormitorio. Pasó el trámite sin que amainase su humor sombrío. Su tía no dejaba de hablar y él le daba la réplica para no resultar descortés. Hélène callaba como siempre y había vuelto a arreglarse y pintarse los labios y la cara con colorete. Lo miraba a hurtadillas y una vez incluso se atrevió a sonreír. Puede que Hélène no fuese muy buena fisonomista o tal vez ocurría que Louis era realmente bueno fingiendo y pocos se habrían dado cuenta de lo negro de su estado de ánimo.

Louis comía, asentía y contestaba de cuando en cuando con naturalidad; pero si en lugar de eso hubiese dejado aflorar sus verdaderos pensamientos, le habría gritado a su tía que era una vieja estúpida y beata, y a Hélène que era ignorante, zafia y ridícula, y así sucesivamente con otros calificativos igual de ofensivos.

Le ocurría en ocasiones. Una especie de rabia lo carcomía. No sabía de dónde venía ni adónde lo llevaba. Era una profunda insatisfacción que aparecía cuando se sentía frustrado, triste o solo, especialmente solo. No era frecuente, pero era un sentimiento muy negativo y lo mejor era permanecer alejado de Louis cuando acontecía. Sobre todo teniendo en cuenta que solía pagarlo con los más débiles.

Y, sin duda alguna, la más débil allí era Hélène.

Los contradictorios sentimientos que Louis sentía en torno a Hélène semejaban una suerte de espada que pendiese sobre su inocente cabeza. Tan pronto le parecía bonita y tentadora, como burda y grosera. En ocasiones le agradaba su franca entrega y otras le fastidiaba el simple hecho de hacerla digna de su atención. A veces quería divertirse con ella y otras tantas dejar caer la máscara y decirle que era una estúpida y que no se merecía gozar de la renta del condado de Bearnes solo porque conservase la pureza entre las piernas.

Aquella era una de esas veces.

Toda esa tarde desde que regresase de La Musquette lo había estado pensando. Se dejaría de juegos. Terminaría la farsa y se quitaría a Hélène de la cabeza de una vez. Esa misma noche. Le daría unos cuantos francos y la mandaría a casa con su madre. No temía que se atreviese a acusarlo. Además, ¿no pensarían todos que ella tenía tanta o más culpa que él? ¿A quién le importaría el testimonio de una mujer deshonrada? Su tío tendría que buscarse una nueva esposa y, si no otra cosa, habría ganado tiempo, y el tiempo, a edades ya avanzadas como la de su tío, era algo crucial.

La cena había concluido, se habían retirado al salón y Hélène leía en voz alta un tedioso artículo de Quesnay sobre las ventajas de aumentar la producción de grano en las granjas. Augustine roncaba sonoramente y Louis trataba de refrenar la impaciencia. Si había soportado aquello, era por una única razón. Se levantó del diván y se colocó frente a Hélène. Ella calló en cuanto lo vio acercarse.

—No dejéis de leer —le reprochó.

Hélène bajó la vista al libro y continuó con su lectura sobre la productividad y las plusvalías agrícolas.

—Venid esta noche a mi dormitorio.

Hélène enmudeció, pero muy poco tiempo, enseguida siguió leyendo monocorde tras escuchar el ligero respingo de Augustine, que debió de echar de menos el murmullo de fondo.

—No puedo —susurró entre párrafo y párrafo.

Louis arrugó el ceño.

—¿Cómo que no podéis?

Era cierto que Hélène era cándida, pero no tanto como para ignorar los caprichosos cambios de talante de Louis. No era solo lo que ocurriría si a Augustine le daba por llamarla y descubría que no estaba en su habitación. Al menos, si la sorprendía estando allí Louis, siempre cabía la posibilidad de esconderlo en el armario o bajo la cama, se decía Hélène, que ya había imaginado todo tipo de nefastas posibilidades. Pero no se trataba solo de eso. Hélène llevaba toda la velada aguardando una mirada de simpatía de Louis y, a cambio, había recibido gestos duros y expresiones que no sabía cómo interpretar, pero que parecían de hostilidad. Y ahora él esperaba que a una sola palabra suya... Bien, Hélène sabía que todas las otras veces había bastado con esa única palabra, pero había pasado todo el día anhelando ansiosamente su vuelta, y cuando Louis había regresado ni siquiera le había dirigido una mirada, ni le había preguntado por su tobillo hinchado y dolorido; y seguro que no había sentido el cosquilleo en los labios, el vuelco en el estómago y el calor entre los muslos que Hélène había experimentado. Y eso le dolía, y quizás era el momento de actuar como había oído decir que actuaban las damas y hacerse valer. Un poco.

—No puedo ir a vuestro cuarto. Venid vos al mío si de veras lo deseáis —susurró envalentonada.

Louis palideció; que Hélène se le sublevase era el remate que ponía el colofón a un día amargo, un día en el que desde luego no iba a suplicar a Hélène.

—Lo haría, como bien decís, si de veras lo desease. Pero tendréis que disculparme, no tengo tanto interés.

Louis se retiró a su diván y a Hélène le falló un poco la voz en su lectura. Augustine dio un ronquido tan fuerte que el sobresalto la despertó.

—¿Eh? —dijo un poco confundida por el sueño y tratando de reubicarse en la realidad—. Creo que me he quedado traspuesta. Será mejor que nos retiremos, Hélène.

—Sí, señora, esperad que os ayude —dijo Hélène corriendo a auxiliarla.

—Buenas noches, Louis, que descanses —se despidió Augustine, y se retiró cojeando apoyada en Hélène.

—Lo mismo os deseo, señora —le replicó él ignorando adrede a Hélène.

Las dos mujeres se marcharon escaleras arriba. Louis se quedó solo en el salón. Se sentía aún más furioso y fracasado. Había creído tener a Hélène comiendo de su mano y se le había rebelado a la primera de cambio, ni siquiera era capaz de cruzar un pasillo por él. Apretó con tanta fuerza los puños que los nudillos se le pusieron blancos. Era deprimente y frustrante, y si Hélène no iba a aliviar su mal, tendría que ser alguna otra. Pero Hélène se arrepentiría de esto. Él haría que se arrepintiera. Palabra de Argenteuil.

Cuando consiguió calmarse un poco, se levantó y llamó a Pierre.

—Hoy no te necesito. Me bastará con Thérèse. Dile que vaya a mi cuarto.

Pierre obedeció silencioso y, tras un rato amargo, Louis se fue a su dormitorio a esperarla. Hacía días que se había aburrido de Thérèse. Era zalamera, resabiada y melosa, pero ese día le valía cualquier cosa. En la puerta sonaron dos toque firmes. Louis dio la venia y Thérèse apareció sonriente.

—¿Me llamabais?

—Sabéis que sí.

La besó solo para que dejara de sonreír. La empujó contra la pared y la atenazó con violencia. Louis era delgado y en apariencia no muy fuerte, pero escondía una vitalidad férrea y resistente que se manifestaba en la imposibilidad de Thérèse de escapar de sus garras. Eso si hubiese deseado escapar, claro está.

—Señor... —murmuró Thérèse agradablemente sorprendida ante semejante manifestación de pasión.

—Calla —dijo Louis a la vez que le tiraba del pelo para soltárselo y que cayese desparramado sobre sus hombros.

Thérèse calló como le ordenaban y se dejó hacer. Consintió en que Louis le quitase a bruscos tirones la ropa y en que la tratase con bien poca suavidad. En verdad se diría que incluso le gustaba.

Cuando la tuvo desnuda, la giró para que se colocase de espaldas a él y la empujó hacia delante doblándola en dos y haciendo que Thérèse tuviera que agarrarse a una de las columnas de la cama para no perder el equilibrio. Era una postura que le agradaba y, además, así no le veía la cara. Todo ventajas. Thérèse aguardó, mientras él se desnudaba sin dejar que ella se moviese, disfrutando de la vista y de la expectación. Ya solo le faltaba quitarse la camisa cuando llamaron a la puerta.

Louis se quedó helado. Thérèse se enderezó al instante y buscó rauda algo con lo que taparse. Varios golpes suaves se repitieron y una voz débil se atrevió a anunciarse.

—Soy yo, señor, Hélène... ¿Estáis aún despierto?

Thérèse y Louis se miraron. Thérèse con los ojos abiertos como platos y Louis, furioso. Claro que no era culpa de Thérèse, pero eso ¿qué importaba?

Louis trató de buscar una salida. Lo peor era que Thérèse ya se había enterado y eso no podría remediarse. En cuanto a Hélène, podía mandarla de vuelta a su cuarto con una excusa o... podía hacer algo distinto. La segunda idea brilló cruel y retorcida. Por supuesto se decidió por esa.

Fue a la puerta y la abrió cubierto solo con la camisa entreabierta. Tiró de Hélène, la metió en la habitación y cerró la puerta antes de que a ella le diese tiempo a decir ni una sola palabra.

—Pensé que...

Hélène calló, confusa, y miró a su alrededor. La visión de Thérèse cubierta apenas con una sábana y Louis solo con la camisa la dejó definitivamente sin palabras.

Había estado ayudando a Augustine a acostarse, había ido a su habitación, luego se había desvestido y acostado solo para dar vueltas y más vueltas en la cama. Esperaba pese a todo que Louis fuese. Lo deseaba tan fervientemente que incluso rezó por ello. Había esperado y esperado, pero Louis no iba y ella no podía dormir y pensaba en los ojos de Louis mirándola con frío y con reproche; y Hélène deseaba tanto complacerle…, lo deseaba más que nada. Se arrepentía de haberse mostrado altiva con él. Ella no era nadie y Louis se había dignado a hacerla feliz y además lo amaba.

Sí, Hélène había llegado a aquella sorprendente conclusión. No le importaba que fuera brusco, despegado, incluso hiriente. Ella lo amaba. Amaba sus ojos azules y gélidos, sus manos de dedos finos, largos y suaves, sus labios carnosos que la besaban en lugares prohibidos y le hacían acariciar las estrellas.

Aunque no fuese bueno, aunque no fuese prudente, ¿aunque la introdujese en una habitación en la que había una criada desnuda? Hélène había ido allí despreciando el orgullo y el peligro, pero nada la había preparado para eso.

—Bienvenida, querida. Me alegra que lo hayáis considerado mejor. Llegáis a tiempo para la fiesta.

Thérèse sonrió tímidamente, pero con seguridad. Louis era todo hielo. A Hélène le pareció cruel y, como siempre, hermoso.

—Dejadme ir —rogó ella.

Louis sonrió implacable.

—Si os marcháis, le diré a Thérèse que cuente a todo el mundo que vinisteis a buscarme a mi dormitorio en plena noche. ¿Qué le responderéis vos a Madame de Varennes cuando os pregunte?

Hélène tragó saliva y trató de resistir las ganas de llorar. ¿Por qué le hacía eso si ella solo había hecho lo que él quería?

Louis rebajó su actitud. Sabía que no se necesitaba presionar demasiado para convencer a Hélène. Se acercó a ella, tomó suavemente una de sus manos para acercarla más contra sí y deslizó sus palabras muy cerca de su oído.

—No os lo toméis así. No es tan horrible. La culpa es solo vuestra por hacerme enfadar, pero ahora tenéis ocasión de resarcirme.

Su aliento tan cerca la quemaba y, cuando la besó en la mejilla, su piel pareció inflamarse con su beso. Louis desataba un raro calor en su interior. Odiándolo y todo, como lo odiaba en aquel momento, sentía arder su cuerpo igual que si una extraña y súbita fiebre la atacase con solo su contacto.

Las manos de él desataron sin perder el tiempo las cintas de su vestido y se lo bajó arrojándolo al suelo y dejándola desnuda. Se había vestido pensando solo en desvestirse, así que ni siquiera llevaba camisa debajo.

—¿No os parece hermosa, Thérèse? Sed sincera y reconocedlo.

La criada tiró un poco de la sábana. Un poco para nada, porque tapaba solo uno de sus senos y dejaba el otro al descubierto. Thérèse examinó fríamente a Hélène, no muy contenta con cómo iban las cosas, pero ya tenía asumido que ella estaba allí para ver, oír y hacer todo cuanto le ordenasen.

—Es muy bonita, señor —dijo Thérèse, que en realidad pensaba que ella no tenía nada que envidiarle a Hélène, solo que Hélène iba a casarse con un conde y ella tenía que fregar suelos. Que encima tuviesen que compartir a Louis tampoco la hacía especialmente feliz.

—Habéis cometido una falta —susurró Louis a Hélène desde su espalda—, pero estoy dispuesto a perdonaros. Bastará con que cometáis otra. Solo porque yo os lo pido. Sed dulce y amable, Hélène, dadme ese capricho y tendréis todo mi afecto.

Eran palabras insidiosas que se filtraban pérfidas en su entendimiento. Todo cuanto ella deseaba era el afecto de Louis y no ignoraba que, para conseguirlo, él no le pedía que fuese buena, ni casta, ni pura, ni ninguna de aquellas virtudes que tanto alababan las hermanas de Sainte-Geneviève. Lo que Louis le pedía era pecaminoso e impío. ¿Más impío que hacerle aquello con la boca o dejar que se frotase contra ella hasta satisfacer su placer? Quizá sí, quizá no, quizá todo fuese lo mismo. Al fin y al cabo, si cometía ese pecado sería por él. Podía haberlo hecho en el convento. Otras lo hacían, todas lo sabían, sus gemidos furtivos y apagados se oían a veces en la noche. Pero ella no lo había hecho nunca.

—Besadla, Hélène. Besadla por mí.

La empujó con suavidad hacia ella. Hélène trastabilló un par de pasos, lo suficiente para quedar justo enfrente de Thérèse. Ante la mirada imperativa y vidriada de Louis, la criada dejó caer la sábana y acercó sus labios a los de Hélène.

A Louis le pareció una imagen exquisita. La piel clara de Hélène, la de Thérèse un poco más trigueña. Sus delicados cuerpos femeninos exhibidos para su deleite. Aquello verdaderamente compensaba unos cuantos disgustos. Ahora volvía a darse cuenta de que era un hombre afortunado y de que el mundo era un lugar en el que merecía la pena vivir. Belleza, complacencia, placer. Era cuanto Louis deseaba, ¿acaso era tanto pedir?

Besó el cuello de Hélène mientras empujaba su sexo

contra la hendidura de sus nalgas. Sus sueños locos de aquella mañana retornaron. Pero ahora Louis se daba cuenta de que había sido un necio. Había deseado mancillarla aquella misma noche, romper esa endeble barrera, desbaratarlo todo absurdamente, cuando existían tantos modos inocuos de pervertir y ensuciar a Hélène.

La estrechó contra sí, la espalda de ella contra su pecho, mientras correspondía a Thérèse, que buscaba avezada su boca. Besó a la muchacha sin soltar a Hélène, ardiendo de impaciencia y lujuria al contemplar los ojos cerrados y los labios entreabiertos de Hélène, su cabeza vencida hacia atrás contra su hombro, sus pechos rozándose con los de Thérèse.

Pero la soltó. La soltó porque necesitaba remediar el apremio de su deseo antes de que se derramase solo de nuevo, y eso —además de vergonzoso— habría sido imperdonable.

No debió hacerlo, porque en el mismo momento en el que sus manos la liberaron, Hélène recuperó la conciencia. La mala conciencia y también otros malos sentimientos: los celos y la envidia.

—¿Qué estáis haciendo?

Louis se quedó parado, tanto por el tono como por el gesto de Hélène. Nunca la había visto así. Lucía una mirada herida y salvaje.

—¿Vos qué creéis? Diría que está bastante claro. Lo que no puedo hacer con vos.

Louis tenía sus dedos hundidos en la cintura de Thérèse y su sufrida erección estaba a punto de encontrar por fin consuelo. No era buen momento para andarse con explicaciones.

Hélène se cubrió el cuerpo con sus manos, como si se protegiese o se abrazase. Un abrazo pobre e insuficiente.

—No quiero que lo hagáis.

Louis dudó. No supo si enfadarse o ablandarse. No le gustaba que le estropearan sus caprichos, pero de algún modo le conmovía la aflicción de Hélène, como si realmente él le importase...

Optó por la suavidad. Quizá también ella le importase, un poco, cada vez un poco más. Quería tenerla de su lado, quería que estuviese a su lado. Con él. En todo lo que se le antojara. La idea iba ocupando cada vez más espacio en su cabeza.

—No seáis chiquilla. Tenéis todo mi amor. Esto no significa nada. Debéis comprenderlo.

Louis abandonó a Thérèse para volver a ella y besarla y estrecharla entre sus brazos. Las convicciones de Hélène perdían fuerza y consistencia cuando él la besaba, lo mismo que su cuerpo en sus manos. Cuando Louis tiró de Thérèse para unirla a su abrazo y Hélène vio cómo acariciaba su cintura y proseguía hacia más abajo con sus caricias, lo intentó. Lo intentó, pero no pudo, no hasta ahí. Hélène no podía soportar la idea de verlo mientras le hacía eso a otra mujer.

Se soltó de un tirón del abrazo de Louis, recogió su vestido del suelo, se lo puso a la carrera sin molestarse en anudarlo y salió de la habitación sin atender a sus llamadas.

—¡Hélène! ¡Hélène! ¿Adónde vais? ¡Volved aquí, maldita sea!

Pero Hélène corría ya pasillo adelante. Thérèse lo

observaba todo, pasmada, y había vuelto a cubrirse con la sábana. No sabía bien qué hacer, pero intuía que la noche se había torcido para todos.

Furioso, Louis cerró la puerta con rabia. Thérèse dio un pequeño paso atrás, asustada.

—¡Márchate tú también! ¡Márchate! ¡Y si dices una sola palabra de esto te aseguro que lo lamentarás!

—No diré nada de nada, señor. Podéis confiar en mí —le aseguró.

La muchacha recogió sus ropas y se vistió con rapidez. Cuando salió, Louis tuvo que reprimir con todas sus fuerzas el impulso de estrellar algo contra la pared. No podía hacer ruido y no podía confiar en nadie.

Louis no tenía a nadie.

15

El día siguiente llegó sin que el humor de Louis mejorase. Hélène tenía mala cara y había vuelto a los vestidos cerrados y grises. A buenas horas, pensó Louis, resentido. Los ojos se le veían hinchados y enrojecidos, cualquiera que se hubiera fijado se habría dado cuenta de que había estado llorando. Tampoco eso conmovió a Louis. No escatimó en nada y se dedicó a molestarla todo lo posible mientras desayunaban.

—¿Tenéis que hacer tanto ruido para comer unas simples gachas?

Hélène no levantó la cabeza del tazón. Aguantó el golpe como habría aguantado una pedrada. Total, no podía haber hecho nada para evitarlo.

—¿Y necesitáis castigarnos a todos poniéndoos ese vestido? ¿No podríais al menos pedir que os lo planchasen? No soportaría que lo llevase ni una de las criadas.

Entonces incluso Augustine se fijó en ella. Era cierto que el vestido no tenía mucha prestancia, más que nada debido al tipo de tejido, pero aquel era un golpe bajo.

—Hélène, hija. Te he dicho montones de veces que debes empezar a cuidar más tu aspecto. Ya no estás en el convento —la regañó amable Augustine

—No, esto no es un convento. ¿Os parece que esto es un convento? —dijo Louis abriendo las manos en un gesto que abarcaba cuanto había a su alrededor.

—No, no me parece que esto sea un convento —se atrevió a decir Hélène alzando un poco la voz, casi casi desafiante.

—Entonces ¿por qué actuáis como si lo fuese? —le replicó mordaz.

Hélène contuvo su lengua y volvió a coger la cuchara procurando no hacer el menor ruido. ¿Para qué hablar? ¿Qué habría podido decir para defenderse? ¿Podía contarle acaso que con gusto se habría cambiado por Thérèse? De ninguna manera, era imposible explicarle a Louis, incluso aunque no hubiese estado Augustine presente, que había pasado la noche atenazada por un dolor sordo y rabioso. Un dolor que la arañaba como un gato enjaulado y se cebaba con más intensidad en su vientre, allí donde él la había acariciado otras veces. El recuerdo de su propia excitación en sus brazos, mientras él besaba a Thérèse, la sofocaba y la asustaba. Hélène habría querido complacerlo, pero temía avergonzarse y no quería resignarse a verlo hacer aquello a otra mujer. No mientras ella solo miraba. No era justo. La hacía sentir estúpida e impotente. Además, odiaba a Thérèse.

Por otro lado, Hélène también había estado pensando, había sido una larga noche. Pensaba en su futura boda, en el conde de Bearnes, ese hombre viejo y severo que la había mirado desde arriba y la había juzgado adecuada para ser su esposa. Hélène no solía dedicar mucho tiempo a recordarlo. Solo lo había visto en una ocasión y suponía que debía estar agradecida. Augustine se lo repetía a todas horas. Y lo estaba. Sabía que era un gran honor. Pero cuando pensaba en el conde de Bearnes tocándola como Louis la tocaba, se le ponía la piel de gallina. Y, sin embargo, eso, al parecer, no le importaba lo más mínimo a Louis.

No, no le importaba. Ella no le importaba en absoluto. Hélène se daba perfecta cuenta. Louis solo pensaba en sí mismo y en su placer, y si aquello se descubría la que saldría malparada sería Hélène. Acabaría en el arroyo lavando ropa o de fregona, eso si es que alguien la quería acoger.

—¿Y cuánto hace que no os dais un baño?

Hélène volvió a acusar el golpe. Sintió que le escocían los ojos a causa de las ganas de llorar. Desde que él la había tocado la primera vez se lavaba todos los días, por la mañana y por la noche. No había bañera en su cuarto y Augustine no habría visto bien tanto gasto, así que apuraba el agua y con ayuda de un paño y escatimando el jabón se frotaba todo el cuerpo. Sobre todo donde esperaba que él la tocase. Aunque esa mañana no lo había hecho porque no pensaba volver a dejar que la tocase jamás.

—Hay que cuidar el aspecto, pero tampoco hay que abusar de los baños —se atrevió a decir Augustine, que pasaba los inviernos sin saber lo que era el agua—. Ahí quizá te excedas, Louis. No entiendo esa manía tuya por los baños calientes. Todo el mundo sabe que el agua caliente es muy dañina para la salud.

—Llevo años tomando baños calientes y nunca me han perjudicado la salud. Eso son supersticiones, tía —dijo Louis, furioso y tocado en un punto débil. Era cierto que muchos médicos desaconsejaban los baños, pero a Louis le hacían sentir extraordinariamente bien y no pensaba renunciar a ellos por mucho que insistiese su tía.

—Como quieras, solo te aviso, yo creo que con que te bañases una vez a la semana...

—Estábamos hablando de Hélène —interrumpió Louis, que llevaba muy mal los ataques personales y prefería volver a meterse con Hélène.

—Es verdad —dijo Augustine, a quien no gustaba discutir con su sobrino. Para ser más precisos, no le gustaba discutir con nadie. Quería solo agradecimiento y buenas caras a su alrededor—. Hélène, hija, procura cuidar tu aspecto un poco más. Hazlo por Louis, de todas formas tendrás que hacerlo cuando estés casada. Es mejor que te vayas acostumbrando.

—Eso... Id acostumbrándoos —replicó Louis todavía resentido.

—Usa los nuevos vestidos y, si necesitas más, los encargaremos. Mi hermano lo dejó todo dispuesto.

—Lo tendré en cuenta, señora —respondió Hélène, cabizbaja y dolida por la humillación.

—Por cierto, que el viernes representan *Rinaldo* en la Scellerie. Le he dicho a Madame de Cerrere que no nos lo perderíamos por nada del mundo. Verás como eso te gusta, Louis —dijo Augustine cambiando de conversación y deseosa por dar a su sobrino un espectáculo a su altura.

—Si la soprano es la misma que nos deleitó en *Orlando* con sus maullidos de gato escaldado, creo que prefiero quedarme aquí leyendo, señora —se quejó Louis sin dar su brazo a torcer.

—No, no. Marchesi interpreta a Rinaldo y la mismísima Valdesturla hace el papel de Almirena.

—¿La Valdesturla? ¿Estáis segura? —dijo Louis, escéptico, al oír nombrar a la famosa diva.

—Completamente. Veréis qué bien lo pasamos. Ya sabes, Hélène, tendrás que ponerte muy elegante —dijo bondadosa la señora dándole unos golpecitos en la muñeca.

Hélène hizo un considerable esfuerzo de voluntad y consiguió estirar los labios para fingir una sonrisa.

—Sois cruel al pedirle tanto, tía. Mejor dejad que se quede en casa. Seguro que Hélène lo prefiere.

—No digas eso, Louis. A Hélène le encanta la música, ¿verdad que sí?

—Sabéis que sí, señora, pero no querría molestar a vuestro sobrino con mi presencia. Mejor me quedaré aquí.

—Sois como chiquillos —dijo Augustine, fastidiada por el poco entusiasmo de Louis y Hélène ante la velada musical—. Iremos todos y no se hable más.

El resto del desayuno transcurrió en silencio, con Louis visiblemente enojado, Hélène humillada y Augustine sin enterarse de nada, pero es que la empatía no era una de las virtudes de esta buena dama.

Louis se levantó pronto de la mesa y su primera tarea

fue ocuparse de Thérèse. Mal que le pesase, tenía que reconocer que había sido imprudente. Aunque la palabra de una criada no tuviese demasiado valor, prefería curarse en salud. Le escribió una carta de recomendación para una amiga suya en la corte, y en verdad que a poco que Thérèse espabilase, podría hacer allí una muy prometedora carrera. Además, para evitar más rencores le dio una generosa recompensa. No se puede decir que Thérèse pusiese buena cara mientras la despedía, pero cincuenta luises eran cincuenta luises, y ella ya esperaba algo así.

Antes de media mañana, Thérèse salió de la casa por la puerta de atrás con un pequeño atadito con sus cosas y un largo camino por delante hasta París. Su marcha dejó a Louis un poco más tranquilo pero aún inquieto. Mayo terminaba, llevaba ya más de tres semanas en Tours y no había avanzado nada en lo fundamental. Ni seducir a Hélène le parecía ya divertido. Generaba en él una ansiedad insana y desacostumbrada. Pasado ya el arrebato de la víspera, se arrepentía de haber querido arruinar la boda. Había sido una temeridad. En cambio, no se arrepentía de lo sucedido en el dormitorio, solo lamentaba que hubiese salido mal.

Louis se negaba a reconocer que, tal vez, se había excedido. Se justificaba diciéndose que no había sido algo premeditado, que solo había actuado llevado por el momento. Lo había tenido tan cerca, habría sido tan delicioso. Había sido delicioso.

Volvió a estremecerse de deseo pensando en el cuerpo blanco y desnudo de Hélène desfallecido en sus brazos, en su vértice cálido y siempre húmedo, en la visión celeste de los labios de Hélène y Thérèse compartiéndose dulcemente. Tuvo que cerrar los ojos y sofocar la excitación. No podía seguir así. Iba a enfermar si dejaba que Hélène nublase de ese modo su juicio y su prudencia. Debía ser frío e inteligente. Centrarse en obtener un compromiso de su tía en torno a la renta y la herencia y conseguir de nuevo la docilidad de Hélène. Lo mejor sería que fuese ella quien se sintiese culpable. Mostrarle su indiferencia. No, mejor aún, su desprecio, y que fuera Hélène quien tuviese que suplicar su favor. Y lo ocurrido la noche anterior le había hecho advertir cuál sería el modo más efectivo de conseguirlo: los celos.

Esa misma tarde, visitaron la quinta Madame de Marcigny y su joven hija, Claudette. Conforme a sus planes, Louis fue todo gentileza con ellas y desdeñó absolutamente a Hélène. Es cierto que nunca le hacía demasiado caso en público, pero aquella tarde no solo evitó mirarla, sino que actuó de tal manera que en todo momento la dejó a su espalda, un gesto sumamente descortés con una dama. Se dedicó a traer pastelillos y chocolatinas a la sonriente Claudette y a contarle a media voz cotilleos de la corte subidos de tono. Claudette reía escandalizada y a la vez encantada. Hélène, mientras, se tenía que conformar con atender la conversación entre Madame de Marcigny y Augustine.

—¿Verdad que es un joven extraordinario? —repetía quizá por décima vez Augustine.

—Hay que reconocer que es perfecto. Tan elegante, tan amable, tan cortés... —decía Madame de Marcigny, que aunque Louis hubiese tenido el aspecto de una gárgola lo habría pasado por alto, ya que lo que contaba es que era vizconde. Ni su esposo ni ella tenían títulos nobiliarios, aunque sí muchas propiedades. La falta de reconocimiento era para Madame de Marcigny una espina clavada. Había presionado a su marido para que viese de comprar con dinero la carta de nobleza, pero para eso había que tener amigos en la corte, y el señor Marcigny era un hombre muy ocupado y no daba tanta importancia a esas cosas como su mujer. Madame de Marcigny había acabado por renunciar, pero ya que no lo había conseguido para ella, estaba empeñada en lograrlo para su hija—. Imagino que vuestro sobrino será para vos como el hijo que nunca tuvisteis —añadió la matrona con escaso tacto, y es que, como buena burguesa, no dejaba de ser una mujer práctica y no estaba dispuesta a casar a Claudette con un muerto de hambre. Además de noble, su futuro yerno debía ser rico.

La sonrisa de Augustine se hizo un poco forzada. A pesar de los años transcurridos todavía le zahería recordar que no había sido madre, pero quería de verdad a Louis, y la hija de aquella mujer era un excelente partido. Un acuerdo con la familia Marcigny solucionaría los problemas de Louis y aumentaría considerablemente sus posesiones, y ella, por supuesto, también estaba dispuesta a ayudar. Así que su voz sonó bondadosa al contestar.

—Es justamente como un hijo para mí y, cuando fallezca, será mi único heredero. Le legaré todas mis propiedades, incluida esta casa.

—Hacéis muy bien. Así podrá pasar los inviernos en París y los veranos aquí, en Tours. Si mi hija encontrara un partido semejante, yo me sentiría muy feliz.

—Yo también me sentiría muy feliz si Louis encontrase a una joven la mitad de buena que vuestra hija.

—Sí, es una muchacha magnífica.

—Lo es, lo es —asintió Augustine.

Augustine habría preferido casar a Louis con una de las dos hermanas Bourguinne. Eran sus candidatas favoritas. Buenas y dulces muchachas. Claudette le parecía demasiado descarada. No aparentaba los dieciséis años que tenía. Había desarrollado pronto y tenía más busto que algunas matronas de treinta y lo lucía con generosidad y poco recato. Además iba pintada como una puerta, pero a Louis parecía gustarle, porque no paraba de intimar y cuchichear con ella, y eso era lo importante, se dijo Augustine, resignada.

Hacían buena pareja. Claudette con su vestido marfil de seda con docenas de diminutas rosas de organza bordadas, la cintura muy estrecha por efecto del corsé, la falda en forma de campanilla y la cara cuidadosamente maquillada se veía bonita como una muñeca de porcelana. Y Louis siempre estaba radiante. Él se inclinó sobre ella y le susurró algo al oído. Claudette rompió a reír y Augustine y Madame de Marcigny se sonrieron la una a la otra la mar de satisfechas.

Hélène también estrenaba vestido, aunque nadie lo había comentado. Era azul claro y ni su escote ni su cintura podían competir con los de Claudette. Se sentaba muy derecha en la silla y se concentraba en recordar la lista de los antiguos mártires de la cristiandad: Zeno, Jovitas, Flavia, Quirino, Hermes, Calocerio... Eran más de doscientos.

Cuando perdía el hilo no se alteraba, simplemente volvía a contar desde el principio.

16

La semana transcurrió entre el desdén de Louis y la contención de Hélène. Ella se encerró en su mutismo, y él en su desprecio. El viernes llegó sin mayores novedades y, pese a la resistencia inicial de Hélène, a la hora convenida, tanto ella como Augustine y Louis subieron a la carroza que había de conducirlos a la Scellerie.

Mientras Augustine charlaba del tiempo y de lo sucias que estaban las calles, Louis examinaba concienzudamente a Hélène para encontrar nuevas faltas que echarle en cara.

El caso era que le costaba hacerlo. Quizá su velada con Claudette había hecho que Hélène tomase nota. Llevaba un vestido gris perla de raso. Un color harto apagado para su gusto; sin embargo, el matiz satinado era bonito, realzaba su tono de piel. También debía de haberle dicho a su doncella que tirase fuerte de las cintas del corsé, porque su cintura era de avispa y su talle tan ajustado que seguramente le costaría respirar. Además, el nacimiento de sus senos se veía mucho mucho más que de costumbre, aunque sendas tiras de muselina velaban, que no ocultaban, parte del escote. El efecto era recatado, pero precisamente por eso resultaba más incitante. No llevaba ninguna joya, ¿de dónde podría haberlas sacado? Sin embargo, eso no era disculpa. Louis decidió que una gargantilla de perlas habría sido el complemento perfecto.

Hélène se cansó de ser tan evidentemente examinada y se volvió hacia Louis encarándole. Louis no cedió a su censura. Continuó observándola, hiriente. Al poco, Hélène renunció a ganar ese pequeño duelo y volvió a contemplar las calles de Tours a través de la ventanilla.

La rendición de ella, en lugar de alegrarle, le fastidió. Si Hélène le ignoraba no se divertía tanto. Lo cierto era que también se veía bonita así, de perfil. Al contraluz sus mejillas y sus labios adquirían un matiz cálido y aterciopelado.

Tuvo que dejar de mirarla. Su observación crítica se acercaba peligrosamente a una rendida admiración y se suponía que era eso lo que debía evitar. Aunque tenía que admitir que su táctica de indiferencia no había dado el fruto que esperaba. Hélène no había mostrado nuevos signos de debilidad. No había ido arrastrándose a él ni le había suplicado perdón a la vuelta de alguna esquina. En cambio, Louis observaba cada pequeño gesto suyo esperando una señal de rendición que no terminaba de llegar. Cuando se hacía de noche, Louis se sentía tentado de olvidar su plan y visitar a Hélène en su cuarto. ¿No había despedido a Thérèse? ¿No había sido suficientemente generoso perdonándola? Entonces ¿por qué no podía ella ir y arrojarse a sus pies?

Ese era el razonamiento de Louis, que para algunas cosas era caprichoso y terco como un niño. Que Hélène se sintiese dolida, que esperase una muestra de afecto, que también ella desease una disculpa o una súplica era algo que no entraba en su pensamiento.

Louis únicamente pensaba en sus deseos, y cuando actuaba con amabilidad era para obtener algo a cambio, siempre y cuando eso no implicase rebajarse, y disculparse ante Hélène habría sido exactamente eso.

El cochero los dejó frente a la ópera. Un lacayo abrió la puerta y ayudó a bajar a Augustine y a Hélène. Louis ofreció el brazo a su tía y Hélène avanzó dos pasos por detrás de ellos.

La Scellerie lucía rutilante aquella noche. Los ujieres vestían con más elegancia que algunos príncipes y toda la nobleza de Tours había desempolvado sus mejores galas. Las damas disputaban entre sí por llevar en sus escotes las joyas más vistosas, y los caballeros rivalizaban con ellas en cuanto al esmero y la riqueza de sus atuendos. El mismo teatro se veía engalanado y lujoso.

Era un recinto coqueto y barroco. No tan grande como los que Louis frecuentaba en París, pero ostentoso y recargado. Paredes cubiertas por metros y metros de terciopelo rojo, decenas de candelabros que se encendían y apagaban al unísono mediante un ingenioso sistema, sillas ornamentadas al estilo rococó, dorados por todas partes y pesados cortinajes que cubrían en parte los palcos para dar más intimidad a sus ocupantes. No hace falta decir que Augustine tenía su propio palco. En él había acomodo para cuatro personas, dos delante y otras dos detrás, alternándose para no estorbarse la visión; si bien el espacio era tan reducido que las sillas se encontraban prácticamente a continuación las unas de las otras.

Madame de Cerrere, una viuda mayor y buena amiga de Augustine, se les unió. Louis y Augustine se sentaron delante, Hélène y Madame de Cerrere, atrás. El ambiente se notaba cargado, la sala estaba abarrotada, el día había sido caluroso y, al estar el palco situado en alto, el calor era elevado. La mezcla de perfumes pesados y apretujada humanidad tampoco ayudaban a hacer más soportables las temperaturas. Augustine abrió su gran abanico de plumas y empezó a darse aire.

El comienzo de la función se demoraba. Louis daba golpecitos nerviosos en el suelo con uno de sus pies. Le fastidiaban las esperas, odiaba la impuntualidad y los retrasos. La orquesta afinaba sus instrumentos y tensaba aún más los nervios de todos los presentes, el telón no subía y la gente comenzaba a protestar. Las pitadas se alternaban con los abucheos. Además de nobles, también había burgueses en el auditorio e incluso pueblo llano. Demasiada gente y de muy distinto origen en muy poco espacio.

—Es insoportable este calor —se quejó Augustine—. ¿Por qué no empieza?

—Desde luego es inadmisible que nos hagan esperar así, ¿y por qué dejan entrar a esa gentuza? —añadió Madame de Cerrere, y Louis compartía absolutamente su opinión.

La gentuza estaba harta de esperar de pie y comenzaba a ponerse violenta. La fama de la Valdesturla había hecho que el teatro se llenase y empezaba a hablarse de estafa. Era lo que tenían las divas. La Valdesturla tenía fama de voluble. Tal vez aquella noche se sintiera indispuesta y decidiese dejarlos a todos plantados.

A Louis le llevaban ya los demonios cuando, para acabar de empeorar la situación, unos agitadores irrumpieron en el teatro tirando pasquines. Los papeles blancos inundaron el graderío, algunos llegaron incluso a los palcos.

El escándalo se hizo enorme. A Augustine se le cambió el gesto.

—¿Qué ocurre, Louis? ¿Qué quiere esa gente?

—Nada, tía —dijo procurando tranquilizarla, aunque él mismo se había puesto nervioso temiendo la reacción del populacho. Por suerte, se trataba solo de unos pocos hombres que fueron rápidamente aprehendidos y sacados del teatro a empellones por los alguaciles. En los últimos tiempos era cada vez más frecuente que grupos de agitadores, denominados a sí mismos como reformadores, irrumpieran en los lugares públicos con el único objeto de armar alborotos—. Se necesita más mano dura. Ese es el problema de este país —afirmó Louis repitiendo lo que era voz común en todos los corrillos que se formaban en Versalles cuando salía el tema de las reformas políticas. Lo que hacía falta era más mano dura y no retroceder ni para coger impulso.

Augustine no se quedó muy tranquila y el teatro era un auténtico gallinero cuando el director de orquesta decidió por fin dar comienzo a la función. Las trompetas se impusieron con facilidad sobre el estrépito con su sonido puro y brillante y pronto los violines acompañaron a la melodía, agudos, vibrantes y armónicos. La fuerza de la composición obró el milagro de realizar lo que parecía imposible: conseguir que se hiciera el silencio. La música de Händel tenía esa virtud. Era un calmante para el espíritu y el corazón. Podía decirse que elevaba el alma.

Tras los primeros compases, el telón se alzó y un murmullo admirado llenó la sala. El decorado estaba muy logrado. Representaba un bosque sombrío. De fondo, pintados con gran detalle y realismo, grandiosos castillos, doradas cúpulas e interminables murallas evocaban la Jerusalén de las cruzadas. Una dama de largos cabellos, la Valdesturla, con indumentaria propia de la época medieval, hizo su entrada; y tras ella apareció Marchesi, acompañado por unos cuantos soldados armados con lanza que simulaban un ejército. Comenzaron su interpretación haciendo honor a su merecida fama. La partitura era excelente y los dos tenían ocasión de lucirse. Eran buenos intérpretes, cantaban con elegancia y facilidad. Louis olvidó sus reservas y se concentró por completo en la función.

En el primer acto, Rinaldo le recordaba al padre de Almirena su promesa de hacerla su esposa si a cambio le entregaba Jerusalén. Todo habría ido bien, ya que Rinaldo y Almirena se amaban tiernamente, si no hubiese sido por un acontecimiento imprevisto.

Las trompetas tronaron, las luces vacilaron y un carro bajó del cielo sujeto por unos cables que apenas se veían. Las exclamaciones de asombro fueron generales. Una hechicera, que respondía al nombre de Armida, era quien manejaba aquel mágico artefacto. Arrebató a Almirena de los brazos de su padre y se la llevó con ella por los aires. Quizá fue demasiada emoción para Augustine, que no había dejado de abanicarse todo este tiempo. El calor, los nervios provocados por los agitadores o alguna otra cosa había sentado mal a Augustine. Madame de Cerrere se dio cuenta de su malestar.

—¿Estáis bien, amiga mía? Os veo pálida.

—No, no me encuentro muy bien. ¿No hace demasiado calor aquí? —dijo Augustine, que se sentía realmente mareada.

—Salgamos afuera. El aire está viciado. Os acompañaré.

Las señoras se levantaron. Louis también hizo lo propio, aunque ni siquiera se había dado cuenta del malestar de su tía.

—¿Queréis que os acompañe? Si deseáis volver a casa...

—No, no será necesario, Louis. Disfruta, querido, sé cuánto te gusta. No te levantes, Hélène —dijo frenándola con un gesto—. No es necesario que armemos tanto alboroto. Se me pasará pronto.

Las señoras salieron y Louis volvió a sentarse.

Cosas así ocurrían con frecuencia, incluso sin necesidad de protestas caldeando el ambiente. Las representaciones eran tan vívidas y las emociones desatadas por la música tan intensas, que muchas damas caían desmayadas en medio de las funciones.

Louis volvió a dedicar su atención a lo que ocurría en el escenario. El segundo acto acababa de comenzar. Armida y Rinaldo estaban en una playa. El bosque había sido sustituido por un mar encrespado del que surgían bellas sirenas semidesnudas. Louis aprobó por completo la mudanza y la parte más sensible de su cuerpo también la aprobó. El público rugió enfervorizado mientras las damas más jóvenes se ocultaban pudorosas tras sus abanicos.

Louis miró de reojo a Hélène, casi había olvidado que estaba allí, absorto como estaba en la representación, pero ahora que se habían quedado solos —y ahora que se había excitado— su presencia, justo detrás de él y a su derecha, se hizo mucho más evidente.

Hélène no tenía abanico, así que miraba hacia otro lado que no fuesen las sirenas. Enseguida captó la mirada fugaz de Louis y por contagio sus ojos se fueron tras él. Louis la esquivó y volvió a escuchar a Händel.

Sugestiva, Armida intentaba convencer a Rinaldo para que aceptase su amor. A Louis le gustaba Almirena, también le gustaba Armida, pero en quien pensaba mientras Armida se acercaba a Rinaldo pidiendo ser besada era en Hélène.

Volvió a mirarla de refilón y sus ojos a cruzarse y a evitarse. La tensión resultaba incómoda. Solos y demasiado cerca. Bastaría con extender su mano para tocar la suya. ¿Le rechazaría si lo hacía? Louis dudó. Seguía resistiéndose a dar el primer paso. Por otro lado, no era como disculparse, solo quería ver su reacción.

Pero tomar su mano era un gesto demasiado declarado. Louis optó por algo más discreto. Dejó caer el brazo hacia atrás, justo hasta que sintió la mano de Hélène. Sus dedos se rozaron, un roce ligero y débil, un roce que bastó para enervar todas las terminaciones nerviosas de Louis. Y Hélène no se apartó.

Era algo minúsculo e incluso inocente; además, ni siquiera podía ver su rostro. Entonces ¿por qué le alteraba así? Sus manos comenzaron a jugar entre ellas, sus dedos se cruzaban, se acariciaban entre sí, se entrelazaban y volvían a soltarse. Cuando Louis trató de asirla con más fuerza, Hélène dio un tirón y se soltó. Louis se giró una pulgada y la vio cruzar formal las manos en el regazo, mientras miraba fijamente el escenario.

Louis no cejó. Su pequeño triunfo le había dado alas. No iba a contentarse con eso. Se inclinó un poco, cogió la punta de la falda de su vestido y fue tirando de ella para subirla, lo suficiente para dejar al descubierto una de sus rodillas. No la tocó, solo esperó a ver qué hacía Hélène y lo único que sintió, incluso bajo la sinfonía de notas de Händel, fue su respiración haciéndose más profunda.

Se resistió a la tentación de volverse para mirarla. El balconcillo los protegía de miradas indiscretas y además todo el mundo estaba pendiente de la función, más ahora que, gracias a un hechizo, Armida había adoptado el aspecto de Almirena, con lo que presumiblemente, ayudada por el engaño, tendría en sus brazos a un confiado Rinaldo a no mucho tardar.

Él también miraba atentamente a la soprano aun cuando deseaba observar a Hélène. Se contentó con imaginarla como sabía que se encontraba: justo tras él, la falda alzada, las mejillas sonrosadas, cogiendo el aire por la boca, los labios secándose ligeramente por efecto de su respiración agitada...

Llevó la mano a la rodilla de Hélène. La seda de sus medias era tan suave que clamaba a gritos pidiendo ser recorrida. Pero la postura era algo incómoda y el brazo no le daba más de sí. Fue desplazando poco a poco la silla hasta quedar justo al lado de Hélène. Ninguno de los dos dejó de mirar hacia el frente. La mano de Louis se hundió bajo la falda camino del interior de los muslos de ella.

Hélène tuvo que cerrar los ojos. Muy muy poco tiempo antes de volver a abrirlos por completo. No sabía por qué dejaba que le hiciese aquellas cosas. Allí delante de todo el mundo o sola con él en su cuarto o en presencia de una criada. Debía de ser porque su cuerpo se volvía de gelatina; su pudor, inexistente; su fuerza de voluntad, nula. Y de todos modos, cuanto Hélène deseaba era que Louis volviese a ella, que volviese a enterrar sus dedos en su cuerpo, a afirmar su vientre contra su espalda, a tomarla por detrás, mientras besaba su boca y la rodeaba por la cintura.

A Louis no le preocupaban tales dudas, menos cuando había conseguido llegar a su objetivo. Había sido costoso, pero había superado todas las pruebas y encontrado la recompensa. Su pequeña rosa abierta, aterciopelada y cubierta por el más deseable rocío.

Se permitió gozar de ella a la vez que de la música. Solo faltaba un detalle para que todo fuese perfecto. Cogió la mano de Hélène y la condujo a su entrepierna. Cuando ella comenzó también a acariciarle, Louis rozó el éxtasis.

Mientras, en el escenario, Rinaldo y Almirena cantaban, sus voces se mezclaban armoniosas creando un prodigio de belleza y perfección. Toda una experiencia para los sentidos que en el caso de Louis y Hélène alcanzaba su máxima expresión. Si a alguien en el teatro le hubiese dado por fijarse en ellos no habría podido menos de conmoverse al contemplar sus rostros transidos de emoción y placer ante tan grata y artística exhibición.

Pero unos espíritus volvieron a raptar a Almirena y la oscuridad se hizo en el teatro sembrando la tristeza y la desolación general, aunque no para Louis y Hélène. Tan pronto como las luces se apagaron, se encontraron sus labios. Fue un beso suave, ardiente y delicado, dulce como sus mutuas caricias, igual de húmedo y entregado, tanto por ella como por él. Hubiérase dicho que era un tierno beso de amor, y selló, sin necesidad de palabras, su reconciliación.

Desafortunadamente la cortina se abrió en ese momento. Los dos se apartaron con rapidez. Louis casi se cae de la silla al echarse hacia delante a la vez que trataba de ocultar con la levita su pujante erección. Hélène solo tuvo que dar un tirón a su falda para aparentar corrección. El rubor de su rostro y la agitación de ambos pasaron desapercibidos para Augustine a pesar de que la luz volvió en ese momento.

—No quería perderme el solo de la Valdesturla —murmuró Augustine a Louis, mientras su amiga y ella se acomodaban en sus asientos.

Louis asintió con la cabeza y entrecruzó las piernas para disimular y tratar de aminorar la tensión. El silencio se hizo sepulcral cuando Almirena comenzó a entonar su aria.

Deja que llore mi cruda suerte
y que suspire por la libertad...

La pieza era conmovedora; la interpretación, sutil y sentida; la ejecución, magistral. En todos los rostros las miradas brillaban de sentimiento y emoción.

Por debajo de esas miradas, las manos de Louis y Hélène volvieron a encontrarse.

17

Aquella noche no fue posible renovar su amistad. Augustine aún sentía la cabeza no muy firme y requirió la presencia de Hélène en su cuarto. La tía de Louis era terriblemente aprensiva y temía sobre todas las cosas morir sola, o encontrarse mal y no tener a quién pedir ayuda. Por eso, entre excusas y ruegos, hizo que Hélène se quedase con ella. Rezaron juntas hasta que a Hélène se le cerraron los ojos y cabeceaba contra la colcha.

Louis comprendió que habría que esperar un poco más y, por extraño que fuera, lo sobrellevó con paciencia. Además, se le había ocurrido algo, era un simple detalle para con Hélène, pero le apetecía tenerlo, así que se pasó la mañana en Tours ocupado en encontrar lo que buscaba.

Durante la comida y la cena se mostró discreto, aunque de cuando en cuando Hélène y él intercambiaban sonrisas furtivas a espaldas de Augustine. Tras la cena pasaron al salón y Augustine le sugirió a Hélène que tocase el clave. Con frecuencia le pedía que se encargase de proporcionarles alguna distracción, bien leyendo, bien tocando alguna pieza. Hélène prefería leer en voz alta, no había riesgo de equivocarse en las notas y, cuando eso pasaba, Louis siempre se encargaba de hacerle notar los fallos. Pero aquella noche estaba muy atento y solícito, incluso se ofreció a pasarle las hojas de la partitura.

A los diez minutos de concierto, Augustine ya dormía plácidamente.

—Hoy estáis especialmente linda.

Hélène falló la nota y el clavecín chirrió, pero Louis no dijo nada y continuó señalándole la partitura. Ella siguió con la composición, nerviosa pero feliz porque lo hubiese notado. Había vuelto a pasar mucho tiempo arreglándose, probándose los nuevos vestidos y recogiéndose de distintas formas el pelo, pintándose y lavándose la cara. Al final la había dejado limpia de todo cosmético, pero también ella se había visto bien en el espejo.

—¿Vendréis esta noche a mi habitación?

Hélène levantó la vista de la partitura sin dejar de tocar para mirarlo con cierta sospecha. Louis sonrió amable.

—Solo vos y yo, prometido. Ella no os echará en falta y tendremos más intimidad.

—Pero ¿y si me llama?

—No os llamará. He echado un poco de láudano en su vaso de leche.

Hélène abrió mucho los ojos y se volvió hacia Augustine. Ahora se daba cuenta de que sus ronquidos eran aún más escandalosos que de ordinario.

—¿Por qué habéis hecho eso? —dijo Hélène sin poder evitar una pequeña risa.

—Porque anoche me privó de vos —dijo Louis sin dudar.

Hélène sintió un raro placer llenando su pecho, causado porque él la hubiese extrañado, también ella le había extrañado a él, y si hubiese tenido esa medicina a mano no habría dudado en recurrir a ella.

—Además tengo un regalo para vos.

—¿Para mí?

—Para vos.

—¿Qué es? —preguntó feliz e intrigada.

—Tendréis que venir para averiguarlo.

La mirada de Louis brillaba con malicia, pero Hélène habría ido aunque no hubiese ningún regalo y también quería saber qué era aquello.

—Iré.

—Magnífico.

Hélène dejó de tocar. Le faltaba concentración y no daba una tecla a derechas. Estaba convencida de que si Louis no le reprochaba su falta de aptitud era porque tenía sus pensamientos en otro asunto y, a decir verdad, a ella le ocurría lo mismo.

—Intentaré reanimarla. Mientras, pedid ayuda a alguna criada. Yo tampoco tardaré en retirarme, y recordad que os aguardo —dijo Louis, suave como una caricia.

Hélène asintió tragando saliva y salió para llamar a un lacayo. Louis trató de espabilar a su tía.

—Despertad, señora. Es tarde. Estaréis más cómoda en vuestro dormitorio.

Augustine abrió los ojos pesadamente.

—¿Eh? ¿Qué pasa?

—Estáis fatigada. Os ayudaré. Procurad levantaos.

Por más que lo intentaba, Augustine no conseguía incorporarse. Por fortuna dos doncellas fueron en ayuda de Louis.

—¿Y Hélène? ¿Dónde está Hélène?

—Estoy aquí, señora.

—Tenemos que rezar.

—Sí, señora. Os acompaño.

Louis dejó que se alejasen por el corredor y se encaminó hacia su cuarto. Su ayuda de cámara lo esperaba para ayudarlo a desvestirse y encargarse de su ropa. Louis se quedó en calzas y camisa y le hizo salir pronto. Con todo, tuvo que esperar. Empezaba a temer que no fuese y estaba por ir a buscarla cuando oyó los toques en la puerta.

—Habéis tardado.

—Tuve que esperar a que se acostaran las doncellas.

Le cerró la boca con un beso y esa vez fue rápido y apasionado. La consecuencia de tanta espera, pero no había por qué apresurarse, tenían toda la noche por delante.

—Desnudaos. Quiero daros mi regalo.

Hélène se ruborizó un poco, o tal vez fue solo el calor que se le subió al rostro. Qué regalo era aquel que para recibirlo requería que se desnudase, era una pregunta que no se atrevió a formular.

Así que accedió. Se quitó los escarpines, el vestido, las enaguas, la camisa, el corsé, las medias y las pantaletas, mientras Louis, que continuaba vestido —en mangas de camisa pero vestido—, la miraba sin perder detalle.

—Y soltaos el pelo.

La luz de las velas la iluminó al alzar los brazos para atender a su deseo. A Louis le pareció que estaba perfecta así, sencilla como una ninfa, radiante como una venus. Perfecta por solo un poco.

—Cerrad los ojos —susurró acercándose hasta quedar frente a ella.

Hélène dudó. A veces temía a Louis, o más bien temía la influencia que ejercía sobre ella. Temía que la llevase a hacer algo que no deseaba, solo porque él lo deseaba, porque si Louis lo quería era posible que ella terminase por desearlo también. ¿No estaba allí desnuda ante él? Y en lugar de hallarse avergonzada se sentía bien y... ¿feliz?, ¿anhelante? ¿Cómo describir aquel sentimiento?

—Cerrad los ojos —repitió él con suave firmeza.

Los cerró, para satisfacción de Louis, con fuerza, con inseguridad. Volvió a entreabrir los labios y a tomar el aire por la boca. A Louis le deleitó la imagen. Le fascinaba verla así, solo precisaba un detalle más.

Sacó del bolsillo su presente. Se colocó detrás de Hélène y dejó que su cuerpo rozase contra su piel desnuda. Le recogió el pelo a un lado, rodeó su cuello y ajustó con cuidado el cierre. La garganta de Hélène subió y bajó con rapidez al sentir el contacto.

—Ya podéis abrirlos.

Era una gargantilla de perlas. Una exquisita gargantilla de perfectas y nacaradas perlas. Lucían cálidas y hermosas, con el brillo único que procura todo lo que es costoso y difícil de conseguir.

—¡Oh...! —dijo Hélène, deslumbrada, acariciando las perlas que rodeaban su garganta. Nunca había tenido entre sus manos nada tan bello y tan valioso—. Son preciosas.

—Son para vos —afirmó Louis—. La otra noche en el teatro pensé que debíais tenerlas.

—Pero... no puedo aceptarlas. No puedo usarlas.

—Por nada del mundo habría querido renunciar a ellas, pero ¿cómo justificarlo? ¿Qué diría si alguien las encontraba en su cuarto? Hélène no tenía ningún tipo de joyas; no tenía nada. Todo lo que poseía, vestidos, horquillas, ajuar..., todo había sido pagado por el conde de Bearnes con vistas a su futuro matrimonio.

—No os preocupéis por eso. Podéis usarlas aquí. Mirad, contemplad vuestro reflejo —dijo girándola hacia un gran espejo de cuerpo entero.

Hélène miró la imagen. Ella desnuda solo con la gargantilla. Él tras ella, con la camisa blanca y las calzas negras aún puestas. Su mano posesiva sobre su vientre. Su boca besando su cuello.

—Estáis preciosa —dijo Louis buscando sus ojos en el espejo.

Sus palabras tenían la fuerza de la verdad. Hélène se veía bella, radiante, luminosa; y Louis no atinaba a entender cómo podía haber existido un tiempo en que no la hubiese encontrado hermosa. Desnuda, sin más adorno que las perlas, la juzgaba tal cual era y le admiraba la cantidad de detalles que hasta entonces no había sabido apreciar. Su cabello castaño, que había despreciado por oscuro y mate, tenía a la luz de las lámparas cálidos reflejos de miel. Su rostro irregular le parecía limpio e inocente. Su cuerpo joven era quizás un poco torpe en sus movimientos, sí, pero dadivoso y predispuesto al placer, y era también el lugar donde convivían sin estorbarse libertinaje y pureza.

Le acarició la mejilla. Ella se apoyó contra la palma de su mano y después se volvió hacia él para que la besara. Louis lo hizo con delicadeza a la vez que abría sus otros labios. Ella exhaló un leve quejido que Louis bebió. Era reconfortante encontrarla siempre suave y mojada, era reconfortante y alimentaba su excitación, pujante contra las nalgas de ella, acrecentada por la visión duplicada, ante él y en el espejo. Y también debía aumentar la de Hélène, porque era toda agua en sus manos.

Era sumamente excitante hacerlo así, pero Louis comenzaba a sentir la necesidad de exponer también su propia carne.

—Tendeos sobre la cama.

Ella obedeció y se recostó apoyando la cabeza en su brazo. Louis terminó de desvestirse bajo su atenta mirada. Era la primera vez que se desnudaba ante ella. La piel de Louis era casi tan clara con la de Hélène. Delgado y esbelto, su cuerpo también era joven y con cierto aire impúber a causa de la casi completa ausencia de vello. Eso, a veces, le había martirizado, después había descubierto que a algunas damas les resultaba grato. A Hélène parecía gustarle.

—¿Queréis que os toque? —preguntó Hélène con un candor no simulado, incorporándose un poco y acercándose más a él, que estaba de pie junto al lecho.

—Por favor.

Hélène le acarició su pecho, sus caderas estrechas, su sexo erguido y resbaladizo.

—¿Os gusta, Hélène?

Ella lo miró con ojos brillantes de concupiscencia y culpa.

—Sí, me gusta.

Igual le gustó a él la respuesta. Le cogió el rostro con las dos manos para besarla. Un beso impaciente, profundo, exigente. Su ansiedad sofocó e incendió a Hélène. Louis la tumbó sobre la cama para besarla y lamerla; rápida, intensamente. Hélène se aferraba a las sábanas, se mordía los labios, cerraba con fuerza los ojos y cogía el aire a grandes bocanadas para tratar de no gritar de placer.

Así hasta que ya no aguantó más y se encogió, gimiente y temblorosa, doblada en dos, con las piernas cruzadas para evitar que siguiese tocándola. Era imposible soportarlo ni un instante más.

Louis la miró fascinado. Si antes le había parecido bella, en ese instante lo era mil veces más, indefensa y rendida, los pezones oscuros y contraídos, los labios coloreados e hinchados, la piel más suave e infinitamente sensible a su tacto.

Acarició su perfil y Hélène sollozó maravillada por la sensación, aún encogida sobre sí.

—Dejad que os vea —suplicó Louis.

Ella se dejó girar. Louis besó despacio y con calma todo su cuerpo, dejándola reponerse, gozando de su abandono y su placer. Extrañamente, en aquella ocasión no sentía el deseo de penetrarla, por esa vez no quería romperla, solo quería gozar de su recién descubierta belleza. Gozar por entero.

La besó una última vez antes de erguirse sobre ella y rozar su sexo contra su vientre, justo por encima del pubis. Era deliciosamente suave. Hélène se arqueó ligeramente para facilitar su deseo, pero Louis no se demoró allí. Siguió hacia sus senos, su tersura contra la suya. Hélène gimió y Louis también deseó hacerlo, pero se contuvo. Avanzó hasta su rostro y buscó su mejilla. Ella se la ofreció. Entonces fue Louis quien tuvo que cerrar los ojos por un instante.

Sentía su miembro tirante y tenso, próximo a estallar, solo por aquellas leves caricias, pero Louis sabía que no era simplemente eso. Era su entrega, el evidente placer que Hélène sentía mientras sus labios lo recorrían cuan largo era. La delicada piel, seca y caliente, gimiendo por un poco de alivio. Ella lo miró con sus grandes ojos castaños, turbios por el anhelo. Louis cerró los suyos rindiéndose y se entregó a su boca.

Habría sido fácil correrse, habría sido sin duda lo más fácil. Pero no habría sido la primera vez para Louis y sabía que aquella dádiva no siempre era bien acogida. Y no quería perturbar a Hélène, no aquella noche, no quería estropearlo todo con un estallido inesperado. Así que se contuvo a duras penas y se apartó de ella. Hélène lo miró sin entender. Notaba, sentía, sabía cuánto le gustaba lo que le hacía. Entonces ¿por qué?

Pero él la besó para manifestarle su agradecimiento y probar cómo sabía en ese momento su boca. Sus lenguas se fundieron a la vez que sus cuerpos. Abrazados. Entrelazados. Pero Louis aún necesitaba saciarse y estaba a punto. Volvió a alzarse sobre ella. Hélène acercó los labios, rozó su glande y eso bastó para que Louis tuviese que retirarse con rapidez. El semen brotó rápido e incontenible y cayó sobre Hélène. Su semilla se esparció entre sus senos y salpicó las perlas de su cuello.

Louis no pudo evitar que un lamento hondo y profundo brotase de su garganta, que un estremecimiento lo sacudiese y que la fuerza abandonase por completo su cuerpo y lo dejase a su suerte. Se derrumbó sobre Hélène y al hacerlo sintió que ella también temblaba como una hoja bajo él.

Fue un instante único. Si Louis hubiese conservado la fe, habría dado gracias al Creador por proporcionarle tal cantidad de gozo, y lo cierto era que en aquel momento se sentía tentado a creer. No solo en Dios, también en que él, Louis d'Argenteuil, era un hombre justo y bueno; y ella, Hélène Villiers, el más bello ángel bajado del cielo.

Ese tipo de absurdos razonamientos que solo tienen cabida en nuestros pensamientos cuando se es ridículamente feliz.

18

Los días a partir de entonces fueron todavía más luminosos y cálidos. Mayo dejó paso a junio y continuamente llegaban a la quinta invitaciones para meriendas al aire libre, bailes nocturnos y excursiones campestres. Louis acompañaba a Augustine y a Hélène de buen grado a todos los convites y actuaba como el perfecto anfitrión cuando era su tía quien los daba. Hélène también estaba más sociable y sonriente, así que Augustine se hallaba en el colmo de la felicidad. Su proyecto de casar a Louis con una buena muchacha no podía tardar en dar frutos. Todas las jóvenes casaderas de Tours se lo disputaban y Louis solo tenía que señalar a una. A los ojos de Augustine, Claudette Marcigny era quien mejor se entendía con Louis, y parecía que Louis estaba interesado de verdad en ella. Estaba tan ocupada en sus planes de boda que no veía más allá.

En otro caso, se habría dado cuenta de las cada vez más frecuentes fugaces desapariciones de Hélène, de las muchas ocasiones en que, cuando reaparecía, era con prisas, los labios hinchados y la apariencia un poco descompuesta, despeinada y azorada; habría notado sus oscuras ojeras, que cada día eran más pronunciadas. Y es que, si los días eran ajetreados, las noches lo eran aún más.

Hélène iba todas las noches al dormitorio de Louis, aunque ya no hubiese láudano. Esperaba a que fuesen la una o las dos de la madrugada y allí se entregaba a los delirios de Louis. Él la hacía desnudar, la bañaba en el agua que había dejado preparada para ella, tibia ya, pero no le importaba, porque las noches eran calurosas por esa época y ya sentía bastante calor cuando él enjabonaba su cuerpo. El agua olía a rosas y a espliego y Louis la besaba hasta dejarla sin aliento, la ayudaba a secarse y después la llevaba al lecho.

A veces, Louis se limitaba a acariciarla y se acariciaba mientras lo hacía. Otras era ella quien se inclinaba ante él y le daba placer con la boca o con las manos. Él inventaba caprichos y juegos. Le ponía una venda en los ojos, le ataba las manos y la besaba así, sin que ella pudiera hacer nada para evitarlo. O guardaba azúcar del desayuno, humedecía sus pezones y lo extendía sobre ellos para lamerlos sin descanso hasta que Hélène se encontraba a punto del desmayo, o ella le vendaba a él y le daba a probar chocolate o sal o pedacitos de fruta, según se le antojase, y se reía con sus expresiones de sorpresa, aprobación o rechazo.

Noches largas largas que ponían a prueba la resistencia de Louis y la habilidad de Hélène para reanimar su exhausta masculinidad, tras dos o incluso tres duros y triunfantes asaltos. Louis, por su parte, no escatimaba y Hélène perdía la cuenta de las veces que se veía transportada al séptimo cielo.

Así era común que en ocasiones los sorprendiese el alba y Hélène tuviese que vestirse a toda prisa antes de que se levantasen los criados. Volvía a su dormitorio y caía muerta sobre la cama para dormir solo un par de horas, porque Augustine la llamaba a las ocho en punto cada mañana para dar gracias a Dios por ver la luz de un nuevo día y para que la acompañase durante el desayuno.

Louis, como hombre y favorito de Augustine, estaba exento de esas obligaciones y podía quedarse tranquilamente en la cama hasta las doce o la una, ya que nadie le pedía cuentas. Por eso, mientras Hélène languidecía como una flor agostada, a Louis se lo veía fresco y rozagante. Pero ella no se quejaba y muchas veces se quedaba dormida en la silla de cara a la ventana y de espaldas a Augustine mientras hacía como que cosía.

Aquella tarde era la presidenta de Tours quien celebraba una recepción al aire libre. En teoría se trataba de festejar la fiesta de la cosecha o algo parecido, así que todo era muy bucólico. Las damas iban de blanco o colores muy claros. Las más jóvenes vestían refinadas versiones en carísima muselina de los vestidos que usaban las campesinas. Un cuarteto de cuerda amenizaba la tarde con piezas de Mozart, Vivaldi o Haydn a las que acompañaba el trinar de los pájaros. La brisa mecía las hojas de los árboles y aligeraba el calor y no era extraño ver grupos de gente conversando sentados sin más sobre la hierba. Las damas con los vuelos de sus faldas extendidos en torno a ellas, semejando una gran flor; los caballeros acomodados a su lado, tumbados sobre un costado. Todos conversaban y reían. Una tarde deliciosa bajo cualquier punto de vista.

Hélène se hallaba sentada al lado de Augustine en uno de los veladores y hacía esfuerzos heroicos por mantener los ojos abiertos. La hora, la tibieza de la tarde, la armónica serenidad de la música del cuarteto, la aburrida charla del deán Lavryl y el resto de los caballeros... Todo la empujaba al letargo.

Estaba empezando a dar cabezadas, cuando el volumen de la discusión subió y obró el milagro de espabilarla.

—¡Pretender que la Iglesia pague impuestos! ¿Habrase visto mayor disparate? ¿Es que no tenéis temor de Dios? —exclamaba el deán fuera de sí. Algo extraño en él, pues era un hombre pacífico, que se conformaba con pasar las tardes de visita de casa en casa, tomando chocolate con picatostes, y su único vicio era beberse su copita de coñac todas las noches cuando se retiraba a sus habitaciones del palacio arzobispal.

—¿No fue Jesucristo quien dijo aquello de «Dad al César lo que es del César y a Dios lo que es de Dios»? —dijo severo el caballero Beissiers, que era quien había originado aquel debate.

—¿Pretendéis darme lecciones acerca de las Escrituras? —dijo el deán poniéndose rojo—. ¡Sois un conocido apóstata! ¡Un ateo! ¡Y queréis utilizar la palabra del Señor para apoyar vuestros anatemas!

—Que yo no tenga fe en vuestro Dios, no debería eximiros a vos de poner en práctica sus enseñanzas.

El revuelo se hizo general en torno a Beissiers. Confesar en voz alta su agnosticismo era en Tours un escándalo de considerables proporciones. El joven aguantó sereno la tormenta de murmullos indignados y recriminaciones. André Beissiers tenía veinte años y muchos ideales. Era hijo de un pañero que había hecho fortuna con el sudor de su frente, sacando adelante una factoría que daba empleo a treinta y cinco hombres y a veintiocho mujeres. Durante años había visto cómo su padre se levantaba a las seis de la mañana para abrir el taller y se acostaba a las diez de la noche tras revisar los libros de cuentas. Trabajaba sin descanso todos los días de la semana y todos los meses del año. Pagaba religiosamente a sus trabajadores sin retrasarse un solo día y, cuando en una ocasión faltaron los fondos, el señor Beissiers prefirió quitárselo de la boca a sus hijos antes de dejar de cumplir con sus obligaciones. Aquello ocurrió cuando André era muy pequeño y solo lo sabía porque su madre se lo había contado, medio llevada por el reconocimiento hacia su marido, medio por el rencor. Después de tantos esfuerzos, André Beissiers padre se había convertido en un hombre rico y respetado entre la buena sociedad de Tours. Había dado a su hijo los mejores estudios y tenía cifradas en él grandes esperanzas. Pero eso había sido antes de que al joven André le diese por la política.

El revuelo era tal que hacía imposible mantener cualquier debate. Augustine se hacía cruces y Hélène también miraba incrédula. No se le había ocurrido que alguien pudiera pensar que Dios no existía, ¿quién si no había creado el mundo entero? Por suerte el Señor era todo caridad, según decía el párroco de Sainte-Geneviève, y perdonaba los más horribles pecados siempre que hubiera arrepentimiento. Por eso Hélène estaba esperando a sentirlo para pedir perdón por los suyos, era solo que ese momento aún no había llegado. También esperaba que perdonase al caballero Beissiers, ya que, francamente, parecía un joven muy agradable.

A Louis, por contra, André Beissiers no le caía ni medio bien. Y no por su ateísmo declarado, que, por otra parte, Louis compartía; aunque en su caso era por frivolidad, y ni por asomo se le habría ocurrido declararlo en Tours y menos estando presente su tía. Se trataba más bien de una inquina hacia el tipo de hombre. André Beissiers, burgués de traje de paño negro y cabellos cortos, que se negaba a usar peluca y prescindía de cualquier adorno; reformista, ilustrador y moralista... Sí, Louis los conocía bien, en París los había por centenares. Solían ir en grupos y repartían panfletos y soflamas. Siempre andaban quejándose de algo y pedían cosas absurdas, algo así como igualdad, legalidad, fraternidad... Algo descabellado; André Beissiers y él jamás podrían ser iguales.

—Y ya que negáis a Dios, ¿debemos pensar que también negáis el derecho divino de nuestro amado monarca de ajustar las leyes y ejecutarlas conforme a lo que considere más adecuado para su pueblo? —preguntó Louis clavando el dedo en la llaga.

André dirigió una corta mirada a Louis y otra más larga a su alrededor. Todos habían callado y esperaban sus palabras. André tenía muy claras sus ideas, pero no podía arriesgarse a enfrentarse a una acusación de conspiración y alta traición exponiéndose a defender sus principios frente al procurador y la rancia nobleza de Tours. Algunos de sus compañeros de partido, los que habían repartido pasquines en la ópera, se encontraban encarcelados justo por ese motivo. André no había participado porque dudaba de que arrojar papeles sirviese para algo y porque no quería matar del disgusto a sus padres. Optó por la salida más digna que le permitía su conciencia.

—La soberanía de la nación no solo reside en su majestad y por eso han sido convocados los Estados Generales.

Los rumores de desaprobación arreciaron. Era de dominio público que un grupo de delegados, en especial los llamados jacobinos, trataba por todos los medios de acabar con los privilegios de los nobles y el clero. Los Estados se hallaban reunidos en París desde hacía un par de semanas y de la capital llegaban preocupantes noticias sobre tumultos y revueltas. En Tours todos esperaban que Luis XVI actuase con contundencia y acabase pronto con aquellas ideas locas y perniciosas que se extendían como una plaga entre la juventud. El caballero Beissiers era un buen ejemplo de ello, y si de las buenas gentes que componían la nobleza de Tours hubiera dependido, André Beissiers no se habría escapado sin un buen escarmiento, pese a que lo único que había hecho había sido declarar su fe en el buen funcionamiento del Estado. Pero para los allí reunidos, aquello era poco menos que una llamada a la revolución.

Los nobles de Tours alzaban la voz indignados y señalaban con el dedo a Beissiers, pero Louis tenía mucha práctica en los debates de salón y no se dejaba alterar así como así.

—Sin duda tendríamos un mejor gobierno si os dejásemos ejercerlo a vos, ¿no es eso lo que proponéis?

Los coros se hicieron eco del sofisma de Louis celebrándolo. Beissiers enrojeció. De sus palabras no podía deducirse de ninguna manera que él se propugnase a sí mismo como legislador, aunque en su fuero interno no podía evitar reconocer que la idea le atraía con verdadera pasión. André soñaba día y noche con crear una Francia más justa, más próspera y más igualitaria.

Pero no era de eso de lo que se trataba en aquel debate y sabía que sería inútil intentar convencer a aquel puñado de parásitos, por lo que hizo un esfuerzo por contenerse. Había ido al festejo en representación de su progenitor. Beissiers padre siempre anteponía el trabajo a la diversión. Esa era la razón de que hubiese delegado en él. No podía dejarlo en mal lugar. André sabía que su padre compartía sus ideas, pero veía peligroso que se significase demasiado. Temía que eso echase a perder tantos años de duro esfuerzo.

—Nunca se me ocurriría nombrarme a mí mismo candidato a regir los destinos de nuestra patria. Pero vos, señor, como vizconde de Tremaine, tenéis un lugar asegurado en los Estados. Tal vez deberíais estar allí y ayudarnos a todos a traer luz en estos tiempos aciagos.

Louis alzó las cejas, frívolo.

—¿Más luz queréis que la de esta hermosa tarde? No, señor, por cierto. Nada se me ha perdido en los Estados Generales. Confío plenamente es su majestad y sé que sabrá librarnos de cuanto mal nos aflija.

Los presentes celebraron su respuesta con sonrisas y aplausos. André Beissiers apretó la mandíbula y optó por la retirada antes de que dijese alguna inconveniencia de la que luego tuviera que arrepentirse, aunque su mismo silencio le producía vergüenza.

Hélène vio su azoramiento y su sonrojo y le dio pena Beissiers. Los caballeros felicitaban a Louis por su ingenio y las señoras alababan su donaire y su talento. Louis lo recibía todo con la indiferencia propia de quien está acostumbrado a las alabanzas. Pero cuando su mirada se cruzó con la de Hélène vio reflejada con claridad su censura.

No por eso dejó de sonreír, aunque el reproche de Hélène consiguió amargarle su pequeño triunfo sobre André. La luminosidad de la tarde se volvió más pesada cuando vio que Hélène se volvía para contemplar cómo el joven Beissiers se marchaba despechado de la reunión.

Eso hirió a Louis más que cualquiera de los discursos de Beissiers sobre los tres estados. Pero la velada acababa como quien dice de comenzar, y Louis tenía que seguir representando el papel de noble despreocupado y banal al que nada importaba, que tan bien ejercía y que él mismo había elegido adoptar. No ya porque desconociese los muchos males que azotaban al país, como había podido apreciar hacía poco en su visita a La Musquette, sino porque todo era más fácil si simplemente lo ignoraba y solo se cuidaba de sí mismo. Bastaba con que no tuviera que verlo y con que nadie se lo recordase.

Y Hélène, en lugar de estar de su lado, se volvía hacia aquel petulante engreído.

Louis decidió vengarse del ultraje. Cogió una pequeña bandeja con confituras, se levantó de la mesa y con su más cumplida y caballerosa inclinación se acercó hasta Claudette Marcigny para hacerle su ofrenda.

La joven rio y palmoteó dudando entre cuál de los confites escoger. Hélène lo vio, igual que Augustine y todos los presentes, y sintió la punzada que le aguijoneaba cada vez que veía a Louis cortejar a alguna mujer. No pudo dejar de observarlos de reojo hasta que se encontró con la mirada de Louis. Y era helada.

Hélène ni siquiera lo entendió.

19

Aquella noche dudó mucho antes de ir a la habitación de Louis. Se había mostrado frío durante el trayecto de vuelta y parecía acusarla de algo. Ella no sabía qué había hecho mal y también se sentía ofendida. Louis se había pasado la tarde deshaciéndose en atenciones con Claudette Marcigny, y aunque Hélène se decía que era algo que debía asumir, que Louis pronto se casaría igual que se casaría ella, no podía evitar que eso la hiriese.

Se mostraba siempre encantador con ellas, con las otras. Gentil, ocurrente, adulador... Hélène sabía que Louis no era así. No con ella, al menos, y se atrevía a decir que lo conocía. Un poco... Louis era displicente pero amable. Parco en cumplidos que, sin embargo, cuando pronunciaba se dirían sinceros. Egoísta, aunque también podía ser generoso; en especial si eso redundaba en su beneficio. Cruel y terrible, apasionado y tierno.

Tenía muchos defectos, pero Hélène era tolerante y podía perdonárselos todos, tampoco ella era perfecta.

No obstante, algunos los sobrellevaba mejor que otros. No le gustaba Louis cuando era falso o servil, y menos aún cuando humillaba a los demás.

Y con todo lo quería, le gustaba la suavidad con la que la acariciaba, sus besos en el pelo y lo fuerte que la abrazaba cuando el placer le llegaba. Amaba sus distantes ojos azules, aun cuando en ocasiones parecían no verla, y sus manos blancas y cuidadas, que jamás habían hecho ningún verdadero trabajo.

No entendía por qué a veces era brusco y mordiente con ella, y otras, dulce y amante. Habría querido que fuese a ella, y no a la Marcigny, a quien Louis ofreciese pastas de mantequilla, hojaldres y pastel de fresa delante de todo Tours. Pero sabía que eso no podía ser. Louis se casaría con Claudette Marcigny o con una de las señoritas Bourguinne o con cualquier otra, y ella, con el conde de Bearnes. Y entonces todo se acabaría. Estaba segura. Aquella precaria felicidad que entonces sentía se desvanecería para siempre. Nunca más volvería a experimentarla.

Aguardó mucho más tiempo del acostumbrado antes de dirigirse a su cuarto. Primero quería hacerle esperar, luego decidió que no iría, después pensó que le ofendería más si no iba. Al final fue, porque de todas formas no podía dormir y porque no quería que se enemistaran de nuevo, y además necesitaba más que cualquier otra cosa estar con él.

Se armó de valor y tocó en su puerta bien avanzada la madrugada.

Llamó muy quedamente y nadie respondió. Pensó que tal vez estaría dormido y lo cierto es que se alegró. Así no tendría que explicarle por qué había tardado tanto en ir ni tratar de disimular sus celos. Entraría, se acostaría junto a él y dormiría a su lado. Un rato. Antes de que llegase el alba.

Empujó el picaporte y abrió la puerta con sigilo. En vano, porque la luz de la lámpara estaba encendida y Louis completamente despierto, sentado sobre la cama.

—Llegáis tarde.

A Hélène se le cayó el alma a los pies. Estaba otra vez furioso con ella. Y no era justo. Tuvo que reunir todo su valor para replicarle.

—Pero he venido. Igual podíais haber ido vos a mi cuarto.

Louis inclinó la cabeza para contemplarla más detenidamente. Hélène alzaba la barbilla apenada pero rebelde. Aquello le disgustó aún más. Sabía que no era inteligente ofender a Hélène. Cualquier mujer, por humilde que fuese su situación social, requería de halagos y una considerable dosis de mentiras si se pretendía tenerla contenta. Pero, por alguna extraña razón, le resultaba imposible conducirse así con Hélène. Con ella era sincero y se mostraba tal cual era. Y eso, inevitablemente, no podía más que perjudicarlo.

—¿Por qué razón? —respondió duramente sin levantarse de la cama—. Si vos no deseabais mi compañía, habría sido poco considerado por mi parte el imponérosla.

—¡Sí la deseaba! —dijo con rapidez Hélène sin decidirse a acercarse a él—. ¡Pero parecíais enfadado conmigo, aún lo parecéis, y yo no os he dado ningún motivo! ¡En cambio, vos habéis pasado toda la tarde coqueteando con Claudette Marcigny!

Las lágrimas amenazaban con escapar de los ojos de Hélène. No quería llorar. Eso le disgustaría más y para colmo se vería horrible. Se ponía muy fea cuando lloraba, pero había cosas que no se podían evitar por mucho que se intentasen. Sin embargo, inesperadamente, Louis se ablandó con ella.

—Vamos, no seáis chiquilla —dijo tendiéndole la mano—. Venid aquí conmigo.

Hélène no se hizo de rogar. Se metió en la cama y se acurrucó junto a Louis. En cuanto él la abrazó por la cintura se sintió mucho mejor.

—¿De veras eso os ha ofendido?

Ella asintió con la cabeza. Él la besó dulcemente. Hélène olvidó sus temores y Louis calmó sus recelos.

—¿Por qué os pusisteis de parte de ese arrogante de Beissiers? ¿Es que no sabéis cuánto os necesito?

Hélène abrió mucho los ojos. Tanto porque ese fuera el motivo de su enfado como porque Louis dijese que la necesitaba. Era algo que nunca hubiera imaginado.

—¿Por qué fuisteis vos tan duro con él? Yo creo que tiene buenas intenciones.

—¿Os empeñáis en defenderlo? —dijo él soltándola y otra vez de mal humor—. ¿Pensáis que sus ideales son justos y buenos? ¿Lo seguiréis pensando cuando seáis la condesa de Bearnes y tengáis media docena de doncellas a vuestro servicio y un palacio solo para vos? ¿Renunciaréis a esa vida solo porque es bueno y justo? ¿Creéis que ese engreído hablaría de ese modo si su padre fuese duque y no vendedor de paños?

Hélène se quedó perpleja. Nunca lo había considerado así. Dejando a un lado las circunstancias de Beissiers, en lo que a ella le afectaba y tal como lo veía, todas esas cosas eran del conde de Bearnes. Y cuando se casasen ella sería también algo de su propiedad. No del todo, porque las personas no eran como los objetos y no podía disponerse por completo de ellas, pero sí en cierta manera. Madame de Varennes había pagado su manutención, había sido buena con ella y con su madre y ahora le tocaba a Hélène corresponder. Por mucho que todos dijesen que era un gran honor, ella lo veía más como una compensación. Tenía que hacer frente a la deuda. En cambio, lo que hacía con Louis... eso era completamente distinto. Lo hacía porque quería, incluso cuando se mostraba desagradable.

—No os enojéis —rogó—. No entiendo de esas cosas. Solo me apenó que fueseis cruel con él, pero es peor cuando lo sois conmigo.

Hélène se acercó más a él buscando su boca y tratando de hacerle olvidar su enojo. Louis se la esquivaba. Ella esperó junto a sus labios sin desfallecer y, aunque renuente, consiguió hacer que cediera. Besos cortos pero ardientes, de los que dan más hambre cuando se prueban.

El ardor de Hélène hizo que Louis respondiese con creces. Ella se quitó el vestido sin dejar de besarlo, ávida y apasionada. Se subió sobre él quitándole la iniciativa. Solo por puro deseo. Amaba intensamente el cuerpo de Louis. Lo amaba de todas maneras.

Marcó su cuello dejando en él las señales de su ansia. Tomó posesión de su pecho y su vientre dejando un rastro de besos, saliva y pequeños pero agudos mordiscos. Devoró su miembro erecto como si fuese el único alimento sobre la tierra que pudiera calmar su vehemente necesidad, y ni siquiera quiso apartarse cuando Louis trató de detenerla al liberar su placer.

Hélène se pasó la mano por los labios para secárselos cuando todo terminó y Louis se quedó rendido, como si su cuerpo se hubiera derrumbado sobre sí mismo. Eso hacía sentir orgullosa a Hélène y a Louis agradecido. Eran sentimientos que ninguno de los dos estaba acostumbrado a experimentar y, a pesar de ser tan distintos, a ambos les causaba la misma íntima alegría.

Hélène se tendió a su lado y lo contempló feliz. Louis consiguió recuperarse lo suficiente para volverse hacia ella, tomar su barbilla y acariciar sus labios llenos y golosos. Buscó sus ojos y clavó en ellos los suyos.

—Escuchadme bien. Es importante.

Ella aguardó. No deseaba otra cosa más que escuchar.

—No quiero que miréis a nadie que no sea a mí. No quiero que améis a nadie que no sea yo. No quiero que os importe nadie más que yo —dijo Louis con pasión y como si fuese algo muy sencillo de observar—. Es cuanto pido de vos.

Ella se quedó un tanto abrumada por la magnitud de la petición, pero respondió tal y como lo sentía.

—Solo os amo a vos. Tenéis mi corazón y toda mi alma. Os lo juro.

Louis la abrazó contra sí tiernamente. No es que lo hubiese dudado realmente, pero confortaba oírlo decir.

—¿Sabéis que me habéis hecho sufrir? No debéis nunca volver a atormentarme de este modo —le reprochó con suavidad.

—No lo pretendía —se excusó ella, y, sin embargo,

estaba complacida por causar ese efecto en Louis—. ¿Puedo yo también preguntaros algo?

—¿Algo como qué? —dijo él envarándose un poco.

—¿Es verdad que vais a casaros con Claudette Marcigny?

Louis tardó unos segundos en contestar. No deseaba casarse y no sentía nada especial por Claudette, ni siquiera simpatía. Ella ambicionaba el título y la vida en París. Si aceptaba, él sacaría a cambio su dote y las bendiciones y la renta de Augustine. Se habían besado aquella misma tarde al resguardo de los macizos de rosas. Un solo beso al que Claudette no había dudado en corresponder con entusiasmo, solo que se trataba de un entusiasmo completamente distinto al de Hélène. Claudette deseaba ardientemente ser vizcondesa de Tremaine. ¿Quién podría reprochárselo?

—Es posible —reconoció Louis.

El rostro de Hélène mudó de color y se apartó al instante. Louis sacudió la cabeza negando y también molesto.

—¿Es que no lo entendéis? Eso no tiene nada que ver con nosotros.

Hélène no contestaba y Louis terminó de rematarlo.

—Además, vos también tenéis que casaros.

Ella se volvió hacia él con rencor.

—¿Y no os importa? ¡Habéis dicho que no queríais que amase a nadie más que a vos! ¡Voy a casarme con vuestro tío y os da exactamente igual!

—¡Ahora habláis como una estúpida! ¿Acaso no os he dicho ya que odio a mi tío sobre todas las cosas y que vos también debéis odiarlo?

Ciertamente, en más de una ocasión, Louis había aleccionado a Hélène sobre Eustache. Eso solo había conseguido inquietarla más. Hélène no sabía qué haría cuando tuviera que pasar su primera noche con el conde de Bearnes, pero solo pensarlo le provocaba arcadas.

—No os preocupéis. Odiaré a vuestro tío tanto como a Claudette —dijo apagada.

Louis le acarició el pelo. Lo cierto es que la diversión que le originaba su secreta venganza se había ido difuminando con el paso de los días. Diríase que era su tío el que le arrebataba algo que era suyo y no al revés.

—No penséis en eso ahora. Quizá las cosas ocurran de otra manera. Nuestro destino podría ser diferente —aseguró recordando una de sus más queridas ensoñaciones.

Hélène se dejó abrazar no muy convencida. Si Louis le hubiese revelado cuáles eran sus pensamientos, lo habría estado aún menos. Todas las esperanzas de Louis se cifraban en la muerte de su tío. Eso lo arreglaría todo. Entonces no tendría que casarse con la pequeña y voraz Claudette y tendría a Hélène solo para él. Bien, tal vez sí se casase algún día, no con Hélène, eso estaba descartado. Aunque su tío muriese no tenía un franco de dote, su familia era noble pero muy muy venida a menos, y además forzosamente terminaría por cansarse de Hélène. Suponía que eso acabaría ocurriendo, solo que hasta ese momento la necesitaba más cada día que pasaba. No entendía qué era aquello.

Tal vez, si Eustache muriese, podrían llegar a algún arreglo. Montarle una casita a Hélène. Era lo que los hombres solían hacer con sus amantes. De todas formas intuía que no era buena idea contarle eso a Hélène. Desconfiaba de que le pareciese suficiente...

—¿Puedo preguntaros algo más? —preguntó ella como si le hubiese leído el pensamiento.

—Decid —replicó Louis preparándose para lo peor.

—Os acabo de decir que os amo, pero vos nunca me habéis dicho lo que sentís por mí.

Louis dudó. Estaba habituado a decir las palabras que Hélène esperaba con aplomo y soltura. No significaban nada y eran solo una mentira cortés. Lo usual es que fueran aceptadas y admitidas con entusiasmo. Entonces ¿por qué temía que Hélène no se dejase engañar con la misma facilidad?

—Yo también os amo. Creí que lo sabíais —dijo rápido y esquivándole la mirada.

Hélène bajó los ojos.

—No estaba muy segura.

Louis temió no haber sido bastante convincente, incluso le pareció que Hélène estaba triste. La abrazó un poco más contra sí.

—Se os ve cansada. Deberíais dormir. Descansad un poco y yo os despertaré antes de que salga el sol. Estoy desvelado esta noche.

Sus palabras consiguieron que Hélène esbozara una sonrisa pálida.

—Eso me gustaría.

—Entonces hagámoslo.

Louis seguía sentado en el lecho y ella tumbada, así que Hélène solo tuvo que vencer la cabeza contra su pecho y cerrar los ojos. Bajo pero constante, oía el latido del corazón de Louis. Era cierto que arrastraba mucho sueño atrasado, así que enseguida se quedó dormida.

Y también era verdad que Louis estaba desvelado. Por eso no le costó nada pasar la madrugada perdido en sus pensamientos mientras veía dormir a Hélène.

20

—¡Ah, vizconde! Pedís demasiado de mí. Sabéis que me gusta complaceros, pero me temo que esta vez debo deciros que no. No puedo hacer lo que me pedís.

Claudette Marcigny sonreía traviesa y eso siempre era agradable. Era morena, de tez clara y curvas generosas. Su cuerpo transmitía cierta impresión de lugar mullido y blando, un lugar en el que era de suponer que sería grato acomodarse.

—Sois bella, de sutil ingenio, gentil, amable... Reunís todas las virtudes y, sin embargo, decís que no podéis complacerme. No me dejáis otra alternativa que aceptar que no es que no podáis... Decidlo claramente, señora. No queréis complacerme.

Claudette rio, encantada de escuchar las zalamerías de Louis.

—Temo que si os doy el gusto, luego ya no me estiméis tanto —respondió con picardía.

—Imposible. Mi estima por vos no puede tomar

otro curso que el de crecer, y eso que aún no sabéis cuán grande es en estos momentos...

Claudette rio con más ganas. Sus pechos se agitaron por encima del corpiño. Lo llevaba muy ajustado y parecía presto a estallar. Tal vez, si seguía riendo, terminaría por hacerlo.

—¿Tanto significaría para vos que accediera? —dijo ella, mimosa como esas gatitas que buscan ser acariciadas.

—¿Es que queréis verme suplicar? Soy vuestro esclavo. Haría por vos cuanto me pidieseis. Si una de las horquillas de vuestro tocado cayese al Loira y me ordenaseis que saltase a por ella, yo saltaría. Si me pidieseis que trepase a una montaña para traeros una rosa de su cima, lo haría. Si me permitieseis que escalase vuestra ventana esta noche para arrojarme a vuestros pies y declararos mi eterna devoción, entonces, señora, entonces no solo sería vuestro esclavo, sería también el hombre más dichoso sobre la faz de la Tierra.

La sonrisa de Claudette se esponjó a la par que su dueña. Su escote se hizo incluso más desbordante, tanta era su satisfacción. Louis ni siquiera se enorgulleció en exceso, se sabía las frases de memoria de tanto practicarlas con diferentes y muy ligeras variaciones. Además, lo importante no era tanto qué se decía sino cómo, y otras veces lo había hecho mejor. Pero estaba visto que Claudette estaba predispuesta a dejarse convencer.

—Sois demasiado atrevido, vizconde. En ocasiones me asustáis —dijo Claudette haciendo un pequeño puchero con los labios. Louis no se lo tomó en serio. Claudette no parecía fácil de asustar.

—Disculpad si os he ofendido con mi impetuosidad. Desatáis en mí pasiones desenfrenadas —dijo tomando su delicada y cuidada mano y depositando un largo beso en ella.

Claudette volvió a reír con fuerza. Tanta risa empezaba a molestar a Louis, decididamente reía demasiado. Tal vez debía de haber buscado más despacio. Las Bourguinne estaban descartadas, pero también estaban las hijas de la condesa de Malmont, a las que Madame de Marcigny había invitado a la velada, seguramente para presumir de su éxito. La mayor era demasiado estirada y la pequeña acostumbraba a hacerse la interesante, quizá lo fuese más que Claudette. En cualquier caso, era ya tarde para echarse atrás.

—Entonces, mi dulce dueña, ¿me daréis esa dicha?

—Volvéis a ir demasiado deprisa, vizconde. ¿Cuándo he aceptado yo ser vuestra dueña? —se burló ella con otro mohín.

—Eso es algo que no os corresponde a vos determinar, igual que yo no tengo modo de impedirlo —dijo Louis un poco picado por que se alargase tanto el debate—. ¿Debo entender que os negáis a mi humilde súplica?

Ella sonrió generosa. Claudette era una mujer inteligente y sabía cuándo había que dejar de tensar la cuerda.

—¿Cómo podría nadie resistirse a vuestras palabras? En verdad temo por mí cuando estoy junto a vos. Me hallo completamente en vuestras manos. Os complaceré. Solo espero que obrando así no pierda vuestra estima.

—Os aseguro que eso jamás ocurrirá —dijo Louis con cortés fervor.

Claudette se levantó con otra sonrisa dando por

buena la promesa. Se alisó la falda y se dirigió al arpa que presidía la sala. Las señoras, que estaban distraídas charlando, aplaudieron encantadas. Todas menos Hélène, que tampoco había estado distraída. Una y otra vez su mirada se iba hacia Louis y Claudette y lo que veía le quitaba el apetito y le robaba el color. Los lacayos pasaban una y otra vez ofreciendo bandejas con comida y bebida. Madame de Marcigny quería agasajar a sus invitados. La comida no solo estaba deliciosa, también era bonita. Frutas cortadas en forma de flor, abanicos de barquillo, figurillas de mazapán... Hélène no habría sido capaz de probar bocado ni por todo el oro del mundo.

Claudette se acomodó y comenzó a tañer el instrumento. Había dedicado mucho tiempo a su estudio, así que no tuvo problema en escoger una pieza de Bach que dominaba y podía interpretar de memoria sin necesidad de consultar la partitura.

Sus dedos se movían ágiles por las cuerdas demostrando habilidad y temperamento. Como buen amante de la música, Louis apreció la ejecución y la encontró acertada. Habría sido lamentable que Claudette fuese una mala intérprete. Tenía por delante la perspectiva de muchas tardes de sonatas. Más valía que disfrutase con ellas.

Claudette volvió a dirigirle una intencionada sonrisa a la vez que acariciaba las cuerdas. Louis la correspondió con mesura. Le hartaba un tanto Claudette. Ahora que todo estaba ya casi decidido, comenzaba a arrepentirse. Hacía un par de meses que había desechado por completo la idea del matrimonio, pero los cien mil ducados de dote que había puesto sobre la mesa el padre de ella habían socavado sus principios. Eso y las condiciones de Augustine.

Louis había hablado claro con ella y, tras la charla, llegaron a un compromiso. Augustine se mostró razonable y le aseguró que trataría de convencer a su hermano para que atemperase su severidad. A su vez, prometió cederle por escrito las rentas de sus propiedades en Essonne y Donnaireis, así como traspasarle periódicamente parte de los intereses que percibía por los cupones invertidos en el tesoro real. Todo le pertenecería en el mismo momento en que firmase las actas matrimoniales. El brillo del oro había deslumbrado a Louis. Sus reparos contra el matrimonio perdieron fuerza. Claudette era vistosa, estaba razonablemente bien educada, era simpática, sociable... Buenas virtudes que podían ayudarlo a escalar socialmente y, a fin de cuentas, ese era el principal objetivo de Louis, una vez salvaguardados sus derechos.

Sí, una esposa inteligente y atractiva podía serle de gran ayuda, y estaba bastante seguro de que Claudette se desenvolvería como pez en el agua por Versalles. Quizá demasiado bien.

En eso consistía su principal recelo. Conocía los divertimentos de la corte. Nada acicateaba más a algunos que el placer de poner a un esposo en ridículo. ¿No era eso mismo lo que le había movido contra su tío?

Ese pensamiento le recordó otra cosa. Hélène retorcía un pañuelo y miraba a Claudette. A Louis no pudo dejar de conmoverle. Era menos agraciada, más pobre, menos dotada para casi cualquier cosa: tocaba peor, se expresaba peor, fingía mucho mucho peor. Y dentro de unos cuantos meses sería la condesa de Bearnes. Louis ya no lo veía tan claro como cuando se propuso ganar a Hélène para su causa. Había algo tenaz en ella, algo puro y apasionado, algo que la volvía hermosa al margen de las convenciones, que la transfiguraba. Algo que Louis habría querido conservar. Esa era la auténtica virtud de Hélène.

Y cuando se casase con su tío lo perdería. No tardaría en descubrir cómo era el mundo, cómo era Louis. Su pertinaz inocencia se desvanecería y todo cambiaría entre ellos. No sería capaz de conservar su amor.

Porque se trataba de eso. Debía de ser el amor. Louis estaba tan poco familiarizado con su trato que no estaba seguro de reconocerlo.

Sus miradas se cruzaron en el salón. La de Louis, indescifrable; la de Hélène inquieta. Louis la apartó pronto y aplaudió con amable entusiasmo la interpretación de Claudette. Había terminado y regresaba junto a él. Louis la cogió en alto de la mano y pidió un nuevo aplauso para ella. Augustine y su madre no dudaron en aplaudir a rabiar. Claudette hizo una graciosa reverencia que las señoras celebraron y las hermanas Malmont despreciaron. Ninguna de las dos disimulaba su envidia. En Hélène nadie se fijaba, así que no importaba que tuviese aspecto de haber sufrido un mal aire.

—Me siento acalorada, vizconde —dijo Claudette, aunque su aspecto lo desmentía, pues se la veía fresca y reposada y, después de todo, solo había tocado el arpa, no corrido veinte leguas al galope—. Me vendría bien tomar un poco de aire fresco. ¿Puedo, mamá? —preguntó dirigiéndose a su madre con aire inocente, aunque lo descarado de su escote perjudicaba un poco el efecto.

—Por supuesto, pequeña. Si se tratase de otro, sabes que no podría consentirlo, pero el vizconde goza de toda mi confianza.

Louis reconoció el cumplido con una ligera inclinación de cabeza. El negocio estaba ya prácticamente cerrado, así que, si por Madame de Marcigny hubiese sido, le habría entregado a Claudette envuelta para regalo y rematada con un lazo.

Louis le ofreció el brazo, Claudette apoyó mínimamente los dedos en él y salieron juntos al jardín. En cuanto estuvieron a salvo de miradas indiscretas, ella lo miró sugestiva y le acercó tanto el busto a la cara que habría sido muy descortés no besarla.

—¡Ah, señor, me dejáis sin aliento! —dijo Claudette apartándose justo cuando Louis estaba empezando a entrar en calor.

—Y vos me enloquecéis, mi adorada prenda —correspondió Louis con la misma falta de sinceridad que Claudette.

—¿Me amaréis siempre igual? ¿No mudará vuestro amor? Los hombres son tan volubles...

—Os amaré más y más cada día. Cuanto más os conozco, más os amo. No podría evitarlo ni aunque lo deseara. Sois la luz de mis días y las estrellas de mi noche.

Y el padre de ella estaba redactando ya el contrato matrimonial. En cuanto Louis lo firmase, quedarían indisolublemente unidos. Que la amase o no, sería lo de menos. Tendría que soportar la cercanía de Claudette el resto de su vida. Solo pensarlo le provocó sudores fríos. Quizá pudiese dejarla en Tours con su madre por temporadas, pero lo dudaba. No sería fácil arrancar de París a Claudette una vez que se estableciesen allí y, lo que era peor, tendría que soportar también a sus amantes. Tenía esa seguridad. Claudette le sería infiel en cuanto le diese la espalda.

—Me hace tan dichosa que os hayáis fijado en mí... Estoy segura de que seremos muy felices. —Claudette volvió a inclinarse hacia él frunciendo en un mohín la boquita dibujada por el carmín. Louis iba a responder cuando una fuerte tos atragantada los sorprendió.

—Arggh... coff... coff... coff...

Los dos se volvieron para descubrir a Hélène casi al borde de la asfixia. Tenía mal color. No parecía nada grave, aunque no podía dejar de toser. Claudette no se inmutó por la interrupción y fue a interesarse solícita por la salud de Hélène.

—¿Os encontráis bien? Se os ve pálida.

Hélène se llevó la mano al pecho y necesitó un poco más de tiempo para reponerse.

—Ya estoy mejor —musitó, y en parte era cierto, por lo menos aquella arpía había apartado sus manos de Louis.

—¡¿Qué hacéis aquí?! —dijo Louis, irritado y de malos modales. Tan malos que Claudette se volvió hacia él alzando las cejas, un poco sorprendida por aquella salida de tono de Louis, al que siempre había visto dirigirse a los demás con exquisita educación; quizá con sarcasmo, sí, pero con un sarcasmo refinado y elegante.

Hélène pasó del amarillo al malva, o quizá fuese morado. Un color extraño, en todo caso.

—Su madre. Vuestra madre, quiero decir. Os reclama.

—¿Mi madre? En ese caso... Iré a ver qué quiere. Volveré enseguida —dijo Claudette sin perder la esperanza de avanzar un poco más en su propósito con Louis.

Claudette tenía una amiga en la corte con la que se carteaba habitualmente, y era ella quien le había recomendado que, si quería tener bien cogido a un hombre, le pusiera la miel en los labios, pero que no dejara que se la comiera. Tenía mucha confianza en ella, porque le sacaba solo dos o tres años y, sin tener apenas dote, se había casado con un marqués y ya era amante de un duque. Por si fuera poco, también había conseguido que su esposo fuese enviado en misión de Estado a Louisiana y no se esperaba que regresase antes de cuatro o cinco años. En suma: Claudette tenía a su amiga como modelo y ejemplo a imitar y seguía al pie de la letra todos sus consejos.

—Os repito, ¿qué estáis haciendo aquí? —dijo Louis a Hélène en cuanto Claudette se alejó.

—¿Os vais a casar con ella? —preguntó Hélène sin intentar justificar su mentira. Se había levantado sin pedir permiso, pero Augustine ni la había mirado. Estaba muy entretenida con Madame de Marcigny.

—No es asunto vuestro —dijo Louis impaciente y duramente.

Hélène parecía ahora un pajarillo mojado y desvalido. A Louis le entraron ganas de besarla y desnudarla y susurrarle al oído que la prefería mil veces a Claudette y sus besos medidos y mezquinos. Pero no lo hizo.

—Vais a casaros. No lo neguéis —dijo ella con la voz temblándole—. Vuestra tía y Madame de Marcigny no hablan de otra cosa.

—¡Sí, es cierto! ¡Vamos a casarnos! —estalló Louis—. ¡¿Estáis satisfecha ya?!

Hélène parpadeó muchas veces, como si de repente hubiese demasiada luz. Su voz se quebró, pero consiguió dominarse.

—Si os casáis con ella...

—Este no es lugar para hablar —dijo Louis interrumpiéndola. La cogió del brazo y salió con ella a campo abierto con el objeto de evitar que pudieran sorprenderlos en plena discusión—. Aclararemos esto más tarde. Cuando vengáis esta noche a mi cuarto —musitó en baja voz.

Hélène miró a su alrededor dudando. Estaban en los jardines y no había nadie cerca, aunque cualquiera habría podido verlos desde los ventanales. No quería armar un escándalo, pero tenía pocas ocasiones de hablar a solas con Louis, salvo por las noches, y entonces él siempre encontraba el modo de acallar sus protestas. Y no podía quedarse tan solo mirando cómo ocurría, lo había intentado, pero no podía. Era superior a ella.

—No iré a vuestro cuarto.

—¿Qué queréis decir? —dijo Louis entre dientes intentando disimular por si alguien los observaba.

—Ya lo habéis oído —respondió Hélène, demudada.

Y echó a correr antes de que Louis tuviese tiempo de detenerla.

21

Hélène no solo no fue al cuarto de Louis, sino que echó el cierre a su puerta y no cedió ante su silencioso pero impaciente forcejeo con el picaporte ni esa ni las siguientes noches.

El contrato aún no se había firmado, pero el compromiso se daba por hecho. Las matronas de Tours habían dejado de visitarlos tan a menudo, pero Louis faltaba mucho más de la quinta, ya que debía hacer la corte a Claudette. Visitas a su casa, paseos entre rosaledas, audiciones de música en casa de sus amigas... Cuando Louis conseguía encontrarse a solas con Hélène, intentaba hacerla entrar en razón, pero Hélène había optado por el mutismo y lo rehuía en cuanto lo veía.

Louis probó a castigar su obstinación con el desdén, pero ella resistió firme; y no habían pasado más que tres o cuatro días cuando Louis empezó a enviarle cortas esquelas apasionadas en las que le juraba su amor y le proponía encuentros por los más diversos rincones de la casa.

Cuando Hélène no solo no respondió, sino que tuvo la insolencia de no acudir a las citas, Louis cambió el tono de las misivas y su extensión. Los papelitos se convirtieron en largas cartas donde tachaba a Hélène de injusta, pueril, veleidosa, despótica, tirana y desagradecida. Hélène lloró mucho y después le devolvió las cartas rotas en pedacitos. Louis entonces se ofendió más, y eso que el contenido de sus cartas consistía prácticamente en insultos.

En conclusión, los dos se encontraban dolidos y ofendidos, pero Hélène sufría más, porque además de echarle mortalmente de menos, sabía de la impaciencia de Louis y temía que muy pronto se olvidase de ella para siempre.

Trataba de repetirse los razonamientos que él le había repetido mil veces. Un matrimonio era solo un arreglo formal, un contrato. En cambio, si Louis la buscaba era solo por el placer que le procuraba su compañía, ¿por qué otra razón, si no, lo haría? Pero aparte de lo insoportable de imaginar a Louis haciéndole a Claudette lo mismo que le hacía a ella, le mortificaba otra idea. Hélène temía que Louis terminase por preferir a Claudette, seguramente ocurriría antes o después; y por eso elegía rendirse antes que ser rechazada.

Esos y otros muy parecidos eran sus pensamientos aquella noche en la recepción de los condes de Touraine. Hélène ocupaba un rincón junto a las señoras. Las damas parloteaban sobre achaques y dolencias, y ella hacía como si le interesase la contradanza.

Louis y Claudette bailaban con gracia entre las filas perfectamente ordenadas de damas y caballeros. Él tomaba su mano y se inclinaba ante Claudette con su elegancia natural y cortesana. Ella daba vueltas y vueltas a su alrededor sin perder ni por un instante la sonrisa. Hélène habría querido verla enredarse entre los bajos de su recargado vestido y caer dando tumbos al suelo, pero estaba segura de que Claudette no daría ni un mal paso.

—¿Os gusta la danza?

Hélène se volvió, sorprendida y desconcertada. Estaba tan absorta observando a Louis y a Claudette que no se había dado cuenta de que alguien se le acercaba. Alguien que era el joven caballero Beissiers.

—Sí, es muy bonita —dijo Hélène volviendo de nuevo el rostro hacia las parejas.

—¿Os gustaría bailar?

Hélène necesitó unos segundos para comprender. El caballero Beissiers le ofrecía su mano y seguramente con eso hacía referencia a si le gustaría bailar con él. Hélène no supo cómo sacarlo de su error, felizmente recordó que no eran necesarias tantas explicaciones.

—No sé bailar.

Se sintió avergonzada, como siempre que tenía que dejar de manifiesto su torpeza, pero el caballero Beissiers sonrió amable quitándole importancia.

—No os dejéis impresionar. Os aseguro que es mucho más fácil de lo que parece. Basta con hacer lo mismo que hacen ellos. En cuanto deis unas cuantas vueltas será como si lo hubieseis hecho toda la vida.

—Creo que no soy como ellos —dijo Hélène sonriendo un poco, contagiada por la franqueza de Beissiers.

—Bueno, no diría que eso sea algo que debáis lamentar —dijo él con su sonrisa abierta y amistosa.

Hélène volvió a confirmar su impresión de que André Beissiers era un joven sumamente agradable. A diferencia de los demás caballeros su presencia no le hacía sentir incómoda ni la intimidaba.

—No sois de Tours, ¿no es cierto? —preguntó él.

—No, solo llevo tres meses aquí. Madame de Varennes fue tan amable de acogerme...

Beissiers asintió. Él había nacido y se había criado en Tours, así que conocía a todo el mundo allí.

—Entonces sois familia suya, supongo.

—No, no realmente... bueno, en realidad sí..., es decir, aún no, pero pronto... —Hélène se aturrulló y tuvo que detenerse para hilar una frase completa con sentido—. No somos familia, pero lo seremos en cuanto me case.

—¡Ah! —dijo él apartándose un poco de ella, casi nada, solo lo correcto, dado su cambio de situación de mujer aparentemente libre a comprometida—. No sabía que ibais a desposaros. ¿Con el sobrino de Madame de Varennes?

Beissiers le mencionó con cautela. No tenía buena opinión de Louis. En honor a la verdad no tenía buena opinión de la gran mayoría de los asistentes a aquel convite; pero Louis lo había humillado en público, así que eso hacía que le cayese aun peor que el resto.

—No, no con él. Voy a casarme con su tío, con un hermano de Madame de Varennes —dijo Hélène, apesadumbrada. Y se creyó obligada a añadir algo más—: Es un conde.

—Comprendo —dijo Beissiers, y de verdad comprendía. No conocía al conde, pero imaginaba la situación y no podía aprobarlo ni un poco. Su tono de voz adquirió cierta severidad moralista—. Entonces supongo que estaréis muy feliz. Dentro de poco seréis condesa.

Hélène se sintió triste. Beissiers le había parecido un amigo y ahora la miraba con censura, como si no tuviese bastante.

—Sí, por supuesto. Muy feliz —dijo cruzando las manos sobre su regazo y evitando mirarlo; solo quería que se fuera ya.

—Sabéis que no tenéis por qué casaros si no lo deseáis.

Las palabras de Beissiers fueron claras y nítidas, pero para Hélène fue como si se dirigiese a ella en un idioma totalmente desconocido. Se volvió hacia él, sus pestañas claras y largas parpadeando con mucha rapidez.

—¿Cómo habéis dicho?

—Que no tenéis por qué casaros si ese matrimonio no os convence. Disculpad si soy demasiado franco, pero me ha dado la impresión de que no os entusiasmaba la idea.

—¿De veras? —dijo Hélène, aterrada por que sus pensamientos fuesen tan evidentes.

Beissiers se rio un poco, pero era una risa amable que tranquilizó a Hélène.

—No os preocupéis. Es solo algo que he supuesto. Sospecho que es un hombre viejo, si es el hermano de Madame de Varennes...

—Suponéis bien —asintió ella.

—Y rico.

—También acertáis.

—Y os ha comprado —remató Beissiers con naturalidad.

—¡No se trata de eso! —protestó Hélène.

—Ah, ¿no? ¿De qué se trata entonces?

—Él... él... no me compró, lo que ocurrió fue que Madame de Varennes nos ayudó a mi madre y a mí, y pagó mi alojamiento en el convento de Sainte-Geneviève y ahora yo... yo... yo tengo que recompensarlo, ¿comprendéis?

Beissiers le dedicó una sonrisa compasiva.

—Claro que sí. Lo comprendo perfectamente.

A Hélène comenzó a gustarle menos Beissiers. Claro, para él era muy fácil hablar. Seguro que su madre no tenía que ganarse la vida planchando desde que el sol salía hasta que atardecía.

—E insisto en lo que os digo. Si no os gusta ese hombre, no os caséis con él. Nadie puede obligaros; no le debéis nada. Las monedas que Madame de Varennes gastó en vos no suponen nada para ella. Podría haberlas arrojado al camino o gastarlas en lociones para el cabello. No las echará de menos. En cambio, vos le estáis entregando vuestra vida. Es un valor inapreciable y en ningún caso es una compensación justa.

Hélène miró a Beissiers boquiabierta. No se le había ocurrido pensar que su vida fuese algo tan valioso. Mirándolo así...

—Pero... ¿qué le diría a mi madre?

—¿Qué creéis que prefiere vuestra madre? ¿Que seáis una mujer de bien o que seáis una mujer rica?

Ese pensamiento dejó a Hélène sumida en nuevas dudas. En ocho años solo había visto a su madre en tres contadas y muy felices ocasiones. Habían sido encuentros muy breves, los viajes ocasionaban muchos gastos y su madre tenía lo justo para ir tirando, su relación se limitaba a la correspondencia. Sin embargo, Hélène estaba segura de algo: su madre quería lo mejor para ella. Ya solo faltaba que Hélène averiguase qué era lo que podía ser mejor.

—No tenéis por qué decidirlo ahora —dijo Beissiers quitándole hierro al asunto—, pero sí podríais bailar, incuso las mujeres casadas lo hacen.

Beissiers volvió a ofrecerle el brazo y Hélène negó.

—Ya os he dicho que no he bailado nunca.

—Esa no es una razón. Mirad, justo ahora va a comenzar la ronda. Los pasos son muy sencillos, solo tenéis que fijaros en la dama que tengáis al lado y saludar a quien os toque enfrente. Vamos, no me digáis que preferís quedaros aquí sentada.

Hélène no se decidía, pero Beissiers creía firmemente en el ejercicio de la bondad y por ello se embarcaba en cuanta causa noble encontraba; y esa noche se había propuesto distraer a aquella muchacha apartada y de aspecto triste, así que la animó con su sonrisa. Hélène miró a Augustine. Seguía charlando entusiasmada y no se fijaba en ella. En el salón muchas damas y caballeros de todas las edades se aprestaban a colocarse en dos ordenadas filas. Todos parecían muy felices y satisfechos con la vida.

—No, creo que no... Os lo agradezco —dijo hundiéndose en la silla.

—Como queráis —dijo Beissiers encogiéndose de hombros—. Buena suerte entonces, señorita...

—Villiers.

—Señorita Villiers. Yo me llamo...

—Beissiers. Ya lo sé —dijo ella interrumpiéndole.

—Cierto —dijo él, satisfecho por verse reconocido—. No os molestaré más, pero si alguna vez necesitáis ayuda o buscáis alguien con quien hablar no dudéis en...

Beissiers se ofrecía amable, pero Hélène no le prestaba atención. Louis y Claudette encabezaban la ronda y ella era la viva imagen de la dicha y Louis parecía también muy contento y tomaba de la mano a Claudette para iniciar el paso. El corazón de Hélène, pese a estar acostumbrado a sufrir, volvió a romperse de rabia y de celos y le hizo tomar una decisión no meditada.

—Señor —dijo Hélène—, he cambiado de opinión. Quiero bailar.

Beissiers se limitó a alzar la cabeza un poco sorprendido. Ya se estaba despidiendo, pero reaccionó con rapidez.

—Una gran idea. Entonces acompañadme.

Hélène se levantó y se cogió de su brazo.

—Señora, voy a bailar —dijo Hélène, envalentonada, dirigiéndose a Madame de Varennes.

—Muy bien, muy bien. Diviértete, hija —le respondió la señora sin mirarla, y siguió haciendo planes de boda con la madre de Claudette.

Beissiers la llevó junto a las otras parejas. El vacío se instaló en su estómago y un sudor frío amenazó con destruir su escasa confianza cuando él la dejó sola entre dos damas de altas y empingorotadas pelucas y espléndidos y provocativos escotes. Quiso irse corriendo a su silla, pero la música comenzó a sonar y Beissiers se inclinó ante ella en una pronunciada reverencia. Las damas a su alrededor correspondieron doblando una de las rodillas a la vez que se cogían las faldas. Ella las imitó, todos se volvieron, enlazaron las manos y comenzaron la ronda.

—¿Veis como yo tenía razón? —dijo él al cabo de un rato—. No es tan complicado como parece desde fuera.

Hélène se atrevió a sonreír. Le iba cogiendo el truco, solo había que fijarse, aunque siempre acababa mirando en la misma dirección. Beissiers acabó por darse cuenta. Cuando Hélène se volvió hacia él, vio su ceño fruncido y su mirada sagaz y recriminadora.

—Ahora sí que os compadezco, señorita Villiers.

Hélène enrojeció y por un momento no supo adónde debía girar.

—¿No lo vais a negar?

—No... no sé a qué os referís —tartamudeó Hélène.

—Incluso un ciego lo vería —dijo Beissiers con desprecio—. No hay nada que odie más que a los hombres como él.

—¡No es una mala persona! —lo defendió Hélène acaloradamente.

—Como digáis —cedió Beissiers, que estaba lo suficientemente bien educado para saber que no se debía discutir mientras se bailaba, y tampoco quería apenar más a Hélène. Aquella joven le inspiraba simpatía. No era especialmente atractiva, ni por lo que se veía muy lista, pero parecía una buena muchacha y él solo pretendía ayudarla sinceramente—. Pero queréis llamar su atención, ¿no es así?

—No, claro que no —protestó Hélène.

—¿Ni un poco? —dijo Beissiers sacando a relucir su vena vengativa y conspiradora.

—¿Un poco? ¿Y cómo?

—Dejadlo en mis manos —dijo Beissiers con una sonrisa enigmática.

Las manos de los danzantes se alzaron a la vez formando un arco. Beissiers tomó de la cintura a Hélène, la agarró con firmeza y tiró de ella a través del bosque de brazos y manos. Hélène sintió el corazón a punto de colapsarse, especialmente cuando se detuvieron junto a Louis y Claudette.

Louis la miró como si no creyese que era ella quien estaba allí. Beissiers le sonrió. A Louis le quedaba mucho más por ver aquella noche.

22

La tensión en el viaje de regreso a la quinta se palpaba en el ambiente cargado del coche. Louis había abochornado a Hélène en el baile, incluso había acusado a Augustine de dejar que los pusiera en vergüenza. Hélène lloraba inconsolable y Augustine se excusaba confundida e incluso defendía débilmente a Hélène.

—Pero si solo han sido un par de bailes, Louis.

—¿Un par de bailes, decís? Pero ¿es que no os habéis fijado en quién la acompañaba? ¡Ese intrigante de Beissiers! ¡Un hombre sin moral, de principios corrompidos! ¡Un conocido libertario!

Augustine gimió como si Louis hubiese mentado al mismísimo Belcebú.

—Parecía tan buen chico cuando era pequeño... No sé qué va a ser de la juventud. Su madre siempre lo traía cuando venía a presentar sus respetos por mi aniversario. Su padre es un hombre honrado, ofreció doscientos luises para la hermandad de la Sainte-Croix y por Natividad siempre...

—¿Y eso qué tiene que ver ahora? —interrumpió Louis—. ¡Lo que importa es que nos ha dejado en ridículo! ¿Qué pensáis que dirá vuestro hermano cuando se entere de esto?

Augustine calló, consternada. Ella no se había dado cuenta de nada hasta que Louis les había hecho marcharse de la fiesta deprisa y corriendo. Había llegado tirando de Hélène y exigiendo que trajesen el carruaje.

—Quizá no sea indispensable que Eustache se entere —sugirió Augustine con timidez, temiendo verse tachada de irresponsable—. No creo que sea necesario darle este disgusto. Hélène no lo hacía a propósito, ¿verdad que no, Hélène?

—¡No he he... hecho nada malo, señora! —dijo Hélène, entrecortada entre llanto y llanto.

Si algo odiaba Louis, además de que se burlasen de él, eran las lágrimas. Le crispaban los nervios y por ese día ya había tenido bastante crispación.

No solo había tenido que ver cómo Hélène se restregaba delante de sus narices con ese engreído de Beissiers, para colmo de males se había atrevido a desaparecer del baile con él. Louis trató de controlarse. Sabía lo que Hélène estaba haciendo. No la había creído capaz, pero no había tardado en volverse igual que todas: casquivana, ligera y traicionera. Había elegido precisamente a Beissiers porque sabía lo mucho que eso le alteraría, como si necesitase más alteración.

Louis andaba trastornado y de cabeza, y Hélène le fallaba justo cuando más la necesitaba. Claudette le hastiaba. Llevaba dos semanas con ella y ya le cargaban sus mimos y sus melindres. Habría sido más soportable si al menos hubiese podido desahogarse con Hélène. La añoraba en su cama cada noche y se encontraba pensando en ella a todas las horas del día. Urdía mil tretas para recuperarla; cuando todo fallaba, se enfadaba como un niño al que le hubiesen arrancado su juguete favorito. Ciertamente, le había dicho cosas horribles en alguna de sus cartas, pero era solo porque la echaba de menos, ¿y cómo se lo había recompensado? No había tardado ni una semana en buscarse a otro.

Sí, Louis tenía que callar porque temía estallar delante de Augustine, temía acabar gritándole a Hélène que era igual que todas: mentirosa, vacía y vana. Así que guardó silencio mientras ella seguía hipando y suspirando, sintiendo cómo su furor aumentaba por el simple hecho de tener que controlarlo.

A la llegada a la quinta ordenó a los criados que iluminasen uno de los gabinetes. Como único varón presente de la familia le correspondía a él ejercer la autoridad y reprobar el comportamiento de Hélène. Augustine se excusó nada más entrar, acongojada y alegando jaqueca. No era mujer capaz de enfrentarse a los problemas: prefería dejarlo todo en manos de Louis y ponerse a rezar en su cuarto para que nada de aquel asunto llegase a oídos de Eustache.

Cuando se quedaron solos, Hélène siguió llorando, pero más silenciosamente. A Louis se le acabó de golpe la paciencia.

—¡¿Qué es lo que creéis que estáis haciendo?! —rugió Louis golpeando con furia la pared justo a dos pulgadas del rostro de Hélène.

El pecho de ella subió y bajó con rapidez y las lágrimas se le cortaron de golpe, trocadas por la indignación y los gritos.

—¡No he hecho nada malo! ¡No tenéis ningún derecho! ¡Sois mezquino y ruin... y...!

—¡¿Yo?! ¿Yo soy mezquino y ruin? ¿Y vos qué? ¡Vos sois deliberadamente cruel y artera! ¡Me esquiváis, me despreciáis, me ignoráis! —dijo Louis mordiendo las palabras para evitar que Augustine le oyese desde la otra planta—. ¡Os hacéis la perfecta ofendida y a la menor ocasión os echáis en brazos del primero que pasa!

Hélène se sabía en su derecho pese a los reproches de Louis, sabía que era injusto con ella y no quería callarse. Había salido del gran salón solo para ir a otra de las salas laterales, tan llena de gente como la anterior. Beissiers estaba contándole algo sobre los beneficios de la educación y ella ya estaba nerviosa porque había visto las miradas fulminantes de Louis, pero todavía se sentía valiente y justificada cuando él apareció hecho una furia y se la llevó a rastras sin más explicaciones. Bien, se suponía que quería llamar su atención, así que podía decirse que había tenido un extraordinario éxito. Ya solo le faltaba saber cómo emplearlo en su favor. A falta de otra idea mejor, se inclinó por la huida hacia delante.

—No me he echado en los brazos de nadie. Solo hablaba con el señor Beissiers y es un buen hombre. No es ninguna de esas cosas que decís. Se preocupa por mí.

Louis abrió la boca de puro asombro.

—¿Que se preocupa por vos? ¿Beissiers se preocupa por vos? ¡¿Qué clase de mentiras os ha estado contando?! —gritó Louis sin preocuparse de que le oyeran.

Hélène dudó. Louis estaba encima de ella y su mirada no auguraba nada bueno. La amedrentaba. Tuvo que reunir todo su valor para hacerle frente.

—Dice que no tengo por qué casarme si no quiero.

La boca de Louis se abrió todavía más de lo que ya estaba.

—¿Que os ha dicho qué?

—¡Y yo ni siquiera le importo y vos dijisteis que me amabais, pero ¿cómo lo demostráis?! —dijo Hélène sin poder evitar romper nuevamente en llanto—. ¡Vais a casaros con Claudette!

—¡No desviéis la conversación! ¿Qué tiene que ver Claudette con esto? ¡Estamos hablando de Beissiers!

—¡Tiene todo que ver porque si me quisierais de verdad como yo os amo...!

La voz de Hélène se quebró y no pudo terminar de decir lo que pensaba: que si Louis la amase sufriría tanto como sufría ella, padecería como padecía ella cada vez que lo veía cerca de Claudette. Pero lo cierto era que Louis había probado aquella noche de su misma medicina y le había sabido tan amarga como a Hélène, y ahora ella decía que lo amaba.

Las lágrimas resbalaban lentamente por las mejillas de Hélène. Louis las secó con sus dedos. Su cólera vaciló y su voz tembló un poco.

—¿Vos me amáis de verdad? ¿Me amáis sinceramente? Necesito saberlo. Juradlo por lo que más queráis en este mundo.

—Lo juro. No me importa nada Beissiers ni ningún otro, solo os quiero a vos. Si he bailado con él es porque no podía soportar veros con Claudette —dijo Hélène. Sus ojos castaños ardiendo, ahora secos de lágrimas.

A Louis le conmovió su furia. Eso podía comprenderlo, incluso aunque Hélène la volviese contra él. Después de todo, también Louis la había sentido. Todos aquellos días sin ella, la idea reconcomiéndolo de que Hélène prescindiera de él, de que pudiera olvidarlo y encontrar a otro, a cualquier otro, al que entregarle su inocencia, su pasión y su placer puro y siempre elevado. Le robaba el sueño y le quitaba cualquier posibilidad de disfrutar de la compañía de Claudette, porque constantemente y en todos sus pensamientos se hallaba presente ella, Hélène.

—A mí tampoco me importa nada Claudette, apenas la soporto, solo pienso en vos noche y día. Es una tortura no teneros.

Los ojos de Hélène brillaron de felicidad y él ya no resistió más sin besarla, porque llevaba días deseando hacerlo y porque había querido quitársela a Beissiers de las manos en el baile y besarla allí, delante de todo Tours, para que el mundo entero supiera que era suya y solo suya. Aunque no fuese la más hermosa, aunque no tuviese un franco, aunque fuese la futura esposa de su tío, Hélène era suya.

Su beso hizo que Hélène comenzase a olvidar todos los agravios. Le pasaba siempre que él la tocaba. Todos sus propósitos, sus quejas, sus argumentaciones quedaban a un lado cuando Louis la besaba. Se dejaba hacer y se dejaba convencer. Todo parecía menos importante cuando él la acariciaba. Y Louis deseaba desesperadamente convencerla.

—No puedo evitar mi matrimonio con Claudette, como no puedo evitar que os caséis con mi tío —dijo abandonando su boca para besar su garganta—. Necesito el dinero, necesito vivir como siempre he vivido, no soportaría ser pobre. ¿Podéis comprenderlo? ¿Podréis perdonarme? ¿No dicen que el amor lo perdona todo? Yo necesito vuestro perdón, Hélène.

—Yo... os amo —musitó Hélène, mientras Louis le mordía en el cuello tan exquisitamente que le faltaba la respiración.

—Entonces ¿me perdonáis? —dijo Louis a la vez que bajaba su vestido y liberaba sus senos sacándolos del corsé para acariciarle los pezones.

—Sí —afirmó Hélène, que ya no sabía ni qué era lo que estaba afirmando, pero que no habría dicho «no» ni aunque su vida hubiese dependido de ello.

—Yo aún estoy furioso con vos —susurró Louis oscuramente.

¿Qué se podía esperar? Louis era exigente y egoísta, y estaba demasiado mal acostumbrado. Ahora que ya se sentía de nuevo seguro del amor de Hélène, su despotismo renacía con fuerza.

Empujó con rudeza a Hélène contra la pared a la vez que terminaba de desatar su corpiño y tiraba de cualquier modo de los lazos. El vestido cayó a los pies de Hélène como una flor deshojada. Ella se quejó sin querer quejarse. Se había quedado solo con las medias y el corsé, aunque los senos se le escapaban de él, altos, llenos y desnudos.

—Señor... —dijo ahogada Hélène sintiéndose desfallecer.

—Me consumís, Hélène —dijo Louis como si eso lo justificase todo—. ¿Sabéis cuántas veces al cabo del día pienso en cómo sería desvirgaros? ¿Cuánto me cuesta renunciar a ser yo el que os rompa la primera vez?

Hélène se limitó a gemir mientras Louis tomaba posesión de ella. Sus manos en su vientre, en su nalgas; sus labios en su cuello, en la boca, en los senos. Rápidos y voraces. Louis le abría su corazón igual que ella le abría su cuerpo.

—Os deseo tanto que a veces siento que he perdido el juicio. Me hacéis pensar cosas desatinadas, me provocáis deseos insanos y perversos. Si los conocieseis, me odiaríais, Hélène —dijo con dureza haciéndola girar de golpe y empujándola contra la pared, volcando todo su peso en ella. Hélène tuvo que apoyar las manos en el muro para defenderse, para resistir la presión que Louis ejercía sobre ella. Su pecho contra su espalda, sus manos buscando su calor, abriéndola y deshaciendo su poca fuerza, su sexo duro y enervado queriendo encontrar su camino.

—Estáis tan suave y tan mojada..., ¿sabéis cuánto daría por haceros mía ahora mismo? Nunca he deseado nada con tanta fuerza, Hélène.

La voz de Louis sonaba alterada, alimentada por los días de ausencia, y Hélène ya estaba vencida y convencida, solo anhelaba complacerle.

—Hacedlo. Tomadme. Coged lo que queráis de mí. No me importa. Yo también lo deseo.

Entonces fue Louis quien gimió. Su aquiescencia endureció su anhelo, acabó con sus reservas de sentido práctico y común, se impusieron sobre cualquier otra cosa y alimentaron sus oscuras fantasías. Tomarla allí mismo, en ese instante, en el gabinete. Castigar su falta: la de haber osado sonreír a otro y la de atormentarle a él, a Louis. Deshonrarla ya inevitablemente y romper el frágil sello que garantizaba su futuro, solo para colmar su placer.

—No pensáis lo que decís —murmuró Louis sin aliento, acariciando sus muslos, a la vez que aliviaba su enardecido y liberado miembro hundiéndolo entre sus nalgas.

—Sí lo pienso —afirmó Hélène sin dudar y sofocada.

Él acarició con las yemas de los dedos los labios que habían pronunciado esas alentadoras palabras. Ella los lamió con ansia. Louis acarició su vértice para recompensarlas con los mismos dedos que ella acababa de humedecer y Hélène se deshizo en agua y en sollozos.

Louis se encontraba sometido a una tentación inhumana. Había tenido muchas veces a Hélène a su disposición y había resistido la prueba victorioso con más o menos esfuerzo. Pero esta vez era distinto: los celos aún recientes, la abstinencia forzosa, los días de separación y distancia, por no mencionar la exhibición indecentemente provocativa de Hélène. Entre el corsé y las medias, su trasero desnudo destacaba pecaminoso contra el blanco de la seda.

Sí, quería penetrarla, pero si lo hacía destruiría sus posibilidades, y no podía hacerle eso. La alternativa surgió con la fuerza de las malas ideas. Ya había errado antes por entre las fantasías turbias que Hélène le provocaba, pero no fue hasta ese preciso momento cuando Louis sintió el imperioso e ineludible deseo de ejecutarla.

Tal vez, solo tal vez, solo imaginar cómo sería. Curvó a Hélène, empujando con la mano su espalda, inclinándola para postrarla ante él. Ella se dejó manejar dócil, aunque su equilibrio vaciló y tuvo que buscar apoyo para sus manos entre el escritorio y un aparador de roble cercanos. Louis la sentía temblar muy ligeramente, los nervios o quizá la expectación. No lo sabía, pero su temblor le excitaba, igual que su completa entrega. Acarició su espalda siguiendo la delicada curva de su columna y empujó contra Hélène, pero no por el lugar usual y convenido, sino por otro más difícil y reservado.

Ella se quejó, pero no mucho. Apenas había presionado un poco, no había llegado a abrirse paso. Louis se detuvo, dudando. La emoción le podía. Hacerle a Hélène aquello que ni las prostitutas más bajas consentían. Humillarla de aquel modo abyecto y muy posiblemente doloroso. Prescindir de todo solo para alcanzar su propio placer, porque no dudaba de que el placer que alcanzaría sería sublime. El simple pensamiento hacía que sintiese su miembro duro y dilatado como nunca antes. La sangre concentrada y llenándolo por completo, clamando a gritos por clavarse en la carne cerrada.

Louis se mordió los labios hasta casi hacerse sangre. Hélène lo consentiría y quizás hasta le perdonaría. Tenía esa esperanza; sin embargo, no se decidía a empujar. Quería hacerlo, pero no quería dañarla ni tampoco engañarla.

—No puedo hacerlo, Hélène. Lo arruinaría todo. A vos más que a nadie. No puedo arrebataros la virtud, pero hay otro modo...

Hélène dejó escapar un quejido. Louis no supo si era decepción o temor.

—¿Otro modo...?

—Otro modo —dijo Louis, anhelante, empujando más y abriéndola un poco con la punta de la verga endurecida.

Ella jadeó comprendiendo. Louis rogó por que no fuera un dolor insoportable, por que fuera solo un pequeño dolor.

—¿Me dejaríais probar? Jamás lo he hecho antes. Os lo juro. Será también mi primera vez. Si os hago daño me apartaré, os lo prometo.

Louis esperó ansiosamente. Jamás había deseado nada con tanta fuerza; pero si ella no aceptaba, renunciaría. Lo haría.

—Probad —asintió Hélène. La voz trémula y tomada pero decidida.

Su asentimiento conmocionó a Louis. Las manos le temblaron mientras se aferraba a su cintura para hundirse en ella. Estaba tensa y apretada y creyó que no sería capaz, pero de pronto se abrió paso fácil y rápidamente. Entró de golpe y hasta el fondo. Hélène gritó en un tono bajo y gutural, y Louis se ahogó en su propio espasmo de gozo.

Ella cogía y soltaba el aire muy rápido y muy fuerte, pero no parecía que fuese absolutamente infeliz; y él jamás se había sentido tan pleno, ajustado a ella, comprimido desde todos los puntos. Encajado y completamente acogido. Si se movía un ápice, se correría en ese mismo momento.

—¿Lo sentís, Hélène? —susurró Louis, agonizante.

¿Cómo habría podido no sentirlo? Hélène se encontraba, más que llena, traspasada. Invadida por una barra candente que le atravesaba el vientre y le quemaba y le subía por la espina dorsal recorriéndola por entero. Le había dolido un poco, pero ahora ya no. Ahora solo sentía una rara emoción. Su cuerpo, convertido en el instrumento de placer de Louis, le devolvía multiplicado ese placer. Un placer infamante y retorcido, pero al fin y al cabo placer.

—Sí, lo siento —consiguió responder Hélène.

—Mi amor —sollozó Louis sin moverse. Temía hacerle daño si se movía y ya era perfecto así. La abrazó contra sí para sujetarla y con la otra mano bajó por su vientre hasta llegar a los estrechos labios de su sexo. Cuando la sintió, suave e hinchada, prácticamente creyó estallar.

—Hélène...

Ella jadeó vencida y desmadejada en sus brazos. Siempre había sido exquisito, el placer que Louis le procuraba era algo imposible de comparar. Pero lo que sentía en ese momento era mil veces más. Más abrumador, más desarmante, más arrollador e inclemente. Asolador.

Hélène se estremeció desbordada, y Louis se vació al mismo tiempo sin ni siquiera moverse, llevado solo por las contracciones rítmicas y desbocadas de Hélène. Los dos abrazados y derribados contra la pared para no derrumbarse.

—Creo que os amo, Hélène —murmuró Louis contra su rostro. Las mejillas pegadas, sus alientos entrecortados mezclándose en uno solo.

—¿Por qué siempre hago lo que queréis? —dijo ella casi sin aliento.

—No —negó él con fuerza—. Os querría igual si no hubieseis aceptado. Era solo que antes no estaba seguro, pero ahora ya lo sé. ¿Lo habéis hecho solo por eso? —preguntó con algo que podría ser preocupación—. ¿Por complacerme?

Ella lo pensó un poco antes de responder:

—No solo por eso. También yo quería.

Louis la abrazó más fuerte.

—¿Sabéis que eso me hace feliz?

Ella se rio muy bajito.

—A mí me hace feliz que os haga feliz.

Aún seguían derrumbados en el suelo y contra la pared, pero ambos se sentían como si estuviesen, si no en el cielo, al menos en un limbo, un limbo reservado a los pecadores pertinaces e impíos. Louis la besó y la abrazó estrechamente contra sí.

—Os voy a amar siempre.

Hélène sonrió en sus brazos.

—Yo también os voy a amar siempre.

—Entonces nada podrá separarnos.

Y no es que fuera una promesa, se trataba más bien de un acto de fe. Después de todo, Hélène y Louis estaban enamorados. Y no existe religión más fiel y perdurable que la que nace del amor.

23

Después de aquella experiencia, Hélène recuperó la sonrisa, y Louis, la paz y la conformidad con la vida. Seguía visitando a Claudette, pero Hélène parecía más segura de su afecto y él renovaba fervientemente todas y cada una de las noches su dedicación por ella.

El contrato se firmó a mediados de junio y la fecha de la boda de Louis y Claudette quedó fijada para el 22 de octubre. El compromiso le aseguraba a Louis una renta superior a los veinte mil luises anuales. Sin duda era un gran día, y Augustine celebró una recepción en los jardines para festejarlo. Estoica, Hélène lo soportó todo y luego, esa misma noche, Louis cubrió el lecho con pétalos de rosas rojas para ella y la amó despacio mientras le susurraba alentadoras promesas acerca de un amor que trascendería las convenciones, que sobreviviría a la rutina y que crecería día tras día fortalecido por los lazos del secreto y la clandestinidad.

Hélène lo dio todo por bueno y solo pensó que aún quedaba mucho tiempo hasta septiembre, que era la fecha concertada para su propia boda. Es más, después de firmado el compromiso, ya no era necesario que Louis visitase a Claudette. De hecho, se consideraba incluso de mal gusto. Podían, pues, hacer como si nada fuese a ocurrir y el verano pudiera alargarse indefinidamente en la quinta. El otoño parecía aún muy lejano.

Así, hasta que la calma apacible de la que disfrutaban mudó con la misma facilidad con la que muda el tiempo en verano. Cuando un aguacero coge por sorpresa y cala a los desprevenidos excursionistas que habían pensado disfrutar de una tranquila jornada de estío.

Eso pasó aquella tarde en la que Louis, Augustine y Hélène se encontraban jugando al ecarté. A Augustine le encantaban los juegos de cartas y disfrutaba enormemente ganando, tanto que hacía trampas sin disimulo. Hélène callaba, confundida, porque no acababa de entender las reglas, más teniendo en cuenta que Augustine las cambiaba cada dos por tres a su conveniencia. Louis la dejaba ganar y subía la apuesta para dar a su tía ese pequeño gusto, y mientras, por debajo de la mesa, buscaba con las suyas las rodillas de Hélène. Augustine sonreía encantada recogiendo sus ganancias y ellos dos intercambiaban miradas furtivas y cómplices sin que la tía de Louis se enterase de nada.

Una velada feliz y tranquila que arruinó por completo la llegada de una carta de París. La remitía Eustache. Cuando Augustine la leyó, su gesto fue de preocupación. No tardó en pasársela a Louis para que él también la leyese.

—¿A ti qué te parece, Louis? ¿Crees que será grave?

El semblante de Louis se tornó tan serio como el de Augustine, y no tanto por las noticias que la carta contenía, sino por la consecuencia de las mismas. Eustache hablaba en su misiva de protestas y algaradas. Le contaba a su hermana que los ánimos estaban revueltos en París y que muchos pedían al rey que sacase las tropas a la calle. Eustache era uno de los que lo pedían. Por eso, y en previsión de que las cosas pudieran empeorar, le recomendaba a su hermana que viajase a París lo antes posible, y que se llevase a Hélène con ella, faltaría más.

—Vuestro hermano se alarma en exceso, tía —dijo Louis dejando caer la carta sobre la mesa—. No sé en qué nos puede afectar esto a nosotros, ni veo ninguna razón para adelantar el viaje.

—¿Qué viaje? —preguntó Hélène.

—Quizá, Louis, pero más vale prevenir. Me gusta viajar tan poco como a ti. Sin embargo, basta que Eustache lo pide... Tu viaje a París, hija —dijo Augustine amablemente.

—No creo que sea necesario ir deprisa y corriendo —rebatió Louis ante la palidez de Hélène—, y menos ahora con este calor. Podríais enfermar, tía. Escribidle y decidle que es mejor esperar a que pase el verano.

—No sé, Louis, no sé. Ya sabes cómo es Eustache. No le gusta que le contradigan. ¿Crees que podríamos salir mañana mismo?

Hélène abrió mucho los ojos. Louis vio su alarma, pero había poco que se pudiera hacer. Conocía a su tía. Era influenciable y fácil de manipular, pero entre Louis y Eustache siempre elegiría a Eustache. Sentía mucho más temor y respeto por él.

—Mañana es imposible. Tal vez para mediados de la semana que viene yo podría...

—No, no. Hablaré con el cochero para que lo tenga todo listo. ¿Por qué no habrías de poder acompañarnos?

Hélène lo miró con ojos suplicantes.

—Debería despedirme de Claudette y los Marcigny —alegó Louis tratando de buscar excusas plausibles.

—Escríbeles una carta. Lo entenderán. Me quedaría más tranquila si viajases con nosotras. Quizás Eustache también haya pensado adelantar la boda. Entonces incluso podrías acompañarme de vuelta a Tours. No me atrevería a viajar sola. Aunque si ocurre lo que teme Eustache, tal vez no podamos volver —dijo Augustine, angustiada, pensando en posibles desmanes.

—¿Qué podría ocurrir? Veo todo esto ridículo, tía, y no creo que haya necesidad de adelantar la boda —dijo más bien para tratar de levantar el ánimo de una Hélène a la que la noticia había abatido por completo.

—Esperaremos a ver qué dice Eustache. Hablaré con mi doncella para que comience a hacer el equipaje y tú debes hacer lo mismo, Hélène —dijo Augustine levantándose de la mesa para dar ejemplo.

—Por Dios, tía. Cualquiera diría que salís huyendo. ¿Ni siquiera vais a despediros de vuestras amistades? —probó Louis a la desesperada.

—No seas exagerado, Louis. Les mandaré una nota. ¡Y no me entretengas más! Tengo mucho que hacer —dijo Augustine, que ya estaba apurada y nerviosa—. Ven conmigo, Hélène. Vamos a prepararlo todo.

Augustine se llevó a Hélène tras de sí y a Louis no

le quedó más remedio que ponerse también manos a la obra, o más bien pedir a Pierre que se encargase, y tampoco era necesario recoger sus cosas. Al fin y al cabo volvía a Tremaine y solo por unas semanas. Tendría que regresar a Tours para acompañar de vuelta a Augustine y para casarse con Claudette. Solo que Hélène ya no los acompañaría.

Louis se acercó a la ventana y contempló melancólico el jardín. El velador bajo los tilos, los bancos del paseo, las rosaledas y los frutales del huerto. La tarde era apacible y perfecta, y la umbría que proporcionaban los árboles invitaba a ser recorrida y a buscar lugares en los que esconderse de miradas indiscretas. Lugares que podía haber descubierto con Hélène. Recordó su rostro asustado y no pudo menos que compartir su pesar. También Louis se sentía como si les hubiesen arrebatado el verano.

Pero la tarde fue aún peor para Hélène. Tuvo que recoger vestidos, plegar sábanas y mantelerías y envolverlo todo en papel de seda para que no se dañase. Henriette, la nueva doncella, y Hélène se ocuparon del trabajo, mientras Augustine daba órdenes nerviosas y contradictorias: «Primero la ropa blanca. No, mejor los vestidos. No olvidéis mis chales...»

Ni siquiera pararon para cenar. Augustine pidió que les llevasen un vaso de leche y pan con azúcar. Hélène no pudo ni beberse la leche. Los nervios le habían cerrado el estómago.

Una vez que el equipaje estuvo listo, tocó rezar. Rogaron por un buen viaje, por la salud de Eustache, por la de su majestad Luis XVI y por que el Señor protegiese a Francia y la librase por siempre de todo mal. Una larga e inacabable cadena de rezos. Augustine andaba trastornada y cuando dejó irse a Hélène eran las tantas.

Ella se dirigió directamente al cuarto de Louis. Él había intentado esperarla despierto, pero era tarde y sospechaba y temía que Hélène ya no fuese aquella noche. Estaba medio adormilado cuando se metió en la cama y se acurrucó a su lado. Se despertó y comenzó a besarla en cuanto la sintió. Era un acto reflejo, pero ella rechazó sus besos, solo se abrazó más a él. Louis comprendió que no era noche de juegos y tampoco se le ocurría nada que decir que pudiera consolarla. Así que optó por callar y se limitó a abrazarla, a compartir calor y sueño. O eso pensó él, porque Hélène durmió poco aquella noche.

A la mañana siguiente salieron de la quinta. El viaje fue cansado pero tranquilo. Tres días para llegar a París, con una Hélène silenciosa que se limitaba a contemplar el paisaje por la ventanilla, los campos marchitos por el calor y la falta de lluvias. Las cosechas llevaban siendo malas varios años seguidos y la de ese año no se esperaba mejor. Louis tampoco tenía ganas de conversación, pero no había problema porque Augustine hablaba por los tres, aunque nadie le respondiese. Muchas horas soportando la reclusión obligada del carruaje, parando en fonduchas de paso y pernoctando en posadas. Durmiendo pared con pared con Hélène, pero sin un minuto para hablar a solas con ella y tratar de sacarla de su mudo encierro. Augustine siempre estaba presente, e incluso compartían habitación. Un desesperante fastidio.

Tras el largo y tedioso viaje, fue para Louis un auténtico alivio divisar las torres y los palacios, los puentes y los mercados, las calzadas y las iglesias de la nunca suficientemente alabada y renombrada ciudad de París.

Como buen cortesano, Louis amaba París. A pesar de la suciedad que llenaba las calles, de los pordioseros que se hacinaban a la puerta de iglesias y conventos, de los riachuelos hediondos y los puestos de comida donde las moscas eran las auténticas dueñas y señoras de las mercancías, Louis añoraba su ciudad y se alegraba de estar de nuevo en ella y mostrársela por primera vez a Hélène. Aunque el motivo del viaje fuese tan ingrato no podía dejar de señalarle a un lado y a otro para que admirase la elegancia de Saint-Germain, la rigidez severa de la Conciergerie, la majestuosidad del Louvre.

Ella seguía sus indicaciones y se asomaba por la ventanilla, pero se limitaba a mirar sin comentar nada. Por lo demás y a juicio de Louis, París se veía igual que siempre: espléndido y ajeno a toda miseria. Entraron a la Cité por el Pont Neuf. Augustine quiso detenerse en Notre Dame para dar gracias a la madre del Señor por haberles concedido tan buen viaje. Hélène y ella se arrodillaron en uno de los bancos y se pusieron a orar con la cabeza baja en actitud devota. Él estuvo un buen rato aguardando de pie, pero como no se levantaban salió de la catedral y se le ocurrió que podía dar un paseo para estirar las piernas.

La vieja Cité reposaba tranquila. No vio ningún signo de violencia ni de revueltas callejeras. Si las miradas se concentraban en odio a su paso, no lo advirtió.

París se hallaba en perfecta calma aquella mañana del 27 de junio. Una calma tensa y expectante.

Sus pasos lo llevaron hasta el Pont au Change. Ya hacía un año que se habían demolido las viviendas construidas a lo largo del puente, pero los orfebres y perfumistas que tenían allí sus tiendas habían buscado otras en los alrededores. A Louis se le ocurrió una idea. Estaría bien tener un pequeño gesto, un regalo inofensivo que nadie pudiera reprocharle, pero que hiciera que Hélène le recordase. Las perlas se habían quedado en su dormitorio de Tours por demasiado comprometedoras. Tenía que ser algo sencillo y personal. Nada mejor que un perfume.

Entró en uno de los establecimientos que solía frecuentar, el del afamado artesano Antoine Gautier. El aprendiz lo reconoció en cuanto entró y corrió a llamar a su maestro.

—Ilustrísima —dijo el perfumista saliendo de la trastienda e inclinándose cumplidamente. Louis era uno de sus mejores clientes y no iba a escatimar las atenciones—. ¡Cuánto tiempo sin veros!

—He estado fuera —dijo parco Louis.

—¿Y habéis vuelto ahora? Es admirable —dijo Gautier colocándose sus lentes sin que Louis entendiese qué había de admirable en el hecho de regresar a tu propia casa—. Pero no quiero molestaros con mi charla. ¿En qué puedo ayudaros?

—Quiero que me aconsejéis. Necesito un perfume. En realidad dos, uno es para mi tía. Tiene sesenta y dos años —explicó Louis, como si con eso ya no hubiese necesidad de añadir más.

—Comprendo, *sire*. ¿Lavanda y espliego?

—Eso mismo —dijo Louis.

Gautier no tardó en volver. Era un comerciante eficiente y muy bien provisto. Su establecimiento era de los mejores de la ciudad. Buscó un trozo de fieltro y con cuidado depositó un pequeño recipiente cristalino de intenso color violeta.

—¿Es de vuestro gusto, excelencia?

Louis asintió con un gesto sin dedicarle la más mínima atención.

—¿Y el otro?

Echó un vistazo pensativo a los estantes. Había centenares de frasquitos de vidrio, jabones, ungüentos, pomadas... Louis habría querido encontrar algo original y único, algo distinto. El problema residía en que era cliente asiduo. Todo le parecía gastado. A Mignon le había regalado polvos de arroz y carmín; a Jeannette, esencia de jazmín; a Madame d'Alenson, leche de albaricoque y almendras; a Silvina, agua de Florencia... Quizá no había sido una idea tan buena.

—¿Deseáis que os aconseje? —dijo el hombre solícito viendo sus dudas—. Es para una dama también, supongo.

—Sí, una dama.

—¿Casada? —aventuró Gautier, que no ignoraba las costumbres de Louis.

—No, no está casada —negó Louis renunciando a terminar la frase con el molesto «aún» que resonó en su cabeza.

—Mmm. Eso es más delicado —murmuró el comerciante como si solo tuviese un interés estrictamente profesional en el tema—, entonces supongo que será muy joven.

—Sí, es joven.

—¿Y honesta? —preguntó Gautier alzando las cejas y dejando que sus lentes le resbalasen casi hasta la punta de la nariz.

—Por supuesto que es honesta —dijo furioso Louis, y cualquiera hubiera dicho que esa fuera una virtud que él acostumbrase a apreciar.

—Por supuesto —acordó en el acto Gautier, y pensó con rapidez para evitar el furor de Louis—, entonces azahar. El azahar es el perfume adecuado.

—¿Azahar? —dudó Louis.

—Sí, azahar. Seguro que no ignoráis que el azahar es el símbolo de la pureza.

—¿Y cómo huele el azahar?

—Oh, es un aroma maravilloso, delicado, sutil, sublime... Muy adecuado para una joven dama. Esperad, os lo mostraré.

Gautier volvió a desaparecer en la trastienda. Enseguida regresó con una botella grande y un pañuelo de batista muy limpio. Humedeció solo la punta y sacudió el pañuelo en el aire. Un perfume floral y fresco se impuso en el acto sobre la confusa amalgama de aromas de la tienda.

—¿Os gusta?

—Es justo como decís —asintió Louis un poco afectado—: delicado, sutil...

—Entonces ¿os lo lleváis? —preguntó Gautier, atento, tras esperar a que Louis despertase del ensueño en el que se había quedado traspuesto.

—Sí, sí, me lo llevo —contestó recuperando su actitud habitual, altiva y fría—. ¿Podéis prepararlo ahora mismo?

—Cómo no, excelencia, en un instante.

Gautier cumplió su palabra y no tardó más que un minuto en preparar un recipiente transparente, la mitad de alto que una manzana.

—Apuntadlo en mi cuenta.

Para sorpresa de Louis, Gautier puso mala cara. Aceptó, pero con condiciones.

—Si no os sirve de molestia, mandaré a mi criado esta tarde a Tremaine con la nota, *sire*. Dadas las circunstancias, comprended...

Louis no comprendía, pero imaginó que Gautier se refería a su situación una vez que su tío le había restringido las rentas. Eso le humilló, que todo París estuviese enterado de lo precario de sus finanzas. Se consoló pensando que en cuanto se casase con Claudette, regresaría a su estado anterior y jamás volvería a pisar el comercio de Gautier.

—Mandad a vuestro criado cuando os apetezca —dijo con brusquedad abandonando el local y dejando que Pierre, que esperaba fuera, se encargase de recoger los paquetes.

Regresó a Notre Dame dolido en su amor propio. Augustine y Hélène le esperaban al pie del pórtico central. Augustine estaba inquieta. Hélène miraba la fachada y las altas torres góticas, pero sus ojos parecían no ver. A Louis le pareció perdida en un lugar demasiado grande y le hizo olvidar su orgullo afrentado.

—¿Dónde te habías metido, Louis? —dijo Augustine, que ya comenzaba a preocuparse por su tardanza.

—Disculpad, tía. Se me ocurrió que debía tener una atención con vos, para recompensar vuestro cariño y vuestra hospitalidad —dijo cogiendo el frasco azul de las manos de Pierre—. Es solo un pequeño detalle.

—Oh, Louis... Siempre tan gentil —dijo la señora, encantada, olvidando la espera—. No hacía falta que te molestaras.

—No es nada. También le he comprado algo a Hélène.

—Bueno, ¿no es extraordinario? No sé cómo hay quien no te aprecie, Louis. Eustache no conoce tu buen corazón, pero yo le haré cambiar de idea. Verás como cuando sepa lo de tu compromiso con Claudette Marcigny se arreglará todo.

Louis le tendió el perfume a Hélène. Ella lo cogió, pero ni la intensidad de la mirada de Louis ni el segundo de más que los dedos de él se quedaron rozando los de ella al entregárselo, consiguieron que desapareciera el gesto ausente de Hélène.

—Es azahar —insistió él tratando de hacerla reaccionar.

—Azahar —aprobó Augustine—. Magnífico, magnífico.

Hélène fijó por fin su mirada en Louis. Seria y grave, aunque su voz solo fue un murmullo.

—No era necesario.

—Bien, vámonos —dijo Augustine subiendo al carruaje ayudada por Pierre—. Estoy deseando ver a mi hermano. Debe de estar intranquilo.

El cochero los llevó al palacio de Bearnes. Louis

había acordado ya con Augustine que no se presentaría ante su tío hasta que ella suavizase un poco las cosas. Así que, cuando el carruaje se detuvo, las dos mujeres bajaron y él permaneció dentro.

Le pidió al cochero que esperase mientras subían la escalera. Justo antes de entrar, Hélène se volvió un momento y se lo quedó mirando. Luego desapareció en el interior detrás de su tía.

Louis dio un par de golpes rápidos y bruscos en la madera y el cochero arreó a los caballos. Mientras el carruaje daba tumbos por las calles mal empedradas, Louis se recostó contra el banco y se dio cuenta de que se sentía desmesuradamente triste. Habría asegurado que no era posible sentirse más triste hasta que vio el pequeño frasquito de cristal transparente que Hélène había dejado abandonado sobre los cojines.

Entonces su tristeza se hizo mayor.

24

Al día siguiente, Louis se despertó de pésimo humor y peor ánimo. En otras circunstancias ya habría mandado docenas de billetes y cartas anunciando su regreso a todas sus amistades, pero por el momento no se sentía en disposición de ir de visita y tampoco de recibirlas. Desayunó, comió, cenó y pasó todo el día solo, y solo también se acostó en su gran lecho vacío. Las noches eran largas y el sueño tardaba en llegar. Echaba de menos a Hélène.

Pensaba en ella instalada en Bearnes. Su gesto inseguro, sus vestidos grises, sus dedos llenos de diminutos pinchazos. También pensaba en su tío, y las ideas que venían a la cabeza de Louis eran amargas. Su plan de vengarse de Eustache se había torcido totalmente. Ya no le parecía que se hubiese burlado de su tío al seducir a Hélène, más bien era su tío el que se burlaba completamente de Louis. La cierta posibilidad de las manos artríticas de Eustache profanando el cuerpo de Hélène le provocaba náuseas y temblores. Tal vez ni siquiera aguardase a la boda, tal vez hubiese querido adelantarse a sus derechos ya, aquella misma noche.

Esos temores alteraban su sueño e impedían su sosiego. Louis pasaba los días inquieto, imaginando posibles y rápidas soluciones. Una caía por su propio y evidente peso. Era algo que había deseado con fuerza en anteriores ocasiones, pero el solo hecho de desear no sirve de nada si no va acompañado de la acción. Louis pensaba en muchas acciones, pero no acababa de decidirse por ninguna de ellas. La idea en la que más reincidía era en la del envenenamiento. Con su tío muerto sin descendencia, él heredaría todos los bienes, Hélène se quedaría sin marido y, tal vez, incluso pudiera, si no anular, sí retrasar el matrimonio con Claudette. Una solución perfecta. Solo un detalle le retenía, aparte de los prácticos en los que aún no se había detenido a meditar: conseguir secretamente el veneno, hacer que su tío lo ingiriese, asegurarse de que la dosis fuera mortal y, ante todo, evitar que sobre él recayeran las sospechas. Muchos detalles de no fácil solución. Pero no era eso lo que refrenaba a Louis. Era el mismo hecho de la muerte lo que le paralizaba. Louis imaginaba a su tío agonizando entre terribles estertores, durante horas, días quizás; y él tendría que estar a su lado, junto a la cabecera de su cama, Augustine no permitiría otra cosa, soportando el remordimiento de saberse culpable y velando su sufrimiento. Y cada vez que lo pensaba, desistía de ello.

Louis se sorprendía descubriéndose a sí mismo. Por mucho tiempo se había considerado frío, desprovisto de emociones, al menos de profundas emociones. En el círculo en el cual se movía era lo que se consideraba deseable, y Louis había sobresalido en su práctica. Sin embargo, ahora apreciaba que no era auténticamente cruel, que su frialdad era solo superficial, que era capaz de amar. Y que amaba a Hélène.

¿Y qué sacrificios estaba dispuesto a hacer por ese amor? Era el único que había sentido, así que a veces Louis se creía capaz de cualquier cosa por conservarlo. Y entonces era cuando volvía a sus planes para asesinar a su tío.

Así son en ocasiones los hombres. Se devanan los sesos en planes desmesurados y complicadas estratagemas cuando la solución más sencilla suele estar siempre delante de sus propias narices.

Louis tardó en ver esa solución y solo dio con ella cuando, tras pasar una semana de sufrimientos propios de un suplicio infernal, esperando en vano un billete de Hélène o una carta de Augustine, y tras no recibir noticia alguna, se decidió a presentarse en Bearnes por las buenas.

Iba en guardia y apurado, pensando en lo que le diría a su tío cuando le recibiera. La última vez que se vieron, Eustache había amenazado con partirle un bastón en la cabeza y Louis había jurado que se vengaría. Su tío no era de los que olvidaban con facilidad. No esperaba un abrazo.

Pero ni siquiera su abstracción le impidió a Louis darse cuenta de la anormal agitación y de la numerosa presencia de soldados y caballerías en todas las calles. Al cruzar la puerta de Saint-Martin divisó grupos de tropas reales. Los guardas vieron las armas de su carruaje y lo dejaron pasar sin mayores problemas. A Louis aquello le parecía desmedido, pero nunca estaba de más un poco de seguridad en las calles.

En Bearnes, el viejo criado, que ejercía como chambelán desde que Louis tenía uso de la memoria, le dijo que su tío estaba ausente pero que podía aguardar a su regreso. Louis preguntó por Augustine y el criado contestó que también estaba ocupada, pero que trataría de darle el recado. Louis esperó, esperó y esperó. Mucho más de lo que habría esperado en cualquier otro caso y al fin su paciencia se vio recompensada. No vio ni a Augustine ni a su tío. Fue Hélène la que apareció de improviso.

Louis se levantó de un salto de la silla y corrió hacia ella sin importarle el lugar en el que estaban.

—¡Habéis venido! —exclamó eufórica ella corriendo también hacia él.

Hélène se abrazó a su cuello. Louis la estrechó contra sí mientras sus labios se encontraban. Hélène temblaba, o tal vez era Louis o realmente ambos. Pero ella se apartó con la misma rapidez con la que había corrido y miró asustada a su alrededor.

—Aquí no. Podrían vernos. —Ella dudó un segundo, pero se decidió pronto. Cogió de la mano a Louis y tiró de él para que la siguiera por una de las puertas laterales.

Louis se dejó llevar. La pasión que Hélène le provocaba sublimada por el riesgo de ser descubiertos. Salieron a otro corredor secundario. Hélène volvió a dudar. Abrió la primera puerta que encontró y que resultó ser un pequeño saloncito para las visitas de confianza. Era coqueto y femenino. Louis dudó de que su tío lo utilizase alguna vez. Su reducido espacio se hallaba decorado con alfombras persas, jarrones de Sèvres y divanes tapizados con crepé de China. El estampado tenía tantas flores que a Louis le pareció hallarse en un jardín.

Hélène encajó la puerta y luego se echó en sus brazos como lo habría hecho una niña pequeña: con los ojos cerrados y apoyando la cabeza contra su pecho. A Louis aquello le desconcertó un tanto. El fugaz beso y la intimidad del saloncito habían alimentado su pasión, pero ahora se trataba de otra cosa. Acarició su pelo con ternura y se conformó con contemplarla. Hélène parecía aún más joven de lo que la recordaba. Quizá por el desamparo que su rostro reflejaba, por el pelo recogido sin gracia detrás de las orejas, por la cara limpia y pálida.

—Os he echado tanto de menos... —le dijo con dulzura.

—Yo también os he echado de menos —dijo ella abriendo los ojos.

—¿Estáis bien? —preguntó Louis intentando calmar sus remordimientos—. ¿Os tratan bien?

Quizás habría sido mejor que no hubiese dicho nada porque Hélène se desasió de él y el brillo que iluminaba su mirada un momento antes desapareció sin dejar el menor rastro.

—Vuestro tío me trata bien si es lo que queréis decir —dijo dándole la espalda.

Si pretendía hacerle sentir culpable, lo consiguió por completo.

—Yo solo...

—Apenas lo veo —interrumpió Hélène—. Está siempre recibiendo visitas o haciéndolas. Hoy ha ido con otros caballeros a pedir audiencia al conde de Artois. Lo ha dicho en el desayuno.

—El conde de Artois es el hermano de su majestad —dijo Louis, confundido, pues su tío nunca se había mezclado en los asuntos de la corte.

—Ya lo sé —dijo Hélène mirándolo con reproche, como si pensase que Louis la creía completamente estúpida—. Es por las revueltas. Todos están muy preocupados. Vuestra tía no para de rezar.

—Pregunté por ella, pero nadie me recibió —dijo Louis, confuso. No había creído que los alborotos fueran tan graves.

—Está en la capilla. No sale en todo el día. Ha dado orden de que no la molesten. El chambelán de vuestro tío me dio el recado a mí y he salido sin avisarla.

—No debería comprometeros —murmuró Louis, que se daba cuenta de que desafiaba las más elementales precauciones encerrándose a solas con Hélène en la propia casa de su tío.

—Eso... —dijo Hélène bajando el rostro—. La verdad es que me alegro de que hayáis venido. Necesitaba hablar con vos.

Ni el tono ni el gesto angustiado de Hélène auguraban nada bueno. Louis sintió que el corazón se le encogía.

—Decid.

Hélène alzó la barbilla y se enfrentó a él.

—No voy a casarme con vuestro tío.

Las palabras de Hélène sonaron desafiantes, pero lo que Louis experimentó fue alivio. Puro, auténtico y genuino alivio.

—¿Puede ser cierto? —dijo cogiendo sus manos—. ¿Mi tío ha decidido suspender el compromiso?

Louis se acusó de no haber pensado antes en esa feliz posibilidad: la de que su tío recapacitase y decidiese que Hélène no le convenía como esposa. Pero Hélène no le dejó alegrarse mucho tiempo.

—No ha sido él. Soy yo. No voy a casarme y no me importa lo que digáis —dijo queriendo soltarse de sus manos—. No voy a casarme con él de ninguna de las maneras.

El rostro de Hélène amenazaba con romper en llanto, y con su actitud y sus palabras parecía querer defenderse de Louis; si Louis buscó argumentos con los que rebatirla, no los encontró. Lo que recordó fue su propio temor. Sus planes para acabar con la vida de su tío cobraron renovada fuerza y ya no le parecía tan lamentable que Eustache muriera entre espantosos sufrimientos si se le había ocurrido hacer daño a Hélène.

—Pero... ¿os ha tocado? —dijo Louis temiendo escuchar la respuesta.

—¡No, no me ha tocado! —dijo Hélène ahora ya claramente furiosa y con los ojos llenos de lágrimas—. ¡Y no voy a dejar que lo haga! ¡Es viejo... y es... frío y... rígido y severo... y... y no quiero acostarme con él y no voy a hacerlo!

—Hélène —murmuró Louis queriendo abrazarla y no decidiéndose a hacerlo. Se sentía feliz y liberado de un gran peso, pero también sabía que ella estaba furiosa con él, y no podía negar que tuviera buenas razones.

—Esto no tiene nada que ver con vos —dijo ella serenándose y apartándose de él, a la vez que se pasaba el dorso de la mano por la mejilla para limpiarse las lágrimas—. Hablaré con vuestra tía y le daré las gracias y le diré que esto no es para mí. Volveré con mi madre y buscaré un trabajo. No me importa trabajar, siempre he trabajado. Buscaré un taller de costura o lavaré ropa o fregaré suelos, pero no voy a casarme con él.

—Pero Hélène —dijo Louis, consternado, imaginando a Hélène lavando ropa de rodillas o cosiendo con la espalda encorvada durante horas y horas.

—¡No tratéis de convencerme; no lo vais a conseguir! —le advirtió Hélène—. ¡Y no me importa que vos os caséis con Claudette! ¡Os deseo que seáis muy feliz! —dijo con la voz quebrada por nuevas lágrimas.

—Hélène...

Fue a abrazarla, y, aunque Hélène se resistió y quiso soltarse, él no cedió y continuó abrazándola contra sí con fuerza hasta que ella se rindió y se reclinó contra Louis rompiendo en sollozos.

—¡Lo odio, no me ha hecho nada, pero lo odio!

—No lloréis —suplicó Louis—. Todo se arreglará. Hablaré con mi tío. Me casaré con vos.

Las lágrimas de Hélène se detuvieron con la impresión.

—¿Cómo habéis dicho?

—Lo que habéis oído —afirmó Louis, que fue el primer asombrado por sus palabras. No las había pensado hasta que las había pronunciado, pero no se iba a echar atrás. Era como si una vertiginosa corriente de honestidad y buenas intenciones lo arrastrase consigo.

—Pero ¿qué hay de Claudette?

—Me disculparé con su padre. Le escribiré una carta. —Sí, porque presentarse en Tours para ofrecer sus disculpas estaba descartado—. Recomendaré a Claudette. De seguro que no le faltarán los pretendientes.

Su sonrisa alentó a Hélène. Empezaba a pensar que Louis quizás hablase en serio.

—¿Y vuestro tío?

—También me excusaré con él —afirmó decidido, aunque sin sonreír ya.

—Pero no tengo dinero... y vos tampoco lo tendréis.

—¡Dejad de poner inconvenientes! —gritó Louis, nervioso—. ¿Os queréis casar conmigo o no?

Hélène se quedó boquiabierta, era otra de sus costumbres, aunque tardó en reaccionar más de lo habitual. Louis temió haber sido un poco brusco. Bien, tal vez muy brusco. Ahora precisamente le venía a la cabeza su petición de mano a Claudette. Había hincado una rodilla en el suelo a la vez que tomaba su mano y le rogaba que aceptase ser su esposa. Ella había aceptado, por supuesto. Eso había sido justo después de que su padre le garantizase por escrito los cien mil ducados anuales. Ducados a los que ahora tendría que renunciar, pero también prefería no pensar en eso por el momento.

—Sí, sí quiero, claro que quiero —respondió Hélène echándose en sus brazos y cubriéndolo de besos, riendo y llorando a la vez.

Louis se sintió muy feliz, noble y orgulloso. Eran sentimientos agradables y totalmente nuevos para él. También Hélène se sentía muy feliz, pero su inseguridad volvió a hacer acto de presencia.

—¿Estáis seguro de que no os arrepentiréis?

Louis enjugó las lágrimas de sus mejillas; quería apartar también su temor. Claro que no se arrepentiría. La amaba.

—Jamás.

La besó ardientemente. Tomó su boca a la vez que hundía los dedos en su pelo. Un beso largo, apasionado, inacabable. Hélène volvió a olvidar cualquier posible y futuro contratiempo.

—Debí hacerlo antes, lo sé, pero aún no es tarde —le susurró Louis al oído. La temperatura de Hélène subió y los lóbulos de sus orejas volvieron a ponerse completamente encarnados, igual que cuando la conoció. Louis los adoró.

No pudo evitar volcarla sobre uno de los divanes. La posibilidad de que los descubrieran, que se hallasen en pleno día y la luz entrase a raudales por las ventanas, que el diván fuese coqueto, pero no lo bastante amplio para poner en práctica con comodidad lo que Louis tenía en mente, nada lo detuvo. Louis era de los que tardaban en decidirse; pero una vez que lo hacía, persistía hasta el final.

Que Hélène se dejase desnudar no tenía tampoco nada de extraño. Si lo había hecho cuando Louis no le prometía nada, ¿cómo no hacerlo ahora que le había pedido que fuera su esposa?

Por fortuna y según dicen, la suerte acompaña a los

audaces, y nadie interrumpió a Louis y a Hélène mientras él recorría, como quien vuelve al hogar, su amado y venerado cuerpo. Era tan bella desnuda... Sus brazos esbeltos y largos, su vientre terso y dulce, el pequeño antojo con forma de fresa junto a la ingle. Louis lo conocía ya a la perfección y no podía esperar más para hacerla suya por entero. Lo había deseado tanto...

Por eso, quizá, se puede disculpar que Louis no dedicase demasiado tiempo en brindar a Hélène las atenciones que muchas otras veces le había destinado. Tenía prisa por concluir lo que con tanta paciencia había aguardado y penetró a Hélène con cuidado, sí, porque no quería lastimarla, pero con premura.

Hélène dio un grito ahogado. Louis también quiso gritar. Ella lo abrazaba estrechándolo contra sí como si nunca lo fuese a soltar. Él solo habría querido hundirse en su cuerpo más y más. Hélène buscó su boca queriendo ser besada. Louis lo hizo como si pretendiera ser uno con ella, mezclarse en una sola y única esencia. Un instante febril, irrepetible, magnífico... pero... corto. Demasiadas y muy intensas sensaciones para la resistencia menguada por la emoción y la pronunciada espera de Louis.

Jadeó recuperando el aliento tras tan intensa experiencia, apoyado contra la frente de Hélène. Cuando se sintió más recuperado se alzó un poco para contemplarla. No tardó en darse cuenta de que Hélène no parecía tan dichosa como él habría esperado.

—¿Estáis bien? ¿He sido demasiado brusco? No quería haceros daño —dijo preocupado—, pero es normal que la primera vez os duela, pasará.

—Oh, no... Estoy bien. No ha sido tan terrible. Me ha dolido un poco, pero no mucho. —Y era cierto, aunque ahora que lo decía comenzaba a sentir un molesto escozor.

—¿Entonces? —preguntó Louis, que no veía a Hélène muy convencida.

—¿Entonces? —repitió ella haciéndose la tonta en vez de responder.

—¡Entonces ¿qué es lo que os pasa?! —dijo Louis apartándose. La conocía bien, no se iba a dejar engañar ni siquiera aunque hubiese prometido que se casaría con ella—. No me mintáis, ¿por qué no os ha gustado?

—¡No es que no me haya gustado! —aseguró rápidamente Hélène—. Es solo...

Hélène calló con timidez, pero Louis no estaba para esperas.

—¡¿Es solo qué?!

—Es solo que otras veces ha sido tan maravilloso que esperaba que fuese... no sé... ¿más?

—¡¿Más?! —gritó Louis sin creer lo que oía, humillado en su amor propio.

—Sí, más, ¡pero ha estado muy bien, de veras! —añadió Hélène tratando de animarlo.

—¡Puedo hacerlo mejor! —afirmó Louis, indignado—. ¡Me he contenido precisamente por vos!

—¡Os creo y os lo agradezco! No os enfadéis conmigo —suplicó preocupada Hélène viendo su pequeña rabieta—. Me habéis pedido que os dijese la verdad y por eso lo he hecho, pero no es eso lo que me importa. Me habéis hecho muy feliz de todos modos.

Louis se volvió hacia ella solo un poco más consolado. La sonrisa de Hélène consiguió hacerle olvidar en parte.

—¿De verdad?

—De verdad —dijo ella apoyando la mano en su rostro—, y también quiero deciros algo más. —Hélène se detuvo y Louis indagó en sus ojos avellana tratando de leer en ellos—. No tenéis por qué casaros conmigo si no lo deseáis. No os sintáis obligado. —Louis intentó hablar, pero Hélène lo detuvo apoyando los dedos sobre sus labios—. Os amo, pero no quiero que lo hagáis si verdaderamente no lo deseáis.

Hélène trataba de mantenerse valiente y serena, aunque sus labios temblaban y sus ojos brillaban. Louis sintió romperse de amor y a pedazos su corazón.

—Os amo más que a nada y nada impedirá que os haga mi esposa. ¿Lo habéis comprendido? Mañana a lo más tardar hablaré con mi tío.

El rostro de Hélène reflejó el temor.

—Pero os odiará más. Quizá deberíamos esperar. Aguardad a que hable yo primero con él y más tarde...

—No —dijo Louis con firmeza—. Antes o después tendrá que saberlo y pensará que le hemos estado engañando. —Y no habría sido una suposición absurda—. Hablaré claro con él y se lo explicaré todo. O no todo, solo lo imprescindible —rectificó Louis.

—¿Creéis que es una buena idea? —dijo Hélène reclinándose contra él, buscando el contacto tibio de su piel.

Louis pasó el brazo por su espalda, desnuda, y la atrajo hacia sí por la cintura.

—Por supuesto que sí. No temáis nada. Todo irá bien. Nos amamos.

Louis la besó. Su pecho desnudo rozando el de Hélène. Ella respondió a su beso. La luz del ventanal caía sobre ellos y los envolvía. Les prestaba su calidez. Los unía.

25

Fue duro dejar a Hélène en Bearnes. Fue duro ayudarla a vestirse, besar una última vez sus labios y tener que dejarla sola en el enorme vestíbulo principal. Pero por primera vez en su vida, Louis estaba decidido a hacer lo correcto. Podría decirse que su amor por Hélène había causado una revolución en su forma de pensar y actuar. Por fin había visto la luz y se sentía feliz y satisfecho consigo mismo. Tendría que cambiar sus costumbres, claro está: no más amoríos pasajeros ni devaneos de una noche. Eso no le molestaba. En honor a la verdad, ninguna de aquellas aventuras había logrado hacerle sentir ni la décima parte de los sentimientos que experimentaba con Hélène. La pasión, el frenesí, la dicha y el tormento que ella le inspiraba no tenían comparación posible. Ni el amor. Se sentía eufórico por el simple hecho de amarla y que Hélène también lo amase lo hacía todo perfecto.

Claro que no se olvidaba del resquemor que le había dejado su reciente y regular actuación en las primicias de Hélène. Eso le producía una irritante comezón. Durante el camino de vuelta a Tremaine había estado a punto más de una vez de ordenar al cochero que diese media vuelta y regresase a Bearnes para enseñarle a Hélène lo que era «más». Había necesitado recurrir a todo su buen juicio para evitar la precipitación.

No, no más irresponsabilidades ni insensateces. Presentaría sus humildes disculpas a Claudette, hablaría seriamente con su tío y le explicaría que por fin había comprendido que tenía razón y que había llegado el momento de poner en valor sus propiedades. Louis entornó los ojos. Administradores, arrendatarios, escribanos, contadores..., un duro trabajo el que se le venía encima. Pero tendría a Hélène y muchos días para hacer que se arrepintiera de sus palabras. El pensamiento de las pequeñas perversidades que pensaba realizar con ella lo distrajo por entero del resto de preocupaciones. Imaginar su rostro embelesado en el éxtasis del placer, disfrutar de su amable disposición frente a todo tipo de extravagancias y caprichos, de su exquisito y contagioso goce. Eso haría que diese por bien empleado todo lo demás, incluso la pérdida de los cien mil ducados. No tener que soportar a Claudette era una recompensa añadida.

Esa noche durmió mucho mejor, profundamente y de un tirón. Se levantó fresco, despejado y optimista. Se aseó y se vistió con moderada sencillez para poner de manifiesto su nueva actitud. Quería agradar a Eustache y mostrarle lo mucho que había cambiado. Se miró en el espejo y se imaginó explicando a su tío que no pretendía ofenderle, pero que deseaba casarse con

Hélène. No pudo evitar cierto estremecimiento nervioso. Era muy posible que su tío no recibiese la noticia con entusiasmo.

Louis se dio ánimos a sí mismo diciéndose que Eustache tendría que reconocer el mérito de su sinceridad y arrojo. Quizá se enfureciese al principio, pero terminaría por aceptarlo. O eso esperaba.

A las ocho ya iba camino de Bearnes. Había pedido audiencia al chambelán de su tío. Este lo había mirado con cierta suspicacia y lo había citado a primera hora. Louis supuso que lo hacía con intención de fastidiarlo, y en cualquier otra ocasión lo habría conseguido, pero, por una vez, le alegraba. Al cruzar las puertas, volvió a encontrarse con grupos de soldados. Atravesaba los arrabales de Saint-Cloud cuando una piedra golpeó contra el cristal. Louis dio un salto dentro del carruaje y la sangre le hirvió y no se le derramó de pura casualidad, porque los pedazos rotos y cortantes llovieron a su alrededor. Más golpes resonaron, el cochero azuzó a los caballos y el carruaje se tambaleó por los baches del camino. Louis se asomó por la ventanilla rota y no vio más que unas sombras andrajosas saltando entre los tapiales.

Por más que quiso serenarse aquel incidente enturbió su ánimo, incluso le pareció de mal agüero. ¿Para qué servían tantos soldados si cualquier mendigo podía atacarte en plena calle? Cuando llegó a Bearnes, encontró un tanto debilitada su confianza, pero ya no era momento de echarse atrás. El viejo chambelán volvió a mirarlo mal. A Louis comenzaba a cargarle la actitud del viejo criado. Si estuviese a su servicio, haría ya mucho tiempo que lo habría despedido, y si llegaba a estarlo algún día y aún no había fallecido, lo echaría a la calle sin dudar. El servidor le dirigió un último vistazo hostil y después lo anunció. Louis tiró de las esquinas de su levita y acudió al encuentro con su tío.

—Ilustrísima.

Su tío lo miró desde su asiento. El ceño fruncido y la frente arrugada. Estaba aún más viejo que como lo recordaba. Louis se estremeció pensando en Hélène desposada con él y aquella visión le dio nueva entereza.

—¿Ahora se te ocurre presentarte? —gruñó áspero.

Se lo veía furioso, pero no como si fuera a echarlo en ese mismo momento. Louis pensó que debía comenzar por excusarse. Verdaderamente estaba dispuesto a todo.

—Tenéis razón. Debí venir antes, pero temía importunaros. Nuestro último encuentro fue muy desafortunado e imaginé que había perdido vuestro favor. Fue muy poco considerado por mi parte. Permitid que os presente mis disculpas.

Eustache hizo una mueca agria, pero acabó agitando la cabeza con contenida aprobación. Como a la mayoría de los poderosos, le agradaba que la gente se humillase ante él.

—Sí, debiste venir y debiste comenzar antes a ocuparte en algo de provecho y no llegar ahora a hacerme perder el tiempo. Tú no tenías que estar aquí y yo tampoco. El conde de Artois celebra una reunión en el Trianon y no puedo faltar. ¡Y no estaría de más que tú también estuvieras! —le reprochó.

—Si lo deseáis, tendré sumo gusto en acompañaros

—se ofreció Louis, solícito, aunque, la verdad, dudaba de que cuando la conversación terminase su tío siguiese deseando que lo acompañase a sitio alguno—. Ignoraba que también hoy tuvieseis audiencia en palacio.

—¡Por eso pasa lo que pasa! —gritó su tío, furioso—. Los jóvenes os habéis desentendido de todo y nos toca a los viejos ocuparnos. Los jacobinos se sublevan y pretenden acabar con todo lo que es sagrado, ¿y qué haces tú? ¿Qué hacías tú en Tours, Louis?

—Eso... —dijo Louis sacándose los guantes sin conseguir impedir el nerviosismo—. Veréis...

—¡No me vengas con rodeos! Tu tía me lo ha contado todo. Vas a casarte con una tal Claudette. ¡Al menos podías habérmelo dicho!

—Todo fue un poco precipitado —dijo Louis tragando saliva y tratando de encauzar una conversación que se le iba de las manos.

—Y aunque ella lo niega, estoy seguro de que le has sacado a tu tía todo lo que has podido —añadió echándose para adelante en la silla y estudiándolo con ojos encogidos y sagaces.

—No es exactamente así, tío. Me gustaría explicároslo más despacio —rogó Louis.

Su actitud debió de despertar la extrañeza de Eustache, porque volvió a reclinarse en la silla aunque siguió metiéndole prisa.

—Bien, explícate pero rápido. Ya te he dicho que tengo una reunión.

—Veréis... —dijo Louis sin saber por dónde empezar—. Todo este tiempo que ha transcurrido desde nuestra discusión... he estado reflexionando... sobre muchos asuntos... Sin ir más lejos, he comprendido que teníais razón en cuanto a lo de sacar provecho de mis tierras y he decidido ponerle solución de inmediato. De hecho quería que me recomendaseis un buen administrador.

—¿Un buen administrador? Pues has elegido un buen momento para pensar en administradores —barbotó su tío, aunque pareció ablandarse un poco—. Procuraré mandarte alguno, si piensas recibirlo esta vez, claro está.

—Por supuesto que lo recibiré, tío, y también estoy más interesado en la política. No podemos consentir que esos liberales destruyan el orden social.

Su entusiasta declaración terminó de convencer a Eustache. Su tío cabeceó magnánimo.

—Eso está bien. Veo que has madurado, Louis. Ya iba siendo hora.

—He cambiado, señor. Es cierto —dijo Louis atragantándose ahora que llegaba el momento de la verdad—. Y ha sido por una buena razón.

—Desde luego que ha sido por una buena razón. Ha sido porque has visto que te tenías que sacar tú solo las castañas del fuego.

—Sí, señor —asintió Louis, que no quería llevarle la contraria—, pero también por algo más.

—¿Algo más? ¿Te refieres a tu boda? Si crees que voy a darte ni un franco más por esa boda, estás muy equivocado —dijo Eustache apuntándolo con el dedo en señal de advertencia.

—No necesito nada, tío —aseguró Louis—, nada que no sea vuestra gracia y vuestra comprensión.

—¿Mi gracia y mi comprensión? ¿A qué diantre te refieres?

El ligero amago de buen humor de su tío se estaba esfumando con rapidez. Louis se fijó en su raído pelo cano, en su gesto taimado y desconfiado, su dura y resistente corteza. No era fácil, pero tenía que intentarlo.

—He recapacitado, tío, y he cambiado. Sé que no llevaba la vida que deseabais y ahora yo tampoco la deseo. Y aunque os pueda parecer loco y absurdo, ha sido el amor el que me ha hecho cambiar.

Su discurso consiguió cuando menos desconcertar a su tío.

—¿El amor? Vaya, no me digas que ahora te vas a convertir en poeta. Era lo que me faltaba por ver, pero en fin... Supongo que eso está bien. Tendré que darle las gracias a tu esposa cuando me la presentes. Augustine me ha dicho que su familia no tiene ningún título, pero no le faltan los ducados, ¿verdad, sobrino? Y el amor, claro, no nos olvidemos del amor —dijo su tío, irónico.

—No es de ella de quien estoy enamorado, señor. —Louis ya no aguantaba más la tensión y prefería acabar de una vez a seguir alimentando el equívoco—. Se trata de Hélène. Hélène Villiers —dijo como si pudiera haber confusión posible con alguna otra Hélène—. La amo y deseo casarme con ella. Recurro a vuestra magnanimidad, os pido perdón y os ruego vuestro permiso.

Un silencio tenso llenó el gran salón. Las manos de Eustache se crisparon sobre los asideros del asiento, su rostro tomó mal color y se contrajo deformado. Louis pensó en una apoplejía y no le pareció que eso fuese lo peor que pudiese ocurrir. Sin embargo, Eustache se recuperó lo suficiente para hacerle otra pregunta.

—Mi perdón, eh... ¿Y ella? ¿Qué opina de esto ella?

Louis vaciló. Sus esperanzas de que las buenas intenciones triunfasen se le revelaron de pronto como ridículas, pero de todos modos no iba a salir de Bearnes sin llevarse consigo a Hélène, así que mejor hablar claro.

—Ella me corresponde, ilustrísima. No ha sido intencionado. Os lo aseguro —dijo Louis mintiendo solo a medias, pues en ningún momento había previsto enamorarse de Hélène—. Sed benevolente —rogó— y otorgadnos vuestra bendición.

Eustache tardó algo así como un par de segundos en pensárselo antes de levantarse de la silla vociferando.

—¡¡¡Canalla, cretino, miserable!!!

—Pero, tío —balbuceó Louis dando un par de prudentes pasos atrás.

—¡Debí suponerlo cuando la boba de mi hermana me dijo que habías estado dos meses en Tours! ¡Y todavía me decía que era ella quien había insistido! ¡Que la única razón era tu compromiso! ¡Tú y esa pequeña zorra os habéis estado riendo todo este tiempo de mí!

—¡De ningún modo, tío! —se defendió Louis—. ¡Ha sido algo totalmente accidental! ¡Sé que actué mal en el pasado, pero os prometo que todo cambiará a partir de ahora!

—¡Cambiará! ¡Vaya si cambiará! ¡Con razón el mundo se encamina hacia la catástrofe! ¡No respetáis a vuestros mayores, ni tenéis vergüenza ni temor de Dios!

Eustache se iba poniendo cada vez más fuera de sí, rojo y lleno de furia.

—¡No dramaticéis, tío! ¿Qué más puede daros a vos? ¡La escogisteis como quien escoge un caballo! —exclamó Louis, que ya daba por imposible llegar a un acuerdo y no estaba dispuesto a dejar que su tío le diese lecciones de moral.

—¡¡¡Como quien escoge un caballo!!! ¡¡¡Yo te voy a dar a ti caballo!!! ¡¡¡Despídete de recibir un franco de renta, despídete de recibir ni un ducado de Augustine y despídete de esa ramera porque voy a hacer que la encierren hasta el fin de sus días!!!

Louis había aguantado impertérrito las amenazas de su tío acerca del dinero, pero palideció cuando nombró a Hélène.

—¡No podéis hacer eso!

—¿Cómo que no? ¡Es una desagradecida y una ladrona que ha abusado de mi buena fe y de la de mi hermana! ¡Pascal! —gritó llamando a uno de sus criados—. ¡Trae aquí a esa ingrata y di que preparen el coche! ¡Antes de que acabe la mañana estará en la Madeleine!

El viejo criado obedeció mientras un sudor frío recorría a Louis. Nombrar la Madeleine era como nombrar el fin del mundo. Muchas mujeres entraban allí y pocas salían de sus muros: prostitutas, asesinas, parricidas... Un destino temible y cruel. Louis olvidó el dinero y su herencia y tuvo miedo por Hélène. No era posible que sufriese por su culpa.

—¡No os atreváis a tocarle un solo pelo! —amenazó tembloroso Louis.

—¿A tocarla? ¡Seguro que tú ya te has encargado de eso!

—¡Sois un viejo miserable y mezquino! ¿Qué esperabais? ¡Podía haberme reído en vuestra cara, podría haber hecho que dieseis vuestro nombre a mis hijos! —gritó Louis perdida ya toda prudencia—. ¡He tratado de ser honesto y mirad cómo lo agradecéis! ¡Siempre habláis del honor y la tradición! ¡Vuestro honor y vuestra tradición son solo palabras vacías! ¡Basura! ¡Vos no sois más que un montón de estiércol!

Eso fue más de lo que Eustache podía tolerar; ciego de rabia se lanzó hacia el cuello de su sobrino con la manifiesta intención de estrangularlo.

—¡Granuja! ¡Malnacido!

Louis forcejeó con su tío. Era viejo, pero sus manos parecían garras.

—¡Inútil! ¡Parásito! ¡Has vivido a mi costa todos estos años!

Eustache era viejo, sí, pero de los que se niegan a aceptarlo. A Louis le costó un considerable esfuerzo liberarse y, a pesar de la mayor fuerza y juventud de Louis, su tío no se rindió. Siguió dándole puñadas y puntapiés, sin dejar por ello de proferir insultos y amenazas. Louis soportó como pudo aquella lluvia de golpes, evitando devolver los ataques. Pese a su malicia y su rencor, era su tío y un hombre mucho mayor que él.

Sin embargo, el aguante de Louis terminó por colmarse y le propinó un fuerte empellón. Eustache cayó hacia atrás, con tan mala o buena fortuna, según se mire, que se golpeó contra el borde de una de las chimeneas y se quedó desplomado en el suelo.

Louis jadeó recuperando el aliento. Por un momento lo había pasado mal, pero en ese instante se sentía triunfador físico y moral. Su tío no se levantaba, pero cuando lo hiciese le escupiría otra vez su desprecio y saldría de Bearnes con Hélène del brazo.

—Me dais pena. No necesito vuestro dinero y Hélène tampoco. Podéis quedaros con todo hasta que reventéis, ¿me oís?

Pero Eustache no estaba en condiciones de responder. Louis se dio cuenta cuando vio el pequeño charco de sangre que comenzaba a formarse bajo su cabeza.

—¿Tío? ¡Tío! Tío, ¿estáis bien?

Pregunta absurda, pues difícilmente se puede estar bien cuando se tiene la cabeza abierta por el medio. Louis se arrodilló junto a Eustache y trató de ver si respiraba. Sus manos se llenaron de sangre al tratar de reanimarlo. De esa guisa lo encontró el chambelán cuando regresó.

—¡Dios santo! ¡¿Qué habéis hecho?! ¡Lo habéis matado!

—¿Yo? —dijo Louis llevándose la mano al pecho en señal de inocencia—. ¡Se ha golpeado él solo! ¡Ha sido un accidente!

—¡Louis! —Hélène apareció sujeta por dos criados, pero se soltó y corrió a los brazos de Louis.

—¡No miréis! —dijo abrazándola contra su pecho para impedir que viese el macabro espectáculo.

—¡Prendedlo! —exigió el chambelán, tembloroso y señalándolo con el dedo. Llevaba toda la vida al servicio de Eustache y, aunque costase entenderlo, sentía un gran cariño y devoción por su señor, así que las lágrimas que se derramaron por su rostro no eran fingidas—. ¡Y a ella también! ¡Llamad a la guardia! ¡Estaban compinchados!

—¡¿Pero qué decís?! —exclamó Louis.

—¡Ayer vino a encontrarse con su cómplice! ¡Tramaron su muerte en la propia casa de su víctima! ¡Y yo lo consentí! ¡Jamás me lo perdonaré! —gimió el viejo criado mientras se atusaba los cabellos—. ¡Malditos miserables!

—¡No! ¡Os equivocáis! —dijo Hélène tratando de desprenderse de los brazos de los criados que habían acudido en masa a los gritos.

Louis suplicó en vano por ella.

—¡Soltadla!

Todo fue inútil. Louis se vio atado y preso en cuestión de minutos y tuvo que contemplar cómo Hélène era también atada y maltratada. Augustine llegó alertada por los criados y, tan pronto vio la escena, cayó al suelo desvanecida. Una doncella trató de hacerla reaccionar. Los lacayos se arremolinaban a su alrededor. Muchos golpeaban e increpaban a Louis. Hélène lloraba desesperada, lo llamaba y buscaba su mirada a través del velo de lágrimas.

Todo cobró una cierta dimensión irreal, un aire de pesadilla. Louis pensó que seguramente pronto se despertaría, estaría en su cama y en su casa y podría evitar aquella malhadada serie de sucesos.

No sabía que la pesadilla solo acababa de comenzar.

26

Es curiosa la facilidad con la que la vida cambia.

Tendemos a considerar inmutable el orden de las cosas. Los ricos siempre serán ricos, los pobres morirán pobres, los poderosos se aferrarán a su poder hasta el fin de sus días.

Cuando has nacido y crecido rodeado de lujos y caprichos, no suele entrar en tus planes pensar que, de un día para otro, puedes verte despojado de todo, privado de tus posesiones, apartado de tus conocidos, olvidado de aquellos a los que considerabas amigos.

Cuando todo en tu vida ha sido fácil, piensas que esa horrible situación en la que insospechadamente te encuentras no puede durar, que todo debe tratarse de un error, que pronto aparecerá alguien que diga: Louis, hijo querido, amigo entrañable, inmejorable caballero y mejor cortesano, este no es tu sitio. Sal de estos horrendos muros y regresa al lugar al que perteneces.

Louis esperó que eso ocurriera más pronto que tarde los primeros días de su encierro en la cárcel de la

Bastilla. En vano gritó, exigió, amenazó. Ni sus amenazas ni sus protestas evitaron que los alguaciles lo empujaran de cualquier modo a una estrecha celda sin más luz que la que provenía de un pequeño y alto ventanuco por el que no habría cabido su cabeza. Un lugar húmedo, sucio y miserable en el que no era posible dar más de diez pasos sin toparte contra la pared de enfrente; un lugar que conservaba el recuerdo de los que lo habían habitado antes que él y olía a desesperación, podredumbre y muerte.

Allí Louis proclamó a voz en grito su inocencia, apeló a su título, lloró y suplicó, exigió justicia e imploró clemencia, intentó sobornos y prometió recompensas a los carceleros sin voz ni rostro que vinieron a arrojarle un miserable mendrugo de pan. Todos lo ignoraron. A nadie le importó su aflicción, no les impresionaron sus gritos ni tampoco les conmovieron sus lágrimas. Estaban acostumbrados y Louis solo era otro preso más.

Y eran malos días aquellos para estar preso en la Bastilla. Cierto que el recinto nunca había sido conocido por su suavidad ni por su acogimiento, pero con las revueltas París vivía un estado de excepción, y la Bastilla, además de prisión, era fuerte militar. Las autoridades habían decidido trasladar a los presos para dejar sitio a los soldados. Louis, al llegar de los últimos, fue pronto olvidado. Como estaba pendiente de que un magistrado viese su caso, se le dejó apartado. Tal vez, si se hubiera hallado en el pabellón de los procesados su suerte habría sido distinta, aunque no mucho mejor, ya que en la Bastilla no valían normas ni rangos, y un conocido y disoluto marqués, acusado de muchos delitos —aunque su mayor vicio era el de la escritura—, habría dado a Louis buena fe de ello.

Su maltrato, sin embargo, no se trató de algo premeditado. Lo que ocurrió fue que se olvidaron de él. Había un constante ir y venir, pero la celda en la que lo habían encerrado estaba alejada de los lugares de paso. El guardián que se ocupaba de llevarle la comida fue relevado y nadie informó al nuevo de su existencia. Louis dejó de reclamar justicia para pedir por caridad que alguien apareciese.

Comenzó a perder la noción del tiempo. La sed le atormentaba y ya no sabía cuántos días habían transcurrido desde que devorase el último mendrugo. Nadie respondía a sus llamadas desesperadas y no oía a ningún otro preso. Del exterior llegaba constantemente jaleo de gentes, carruajes y monturas, pero los gritos de Louis se perdían en el alboroto. Cuando vio que todo era inútil, cayó en la apatía y en la resignación. Se dejó caer contra la pared y se conformó con esperar su suerte.

Las horas pasaban lentas en la Bastilla y Louis las ocupaba llenándolas de recuerdos, en especial de recuerdos de Hélène. No había dejado de pensar en ella ni un momento, pero el cariz de sus pensamientos había ido tornando. Nada más ser apresado lo que más le angustiaba, aparte de su propio estado, era el de Hélène. ¿Estaría bien? ¿Habría sido detenida y llevada a aquel horrible lugar que su tío había mencionado? Su destino se le habría antojado a Louis menos desgraciado si hubiese tenido la certeza de que Hélène se hallaba sana y salva. No había pretendido matar a su tío, aunque por más que lo intentaba no conseguía lamentar de forma sincera su muerte. Lamentaba, sí, que a causa de lo ocurrido se encontrase encarcelado, pero no más, y le atormentaba desconocer la suerte de Hélène.

A veces trataba de levantarse la moral. Se decía que aquello no podía durar, que pronto sería liberado, rescataría a Hélène de donde estuviese, se casaría con ella y vivirían juntos y felices en Tremaine. Y si nadie en la corte volvía a recibirlo, tampoco lo echaría de menos. No por nada su reciente experiencia había logrado que Louis rebajase sensiblemente sus exigencias. Ya no ansiaba la vida opulenta ni las vanidades que se usaban en los palacios. Con gusto lo habría cambiado todo por una modesta casa en el campo, una casa que compartir con Hélène, un hogar sencillo al que llegar en mitad de la jornada y encontrarla a ella afanada en alguna tarea. Ya le parecía verla con su delantal blanco atado atrás en un gran lazo. La sorprendería desprevenida por la espalda, la abrazaría y la besaría hasta que Hélène consintiese en hacer el amor sobre la mesa de la cocina.

Aquella estampa y aquella vida se le aparecían ahora como el colmo de la felicidad. También ocurría que empezaba a notar la falta de agua y sus elucubraciones tenían algo de delirio. Tras eso vino la pérdida de lucidez, y tan pronto creía estar en Tremaine, como se veía en su habitación de Tours con Hélène durmiendo desnuda a su lado. Eran ensueños dulces que hacían más soportable su calvario. Louis se entregaba a ellos y cuando despertaba no sabía si era de día o de noche. A veces se arrastraba hasta el ventanuco e intentaba de nuevo hacerse oír. Otras, prefería cerrar los ojos y retornar a sus fantasías; muchas, pensaba en escribirle. No tenía papel, pero escogía las palabras y les daba forma en su mente. Habría dado cualquier cosa por que llegasen hasta ella, pero no había nadie a quien pedirle papel, como no había nadie a quien pedir agua o comida y, aunque lo hubiese habido, tampoco habría servido de nada. No tenía ni una sola moneda, ni una joya, ni siquiera un pequeño anillo. Nada con lo que comprar un favor. Se lo habían arrebatado todo al encerrarlo en prisión. Había pasado su vida entera gastando sin medida y ahora carecía de lo más indispensable.

Hasta que la casualidad quiso que su suerte cambiase. Los guardianes volvieron a alternarse y el sustituto se tomó su trabajo a conciencia. A pesar de que le habían dicho que aquella ala estaba vacía, recorrió los corredores y encontró a Louis al borde del desfallecimiento. Como ignoraba si estaba vivo o muerto, no vaciló en entrar a comprobarlo. Honoré Brezat, así se llamaba el guardián, era un hombre recto y meticuloso. Su celo fue la salvación de Louis. Este abrió los ojos cuando oyó descorrerse el cerrojo, pero su debilidad le hizo dudar sobre si estaba despierto o deliraba de nuevo.

—¿Os encontráis bien? —preguntó Brezat, extrañado por su pasividad.

La ensoñación era tan real que Louis decidió apostar por ella.

—Agua... Agua... —Brezat llevaba un gran cubo en la mano; de alguna manera Louis encontró las fuerzas para incorporarse y beber directamente de él. Brezat, conmovido y apiadado, dejó el recipiente en el suelo y permitió que Louis bebiese cuanto quisiera.

—Gracias, gracias —murmuró derrumbándose de nuevo cuando sació su sed.

Brezat lo examinó con curiosidad. La estancia en la Bastilla había hecho que Louis perdiese toda su prestancia cortesana. Podía haber sido igual un salteador de caminos que un estuprador o un fugado de filas. O una víctima del cruel y opresor régimen. El caso es que despertó las simpatías de Brezat.

—¿Ya estáis mejor? ¿No queréis comida?

Louis volvió a abrir los ojos. Si no hubiese sido porque Brezat era un hombre grueso y calvo, que olía a sudor y a ajo, vestía el uniforme de la guardia real y hablaba con un fuerte acento de la Bretaña, habría estado tentado de creer que se trataba de un ángel.

—¿Tenéis comida?

Brezat se acercó a la puerta y de un canasto sacó una gran hogaza de pan que le entregó a Louis. Louis lo partió con las manos y lo devoró a bocados. Era pan negro y reseco. A Louis le pareció el mejor manjar que jamás había probado.

—¿Cuánto tiempo llevabais sin comer ni beber?

—¿A qué día estamos hoy? —dijo tratando de ignorar la aguda protesta de su estómago después de tantos días de ayuno forzoso.

—Hoy es 13 de julio de 1789 —señaló Brezat, que a pesar de su humilde extracción era un hombre con inquietudes que sabía leer, escribir y contar hasta cien.

—El 13 de julio. Me encerraron el día 5. Entonces hace al menos cuatro días que no viene nadie —razonó Louis tratando de poner orden en su memoria.

—Cuatro días —repitió Brezat negando con la cabeza—. No hay derecho a que os hayan hecho esto. Claro que todo está patas arriba últimamente. Quieren pararlo, pero no lo pararán. Os lo digo yo. Palabra de Brezat.

Louis ni siquiera sabía de lo que hablaba Brezat, pero le parecía el hombre más magnífico que había tenido la suerte de conocer. Un verdadero buen hombre. Quizás el primero que Louis reconocía como tal.

—¿Me ayudaríais a salir de aquí? —rogó aferrándose a su mano—. Soy inocente. Os lo aseguro. Todo ha sido una terrible confusión.

Brezat se soltó, incómodo. Le habían dicho que se ocupase de los presos y eso hacía, pero no podía liberarlos a su antojo.

—No puedo abrir la puerta y dejaros salir. No soy juez. Pero mientras yo esté aquí no os faltará el agua ni la comida. Os lo garantizo.

—Pero ¿podríais hablar en mi favor? ¿O al menos entregar una carta de mi mano? ¡Haré que os paguen por ello! ¡Haré...!

—No será necesario —dijo Brezat interrumpiéndole—. Si consigo recado de escribir os lo traeré y veré de que vuestra carta llegue a su destino.

Louis cayó de rodillas y besó las manos de Brezat.

—¡Sois un verdadero amigo! ¡Sois mi salvador!

Las lágrimas se le saltaban sin poderlo evitar, agradecido por aquella bondad cuando ya había perdido toda esperanza.

—No me deis las gracias. Es lo que haría cualquiera —dijo Brezat, que, además de buena persona, era modesto—. Volveré esta noche y os traeré más pan y procuraré encontrar papel y pluma.

—¡No, no os vayáis! ¡No me dejéis solo! —gritó Louis, aterrado.

—Vamos, vamos... —dijo Brezat soltándose de sus manos—. Mantened ese ánimo. Tal vez las cosas cambien antes de lo que pensáis. Me caéis bien y os lo digo en confianza. No parecéis un criminal. Tengo buen ojo para las personas. Haré lo que pueda por conseguir ese papel.

Aunque a Louis se le encogió el espíritu cuando oyó cerrarse otra vez la puerta, Brezat cumplió su palabra y no tardó en regresar con papel, tinta y pluma.

—Si la tenéis lista esta noche, me encargaré de que la reciban mañana.

—¡Gracias! —dijo Louis recogiendo el recado de escribir por entre los barrotes de la puerta—. ¡Os lo recompensaré! ¡Lo juro!

—No es necesario y no lo he hecho por eso. Los hombres debemos ayudarnos unos a otros.

Incluso en su actual estado de desesperación, Louis se quedó perplejo. Aquella era una filosofía de la que alguna vez había oído hablar, pero que jamás había visto puesta en práctica.

—Es extraño que alguien que trabaja en una prisión piense así —dijo sin entender nada de nada.

—Oh, eso —dijo Brezat haciendo un gesto de desprecio con la mano—. Es solo temporal. En realidad soy panadero, pero como hace mucho tiempo que no hay grano me quedé sin trabajo. El hermano de mi mujer es arcabucero mayor y me metió en la guardia. Necesitan cada vez más soldados, pero no seré yo quien dispare contra la gente que pide pan. Al menos aquí no tengo que matar a nadie. Es un buen oficio, ¿no os parece?

Louis solo asintió débilmente con la cabeza: que un hombre pobre se interesase por su suerte y lo ayudase sin pedir nada a cambio era algo que aún le costaba asimilar.

—Bien, os dejo para que escribáis.

Louis no perdió el tiempo y se puso a alisar el papel en cuanto Brezat se marchó. Procuró desechar el temor de que un individuo tan generoso no tardase en ser expulsado de un lugar tan infernal como la Bastilla y trató de concentrarse en su carta. La providencial aparición de Brezat le había dado fuerzas y entusiasmo.

Sin embargo, ahora que sus necesidades más elementales estaban cubiertas y que tenía los medios e incluso nuevas esperanzas, no encontraba las palabras. Mientras languidecía de hambre y sed se le habían ocurrido docenas de bellas y sinceras expresiones de su amor por Hélène, y ahora que tenía que transcribirlas ninguna le parecía suficientemente buena.

Quería decirle lo mucho que la amaba; quería pedirle disculpas por no habérselo demostrado antes, por tardar tanto en darse cuenta de cuánto la necesitaba.

Empezó por lo más fácil.

La Bastilla, 13 de julio de 1789

Mi hermosa y amada Hélène:
Nunca os dije suficientes veces lo mucho que os adoraba.

También habría querido asegurarse de que estaba bien. Todo aquel tiempo con ella había sido egoísta. Había pensado principalmente en su propio beneficio. Hélène, en cambio, había sido desprendida, le dio todo cuanto poseía y quizás estuviese sufriendo por ello.

Ansío fervientemente que estéis bien de salud, libre y en compañía de vuestros seres queridos. La compañía que yo más querría es la vuestra, Hélène, lo querría más que nada en el mundo, y por quererlo me he visto en esta situación, pero sé bien que la culpa es solo mía. Yo provoqué mi propia desdicha al negarme hasta la extenuación a reconocer los sentimientos que vos me inspirabais. Debo confesároslo, aunque sé que lo adivinabais y aun así me concedíais vuestro perdón. ¿Cómo pude ser tan estúpido?

Aquello era algo que atormentaba a Louis. Por más que trataba de consolarse diciéndose que todo había sido un accidente, en su fuero interno sospechaba que más bien se trataba de un castigo. Por no haber hecho antes lo correcto. Hizo falta que Hélène estuviese ya prácticamente en el lecho de Eustache para que Louis reaccionase. Quizá si no hubiese tratado de fingir por demasiado tiempo que eso no significaba nada para él, no estaría ahora allí encerrado. Había comprendido demasiado tarde.

Permitidme un reproche, yo que me merezco todos los vuestros, debisteis plantarme cara mucho antes, debisteis mostrarme desde el principio lo fuerte y valiente que sois, porque así es como sois, ahora me doy cuenta: valiente, fuerte y hermosa sobre todas las cosas. ¿Por qué tardé tanto en reconocerlo? ¿Sabéis que al principio ni siquiera os consideraba bella? Cuando lo pienso comprendo por qué merezco todo lo que me pasa. Debía de estar ciego, porque sois radiante como la luz de la mañana, linda como una promesa, pura como el rocío que cubre las rosas al despuntar el alba, y aún me siento torpe y rudo en palabras y se me ocurre que nada de cuanto os diga os hace justicia.

Os suplico perdón por todas mis faltas y os recuerdo día y noche. Es horrible este lugar, Hélène, mi amor, mi amada, solo evocaros hace que conserve la cordura. Rememoro los momentos que compartimos, me recreo en vuestra dulzura, en vuestro afecto, en lo hermosa que se os veía cuando me regalabais vuestro placer. Os añoro tanto... *Hélène. Ahora que no tengo nada, daría* cuanto tenía por volver a veros.

La tinta estaba medio seca y la falta de luz de la celda hacía que casi no viera sus propias letras. Louis habría querido decir muchas más cosas, pero las palabras se quedaban a medio dibujar.

Os amo y os amaré siempre. Deseo vivir para demostrároslo. Nunca había rezado y ahora rezo sin descanso por ello. Rezad también por mí, *Hélène. A vos, que sois gentil* e inocente de toda falta, el Señor os escuchará. Decidle que expiaré mis delitos, que dedicaré mi vida entera a haceros feliz.

Ya no veo estas letras, pero tened presente que os amaba, os amo y os amaré mientras me quede un aliento de vida.

Vuestro por siempre,

LOUIS

Dobló con mucho cuidado la carta y la guardó entre su camisa y su pecho hasta que Brezat volviera. Las horas pasaron y se hizo noche cerrada. Louis aguardó repasando una y otra vez las palabras en su cabeza.

Brezat no volvió.

27

La mañana del 14 de julio ni siquiera Louis en su celda pudo ignorar que algo grave estaba sucediendo. Los cañonazos se oían lejanos pero nítidos y un clamor constante y en aumento llegaba desde todos los rincones de París.

No había forma de que Louis supiera que, en ese momento, una multitud exaltada por el hambre y por el miedo a la represión, cansada de ser maltratada y oprimida, harta ya de tanta injusticia, tomaba por la fuerza y al asalto el hospital militar de Los Inválidos y se hacía con los más de treinta mil fusiles que allí se guardaban, precisamente para cargar contra ellos. No lo sabía, y, si lo hubiese sabido, difícilmente podría haber imaginado de qué modo aquellos acontecimientos cambiarían su vida y la de toda Francia.

Los Inválidos cayó fácilmente y una vez que la muchedumbre se vio armada recorrió como un río las calles. Tenían fusiles, pero no tenían pólvora. La pólvora estaba en la Bastilla. La Bastilla era un auténtico fortín. La mayoría de los soldados que el rey había reunido se hallaban acuartelados entre sus muros. Estaba armada y bien defendida, pero el pueblo de París pensó que ellos eran más y tenían la razón de su parte.

Y no se equivocaron. Toda Francia primero, y el mundo entero después, oirían con el tiempo hablar de lo que ocurrió en París ese día.

—¡¡¡Muerte al rey!!!

—¡¡¡Abajo los tiranos!!!

—¡¡¡Pan y justicia!!!

Constituían una marea arrolladora e imparable. Cuando se encontraron frente a la prisión y sus baluartes, los gritos decrecieron y un silencio tenso se extendió por el aire. Los representantes del pueblo se adelantaron para parlamentar con los defensores, desde la cárcel los recibieron a tiros, los portavoces murieron acribillados. Fue el comienzo del fin.

A partir de ese momento todo fueron disparos, gritos de muerte, rabia e indignación. Los cañones de la Bastilla apuntaron hacia la multitud. Decenas de hombres y mujeres cayeron fulminados al primer cañonazo. En lugar de huir, más gente se unió a ellos, ya no iban a cejar.

La Bastilla no cayó enseguida. Fueron necesarias horas. Muchos perdieron la vida en el asalto, pero el pueblo contaba con la fuerza que da la desesperación, y los soldados, en su gran mayoría, habían sido reclutados recientemente. Se cambiaron de bando por centenares y fueron acogidos con hurras entre los revolucionarios. Porque de eso se trataba, no era un tumulto ni una revuelta. Era una revolución.

Encaramado a su ventanuco, Louis vio a aquella

gente tomar la Bastilla. La guarnición se había rendido, pero aunque no lo hubiese hecho, no había ejército que pudiera pararlos. También vio cabezas cortadas, paseadas por el aire alzadas en picas.

Eran demasiados años estando al otro lado para que Louis no sintiese el miedo. El miedo a perder los privilegios, las riquezas atesoradas, a perder también la vida. Cierto que en aquel momento Louis no poseía más que las ropas que llevaba, pero era algo que tenía escrito en la sangre. Estaba el populacho y estaban ellos: la realeza, los nobles y el clero. Si iban contra la nobleza, iban contra Louis, incluso en su actual y penosa situación. Pretendieran lo que pretendieran, Louis sabía que aquella gente no estaba allí para nada bueno.

Cayó al suelo de rodillas y comenzó a rezar. Sus pecados debían ser aún más terribles de lo que había imaginado. No era suficiente con estar procesado por un delito que no pretendió cometer. Para colmo ahora las turbas venían a por él.

Así, arrodillado, lo hallaron los hombres armados que entraron en tromba en la celda. Su aspecto era feroz. Estaban cubiertos de polvo y sangre y enarbolaban sus mosquetes. Un hombre barbudo de mirada exaltada se adelantó cuchillo en mano. Louis vio llegado el fin. Todo el cuerpo le temblaba, pero consiguió reunir el valor para incorporarse y mantenerse erguido. Siempre había oído decir que había que tener el coraje necesario para morir de pie. Aunque fuese a última hora honraría el antiguo y noble linaje de los Argenteuil.

El cabecilla se acercó a él y le puso la mano en el hombro.

—Todo ha terminado, ciudadano.

Entonces distinguió entre los hombres que formaban el grupo al antiguo panadero, después carcelero y ahora comisionado revolucionario, Honoré Brezat.

—¡Lo veis, amigo! ¡Os lo dije! ¡Os dije que esto acabaría pronto!

Louis era incapaz de articular palabra. Brezat había sido amable con él. Entonces ¿por qué parecía tan satisfecho por que fueran a ejecutarlo?

—¿Os encontráis bien? Os veo pálido. Sé que os prometí que volvería anoche, pero había reuniones en todos los distritos. Ya veis que no han podido frenarnos. Espero que no me lo tengáis en cuenta. Es más, ahora podréis entregar esa carta vos mismo.

Louis seguía sin comprender.

—¿Yo mismo?

—Ánimo, ciudadano —dijo otro hombre que se adelantó para estrecharlo por los hombros con afecto. Tenía aspecto de oficial o tendero y llevaba una escarapela roja, azul y blanca en su curtida chaqueta—. La opresión ha terminado. Sois libre. Nadie os volverá a perseguir por pensar libremente.

Louis recuperó la respiración. Lo habían confundido con un preso político. Las hordas no habían ido a matarlo, habían ido a liberarlo.

Otro de los asaltantes lo estrechó contra sí como si fuese su hermano más querido y clamó eufórico:

—¡Derrocaremos al rey y declararemos la república! ¡Libertad! ¡Igualdad! ¡Fraternidad!

Aquellas palabras volvieron a causar el horror de Louis, pero consideró que no era el momento de manifestar su disparidad de criterio respecto a aquellos ideales.

—Gracias, gracias a todos —dijo estrechando las ásperas manos que aquellos hombres rudos le tendían.

—No nos deis las gracias a nosotros, ciudadano. Si la esclavitud termina por fin, será gracias al heroico comportamiento de todo el pueblo de París. ¿Cuál es vuestro nombre, por cierto?

—Tre... Treville —balbuceó Louis, que por un momento había estado a punto de anunciarse por su título de vizconde.

—Ciudadano Treville —dijo solemnemente el cabecilla imponiéndole una escarapela similar a la suya—, yo soy el ciudadano Mathieu. Uníos a nosotros y liberemos esta ciudad y a Francia entera.

Nuevos gritos acogieron las palabras de Mathieu. Los hombres se pusieron en marcha dispuestos a pasar a la acción de inmediato. Brezat lo abrazó y Louis se vio empujado hacia el exterior de la celda.

—Es mi cuñado. Ya os hablé ayer de él —le dijo Brezat de manera confidencial.

—Pero ¿no me dijisteis que era arcabucero real? —preguntó Louis, que aún no había conseguido aclararse.

—Oh, sí —asintió Brezat con naturalidad—. Hasta ayer, pero ya no. Ahora solo es un ciudadano más, como todos. Ya no habrá más clases ni distinciones. Todos serán tratados por igual. Así lo establecieron anoche las asambleas. ¿No os parece una gran idea?

Louis asintió mudo de espanto. ¿Qué clase de horrible mundo iba a ser aquel donde él sería tratado del mismo modo que un herrero? Se suponía que debía hallarse feliz de estar libre, pero la libertad que aquellas gentes proclamaban no era la misma clase de libertad a la que Louis estaba acostumbrado.

Cuando salió al exterior, lo deslumbró la luz del sol. Demasiados días en la penumbra de la celda. Poco a poco sus ojos se acostumbraron a la claridad. El patio de la Bastilla era un hervidero. Gentes de todos los estratos llenaban la fortaleza. Obreros, soldados, mendigos, artesanos, burgueses... Incluso, encaramados sobre tarimas improvisadas, creyó distinguir algunos rostros conocidos. Podía tratarse del conde de Mirebeau y del duque de Orleans, aristócratas y, sin embargo, conocidos agitadores. La multitud los aclamaba enfervorizada y pedía nuevas medidas radicales e inmediatas.

—¡¡¡Vayamos a Versalles!!! ¡¡¡Cortémosles su bonita cabeza!!!

—¡¡¡Quememos las iglesias!!! ¡¡¡Pero antes cojamos su oro!!!

—¡Necesitamos pan! —gritaba una mujer harapienta a su lado—. ¡Abrid los palacios! ¡Seguro que tienen el trigo bien guardado!

Aunque Louis también tenía hambre y estaba tan sucio y maltrecho como ellos, no podía evitar que se le pusieran los pelos de punta. Nunca había soportado verse mezclado con la plebe y ahora la plebe lo rodeaba y lo había liberado, sí, pero si se hubiesen cruzado con él tan solo quince días antes, habría sido su cabeza la que pidieran.

—¡¡¡Calma!!! ¡Calma, ciudadanos! ¡No necesitamos recurrir a la violencia! —decían los representantes—. ¡Exigiremos nuestros derechos y el rey tendrá que refrendarlos o será depuesto! ¡La soberanía reside en el pueblo y no en el monarca!

La multitud aclamaba con entusiasmo el discurso, aun cuando muchos no lo entendían. Pero a pesar de las palabras apaciguadoras, los ánimos estaban encendidos: demasiadas penurias y humillaciones. El pueblo se sentía poderoso y quería ejercer su poder. Habían esperado pacíficamente y por largo tiempo que sus necesidades fueran atendidas. Ya se habían cansado de esperar.

Louis seguía conmocionado. Aun en los peores momentos había conservado la fe en que todo se solucionaría. El malentendido se aclararía y volvería a su vida. Buscaría a Hélène y serían felices. Pero ahora el mundo estaba cambiando y la vida, tal y como Louis la conocía, estaba a punto de terminar.

Un nuevo murmullo empezó a correr de boca en boca.

—¡Vayamos al ayuntamiento! ¡Allí tienen harina!

—¡Han querido matarnos de hambre y ahora pretendían hacerlo a tiros!

—¡Todo París debe unirse a la revolución!

—¡Vamos! ¡Vamos al ayuntamiento!

Louis se vio separado de Brezat. Trató con todas sus fuerzas de abrirse paso entre la multitud, pero era completamente inútil. El gentío lo aplastaba y lo llevaba arrastrado en la corriente. Bajaron por Saint-Antoine y llegaron a la Rue de Rivoli. Las ventanas de los palacios estaban cerradas a cal y canto. Louis conocía a todos sus moradores. Aquel en cuyas puertas se agolpaban no menos de un centenar de personas era propiedad del duque de Auberville. Otro, pequeño y coqueto, con las balaustradas llenas de flores y cuyas contraventanas estaban siendo apedreadas, pertenecía a la linda y joven marquesa de Tournée. La gente abucheaba y aporreaba las puertas pidiendo comida.

Solo el saqueo del convento de los capuchinos evitó males mayores. Los monjes tuvieron la prudencia de no intentar detener la avalancha y la multitud arrasó con la nutrida despensa del convento. Los niños salían alzando longanizas como trofeos y sus madres usaban las faldas para llenarlas de comida. Los monjes lloraban y miraban al cielo, pero nadie les hacía caso y la inmensa mayoría continuó su marcha hacia el ayuntamiento.

Louis reconoció a Jacques de Flesselles, el alcalde, y no pudo más que admirar su coraje. Había salido al balcón alzando los brazos, tratando de contener con su presencia la avalancha humana que se arremolinaba en torno a la casa de la villa de París. Hablaba, pero al menos desde donde estaba Louis no se escuchaba lo que decía. Los gritos de los humildes eran más fuertes.

—¡Traidor! ¡Asesino! ¡Traidor!

A falta de otro más a mano al que echar la culpa, muchos acusaban al alcalde de la dureza de la represión de los últimos días. Debía reconocerse al comendador su heroica disposición dando la cara. Lo malo es que no todos los actos heroicos obtienen su justa compensación, y el del alcalde fue uno de los que no lo consiguió. Una bala le alcanzó en el pecho y Jacques de Flesselles cayó por el balcón, abatido. Su cabeza no tardó en unirse en otra pica a la del gobernador de la Bastilla.

Después de eso el ayuntamiento fue tomado sin resistencia. París se declaró libre y desde el balcón los líderes anunciaron al pueblo que al día siguiente se celebrarían las votaciones para elegir nuevo alcalde.

A Louis le faltaba el aire y sentía que el corazón iba a salírsele del pecho. Su mundo se desmoronaba por momentos. Necesitaba algo firme, seguro y que no mutase. Algo sólido en lo que apoyarse.

Comenzó a abrirse paso a codazos. Tuvo que luchar sacando fuerzas de flaqueza para avanzar a contracorriente. En su retirada se encontró, frente a frente, con madres de ojos brillantes que sostenían en alto a sus hijos para que no perdiesen detalle del día en que lucharon por un futuro mejor para ellos. Vio a albañiles, carniceros, curtidores y escribanos, todos con escarapelas tricolores en el pecho, felicitándose abrazados por el triunfo logrado. Vio la nueva bandera azul, blanca y roja, y era una mujer quien la ondeaba. Vio las barricadas, el humo y los cuerpos de los que habían caído en la lucha.

Avanzó sin mirar atrás y se encaminó como un sonámbulo hacia Châtelet. La torre de Saint-Jacques lo guiaba, saludándolo como una vieja amiga. Desde su altura nada parecía perturbarla, se mantenía tranquila y ajena a todo. Bajó por Les Halles sin levantar la cabeza del suelo, temía llamar la atención. Pero no había nada que temer. Su escarapela surtía efecto de salvoconducto y muchos viandantes lo saludaban cuando la veían.

—¡Enhorabuena, ciudadano!

Louis les respondía con un bajo: «Gracias, gracias»,

y continuaba más rápido su camino. Cuando se encontró frente a la Madeleine fue como si hubiese recorrido decenas de leguas y no solo unas pocas yardas. Las puertas de la cárcel de mujeres estaban abiertas de par en par. Nadie estorbó a Louis para que entrase tras sus temidos muros. La revolución también había llegado allí.

Se veían hábitos rotos tirados por doquier, sábanas desgarradas, camisas y otras muchas prendas pisoteadas. Las reclusas de la Madeleine se encargaban habitualmente de lavar la ropa sucia de otros, pero ese día habían decidido no hacer la colada.

Louis miró desesperado a su alrededor buscando a Hélène. Tenía que encontrarla; si la encontraba quizá todo tendría de nuevo sentido. Podría soportarlo todo si la encontraba.

Pero la Madeleine estaba abandonada. Las reclusas habían huido y tampoco tenía la certeza de que Hélène hubiese estado allí. Podían haberla llevado a otro convento, y había cientos en París.

—¡Mira a quién tenemos aquí! Un hombre, y un hombre joven, diría yo.

Louis se volvió y vio a una mujer sentada en el suelo, recostada contra la pared y bebiendo vino directamente de una botella.

—¿Verdad que este ha sido un día de sorpresas? Desde que entré hace veinte años no había vuelto a ver a un hombre. ¿Te vienes con la vieja Bernadette, muchacho? —Rio con una risa ebria.

Tenía el doble de la edad de Louis, le faltaban la mitad de los dientes y tenía tanta mugre encima que no se distinguía el tono de su piel. Louis reprimió el escalofrío e hizo un esfuerzo por hablar con amabilidad a la mujer.

—Estoy buscando a una joven. Se llama Hélène Villiers, ¿por casualidad no habréis oído hablar de ella?

—¿Hélène? Conozco a muchas Hélène, pero se han ido todas —dijo como si les reprochase que la hubiesen abandonado—. Yo también voy a irme, pero quería quedarme un rato más.

—Esta que yo os digo llegó hace unos diez días —suplicó Louis sin hacerse demasiadas ilusiones: la botella estaba ya casi vacía—. Es joven, buena y amable. Tiene el más dulce carácter que podáis imaginar.

—¿Carácter dulce? No había muchas de esas aquí —dijo rascándose la cabeza—, pero había una nueva, sí. No hacía más que llorar sin parar, y eso que su madre venía a verla todos los días.

—¿Su madre? —dijo Louis, extrañado—. ¿Y estáis segura de que se llamaba Hélène?

—Hélène, sí, Hélène... La pequeña Hélène —dijo la mujer apurando la botella—. Pero se ha ido. Todas se han ido.

Se diría que eso le hacía más triste que feliz. No todo el mundo estaba preparado para abandonar sus cadenas. El alcohol también hacía su efecto. La mujer cerró los ojos y Louis comprendió que no sacaría nada más de ella.

Regresó a la calle. Anochecía y no solo esa mujer estaba ebria. Todo París estaba inmerso en una borrachera de euforia y libertad. Louis volvió a mezclarse en el tumulto.

La gente reía y bailaba. Él caminaba con una única idea fija en la mente. Encontrar a Hélène.

28

Fueron días agitados en Francia. La revolución se extendió por todo el país, conventos y castillos fueron atacados. El mismo rey salió de huida, aunque fue detenido y obligado a volver a París por la fuerza. Se suprimieron los privilegios, se abolió la servidumbre, se quemaron en público títulos y actas de propiedad. El pánico cundió entre la nobleza. Lo llamaron el Gran Miedo.

Louis lo vivió en sus carnes y de primera mano. Cuando regresó a Tremaine lo encontró invadido. La gente salía cargada con cuanto arramblaba: vajilla, sillas tapizadas, jarrones de porcelana, sábanas, lámparas..., hasta las cortinas. Louis caminó por sus salones, mudo de la impresión. Las paredes estaban desnudas, en cuestión de horas lo habían desvalijado todo. Entró en el dormitorio principal. Dos de sus criadas, muchachas de pueblo, siempre serias y a las que nunca había oído pronunciar más de media docena de palabras seguidas, vaciaban sus armarios y repartían sus camisas de hilo, sus pañuelos de encaje y sus levitas de gala, riendo como locas y voceando cada nueva prenda que entregaban a los congregados a su alrededor. Hombres y mujeres que disputaban entre ellos por hacerse con el mejor botín.

Nadie se fijó en él; si lo hubieran hecho, probablemente no le habrían reconocido. La barba, la suciedad y sobre todo el radical cambio de actitud de Louis, de la altanería a la desorientación, habrían causado que pocos reconocieran en ese espectro desvaído al antaño vanidoso y prepotente vizconde de Tremaine.

Louis se quedó lo suficiente para oír cómo sus sirvientes se burlaban de él, lo despreciaban y le daban por muerto y, lo que es más, lo celebraban.

Sin embargo, eso le afectó menos de lo que cabría esperar. Seguía con una única idea fija en la cabeza. Lo malo era que no tendría modo alguno de encontrarse con Hélène. Bearnes, al estar fallecido su propietario, había sido requisado por las fuerzas revolucionarias como una de las sedes para las deliberaciones sobre la declaración de derechos del hombre que preparaba la Asamblea, y Tremaine ya no era su casa. Lo único que podía hacer era recorrer sin descanso las calles. Cuando veía a lo lejos alguna muchacha que se le parecía, corría hacia ella llamándola. Más de una se asustó cuando se le abalanzó encima tratando de verle el rostro.

Finalmente el agotamiento pudo con él. Louis terminó tirado en un portal de la Rue de Buci. Allí lo encontró Mignon, cuando después de tres días encerrada se decidió a salir en busca de comida. Sus criadas también habían huido y solía vivir al día. Tenía dinero, pero no tenía leche, ni huevos, ni pan. Era una mujer acostumbrada a salir adelante, así que se puso sus ropas más sencillas y se echó a la calle. Había conseguido a precio de oro algo de fiambre seco y lo llevaba escondido bajo la ropa cuando la mirada azul y perdida de Louis le resultó familiar.

—¡Por todos los santos, vizconde!

La mirada de Louis trocó en pánico y la misma Mignon se llevó la mano a la boca para tapársela. Por suerte nadie la oyó. Mignon se llevó a Louis a su casa, le prestó su bañera, le dejó ropa limpia. Se portó como una auténtica amiga. Louis lloró de gratitud. Mignon no le dio importancia. Louis siempre había sido amable con ella y, aunque solo se acostaba con él por interés, apreciaba su gentileza.

Compartió su comida con Louis y le contó que pensaba abandonar París. En Alsacia había dejado hacía ya tiempo a su hijo recién nacido al cuidado de su madre. Ya iba a cumplir cuatro años y quería volver con él antes de que fuese demasiado mayor. Les mandaba dinero habitualmente y tenía algo ahorrado, podrían aguantar una temporada, luego Dios diría. Tal y como estaban las cosas tampoco ganaría mucho quedándose en París.

Louis escuchó sorprendido todos aquellos detalles. Nunca se le había ocurrido pensar en Mignon como en otra cosa que una cortesana de vida fácil y despreocupada. Y ahora resultaba que era una madre atenta y una amiga leal. Louis correspondió a su sinceridad contándole sus desventuras con Hélène. Lloró en su hombro y ella le confortó y le aseguró que se sentiría muy feliz si algún día era amada de la misma manera.

Antes de marcharse, lo puso en contacto con Philippe de Mézières. Mézières estaba en el partido moderado y ayudaba a los nobles que se veían en mala situación o temían por su vida. Era un hombre concienciado, comprometido y tenaz. Habló a Louis durante horas acerca de las ideas en las que estaba de acuerdo con los revolucionarios y que eran la mayoría, pero también lo alertó del peligro de guerra civil, de los perjuicios que el caos y el desgobierno traerían a la nación, de la necesidad de que las leyes cambiasen y se estableciesen medidas de progreso, de la posibilidad de establecer en Londres un gobierno en la sombra que tomase la iniciativa para evitar una espiral de conspiraciones y muertes.

Louis le dio en todo la razón y le preguntó si lo ayudaría a buscar a Hélène. Mézières prometió que lo haría y mientras tanto le buscó nuevo alojamiento, junto a una antigua y conocida compañía: la de su vieja tía Augustine de Varennes.

Augustine lloró tanto al verlo que Louis no sabía si realmente se alegraba o no. Pero sí que se alegraba. La muerte de su hermano había sido un duro golpe para la pobre mujer, pero se negaba a creer en la culpabilidad de Louis y tampoco en la de Hélène. Con su artritis a cuestas había recorrido salas de justicia y gabinetes de ministros, pero había otras muchas preocupaciones y nadie le hacía caso. La revolución la sorprendió en casa de Madame de Blaze, esposa del ministro de la Gobernación. Mézières, que era el primer secretario, la llevó a una casita en Saint-Honoré y la pobre Augustine ya no había vuelto a salir a la calle desde entonces. Rezaba día y noche y esperaba el día en que Mézières la avisase de que su salvoconducto para huir a Londres estaba preparado. Ahora que Louis estaba allí, no veía el momento de partir. Louis no quería dar más disgustos a su tía, pero le había dejado claro que de ninguna manera pensaba salir de París si no daba antes con Hélène.

Así pasaron un par de meses. El calor fue cediendo y, aunque la situación aparentemente se tranquilizó, los ánimos seguían tensos y cualquier chispa hacía prender una hoguera.

Aquella mañana de septiembre, Louis acababa de regresar de su caminata diaria en busca de Hélène. Había estado en los barrios pobres preguntando por ella en fondas y comercios. La costumbre había hecho que perdiese el miedo. Se vestía de modesto paño negro, preguntaba con amabilidad y había observado que mucha gente intentaba sinceramente ayudarlo, pero hasta el momento nada había dado resultado. Ninguna de las Hélène encontradas era la suya; sin embargo, no desesperaba.

Al volver a casa se encontró a Augustine aspirando sales y a Mézières metiendo en una maleta sus escasas pertenencias.

—¡Al fin, señor! ¡Apuraos! Ha llegado el momento. Hay un coche esperando en la otra calle y el barco que os llevará a Londres zarpa mañana al anochecer de Calais. ¡No podemos perder un instante!

Louis se quedó paralizado. Augustine vivía en un constante terror y sabía que Mézières se había desvivido por ellos, pero no podía aceptar.

—Os lo dije. No me iré sin ella.

—¡La ha encontrado, Louis, la ha encontrado! —exclamó Augustine, llorosa y emocionada.

El corazón de Louis se desbocó. ¿Podía realmente ser verdad?

—Es cierto, amigo mío. Tengo fuentes fiables. Hélène Villiers, cabello castaño, ojos castaños, mediana estatura, vive con su madre, Jeanne Villiers, en el Vieille du Temple.

—Pero ¿la habéis visto? —dijo Louis tomando con fuerza a Mézières por el brazo.

—He venido directamente hacia aquí. Vamos con el tiempo justo. El capitán del barco es leal al Antiguo Régimen, pero arriesga demasiado con esto. El navío zarpará mañana a las nueve de la noche como muy tarde y no sabemos cuándo tendremos otra oportunidad. Pero no os preocupéis. Iremos a buscarla y podréis marcharos con ella.

La esperanza anidó en su pecho. El entusiasmo de Mézières era contagioso y parecía tan seguro que Louis quiso creerlo también. Tal vez aquel tiempo terrible había llegado ya a su fin. Encontraría a Hélène. Iniciarían una nueva vida en Londres. Allí los ayudarían. Mézières se lo había explicado. Los emigrados eran bien acogidos y se ayudaban los unos a los otros. Volvería a vivir como siempre había vivido. O algo más o menos parecido.

—Ayúdame, ayúdame, Louis. —A Augustine no la sostenían las piernas. Louis tuvo que sostenerla todo el camino hasta el coche. Era un carruaje amplio con capacidad para seis viajeros y, cuando Mézières subió, todas las plazas quedaron ocupadas.

—Yo me quedo en París. La señorita Villiers podrá ocupar mi lugar —aclaró Mézières para tranquilidad de Louis—. Permitan que les presente a los demás. Estos son los marqueses de Anjou —dijo señalando a una aterrada pareja de mediana edad—, y él es el barón de Rochard.

El barón era un caballero anciano que conservaba la elegancia y el buen ánimo. Sonrió a Augustine para infundirle valor y durante el camino incluso se permitió gastar bromas sobre la inconveniencia de viajar con prisas y cuánto mejor era disfrutar del trayecto y el paisaje.

Louis estaba demasiado tenso para seguirle la corriente. Miraba por la ventanilla como si Hélène fuese a escapársele si apartaba la vista un momento. El viaje fue corto. El Vieille du Temple estaba en un barrio humilde pero tranquilo. Mézières se apeó y le señaló una casa baja. Louis se acercó con el corazón en la boca.

Era un taller de costura. La casualidad quiso que Louis llegase cuando la jornada acababa de terminar y las muchachas salían del trabajo. Eran todas de la edad de Hélène, pero ninguna era Hélène. Hasta que la vio.

Vestida con sencillez, de colores claros, con un pañuelo muy blanco cubriéndole el cabello, su cara limpia, su figura grácil. Una compañera la tomó de la cintura y la estrechó con cariño, despidiéndose. Ella correspondió con una sonrisa. A Louis nunca le había parecido tan bella.

Ahora que la tenía delante le faltaban la voz y las fuerzas. Había esperado tanto este momento...

—Hélène...

Ella lo vio. Su rostro se demudó. Se puso pálida y

pareció a punto de caer desvanecida. Pero no se desvaneció, ahogó un grito y se echó en sus brazos, se fundió en uno con él. Hélène lloraba mientras se besaban y Louis creía volver a la vida de nuevo. Era como si hubiese estado muerto y ahora renaciese. La vida dejaba de ser la sombra pálida en la que había subsistido desde que la perdiera, volvía a llenarse de luz ahora que sentía su calor, que respiraba su perfume tibio y dulce, que escuchaba los violentos latidos de su corazón. Volvía a vivir ahora que la besaba y todo el cuerpo de Hélène se vencía contra el suyo.

—¡Sabía que estabais vivo! ¡Sabía que volveríais! —dijo Hélène con los ojos brillando de dicha, olvidando todas las horas pasadas temiendo por su muerte, rezando por su salvación, secándose las lágrimas de culpa cada vez que pensaba que Louis no habría ido a prisión si ella se hubiese conformado con casarse con Eustache. Pero ya nada de eso importaba porque Louis había vuelto.

—No he dejado de buscaros ni un instante —dijo él acariciando su mejilla—. Estáis preciosa.

Hélène se ruborizó, aunque esta vez no de vergüenza, sino de placer. Y era cierto que estaba muy bonita. Suele ser el efecto que la felicidad obra en los rostros.

Mézières, que había permanecido a un lado, respetando la intimidad del momento, tosió un poco para hacerse notar.

—Disculpad la interrupción, pero tenemos cierta prisa.

Louis necesitó un momento para recordar a qué se refería Mézières y Hélène lo miró, confundida.

—¿Prisa para qué?

—Es cierto, amor mío. Hay un coche esperando para llevarnos a Calais. Tomaremos un barco a Londres y nos olvidaremos para siempre de todas las desdichas. Allí seremos felices. Os lo aseguro. Nada nos volverá a separar jamás —afirmó Louis con vehemencia tomando sus manos.

—Pero... —dijo Hélène vacilando, la inseguridad vuelta a sus ojos—, pero yo no puedo irme.

Louis se dijo que seguramente Hélène no le había comprendido bien, ¿por qué si no, no desearía marcharse con él?

—Todo está arreglado. Mézières ha preparado los salvoconductos. Ya tenemos el alojamiento dispuesto. Todo volverá a ser como antes, Hélène. Confiad en mí —le dijo con calor y persuasión. No se habría ido sin Hélène, pero ahora que ya la tenía no veía el momento de subir al coche y marcharse lo más rápidamente posible, antes de que algún nuevo motín pudiese separarlos.

Hélène calló, calló más tiempo del que la ansiedad de Louis podía soportar.

—¡¿Por qué no decís nada?! —exclamó, incrédulo e impaciente.

Los ojos de Hélène volvieron a anegarse en llanto y Louis temió que fuera por haberle gritado. No quería gritarle, quizá debería excusarse, solo quería llevársela lejos de París y de Francia.

—No puedo irme —dijo por fin Hélène.

—¿Que no podéis...? ¡¿Por qué?!

—Mi madre... —balbuceó Hélène—. No puedo dejar a mi madre. Vino desde Beauvais cuando se enteró de que estaba en la Madeleine. Me creyó cuando le conté que no había tenido nada que ver con la muerte de vuestro tío. Me comprendió cuando le dije que os amaba. No puedo abandonarla ahora.

—Pero Hélène, si es por eso no os preocupéis. Mézières se encargará de explicárselo todo. La traerá con nosotros a Londres tan pronto como sea posible, ¿no es así?

Mézières asintió mediando.

—Así es. Vuestra madre no tendrá ningún problema en cruzar el Canal cuando le parezca; en cambio, el vizconde y Madame de Varennes..., es arriesgado para ellos permanecer aquí. Y estoy seguro de que vuestra madre querría que os pusierais a salvo.

Louis asintió vivamente reprochándose no haber caído en tan estupenda justificación.

—Es cierto. Vuestra madre querría que fueseis feliz.

Hélène lo miró suspicaz. Louis se dio cuenta de que el argumento no había resultado tan convincente como había creído.

—Quizá, pero no solo hay que pensar en la propia felicidad, también hay que pensar en la de los demás —replicó Hélène con firmeza.

Louis encajó la indirecta. Hélène tenía buenas razones para poner en tela de juicio su egoísmo, pero ahora era distinto. Ahora no solo pensaba en él, también deseaba la felicidad de Hélène. Ahora y por siempre, y por eso quería llevársela a Londres.

—Solo quiero lo mejor para vos, ¿es que lo dudáis? —dijo herido.

Los ojos de Hélène se empañaron. Si Louis la ponía

entre la espada y la pared... Lo amaba, claro que lo amaba. No creía que pudiese amar a ningún otro hombre, solo quería a Louis, pero a él también tenía que importarle lo que ella sintiera, si no, eternamente tendría aquella duda: ¿la amaba Louis tanto como ella a él?

—Pero no tenéis por qué iros forzosamente. He encontrado un empleo. Es un buen empleo. Trabajo diez horas y gano ocho francos al día. El dueño es un buen hombre, y asegura que lo peor ya ha pasado, que todos vamos a prosperar. Le hablaría de vos, necesita alguien que le ayude con las cuentas. Estaríamos juntos... —dijo Hélène de corrido rebosando entusiasmo.

El entusiasmo de Hélène provocó el pánico de Louis.

—Pero Hélène...

—Aquí nadie os conoce, podríamos ser felices. Seríamos felices. Lo sé.

Su expresión era tan amorosa, su emoción tan genuina... El corazón de Louis se deshizo de amor y se rindió. Después de todo, era cierto que lo que le importaba era su felicidad. Si ella era dichosa, él estaría dichoso. O eso esperaba.

—Me quedo. Podéis decírselo al cochero, Mézières.

Hélène chilló y se abrazó a su cuello como una niña. Louis procuró no pensar en cómo sería la casa en la que viviría con Hélène y su futura suegra, ni en los planes de ella para buscarle un empleo de ocho francos al día, ni en su pasaje perdido a Londres, ni en las revueltas y las amenazas... Estarían juntos. Los labios de Hélène rozaban los suyos y su respiración entrecortada aceleraba su pulso. Solo rezaba para que tuviesen una habitación para ellos solos.

Mézières sonrió. El desinterés de Louis por la política y los problemas sociales le habían hecho darle por inútil. Otro aristócrata parasitario y aferrado a sus privilegios, destinado a pasarse la vida evocando unos días que estaban quedando rápidamente atrás; pero por lo visto se había equivocado. Tal vez no todo estuviese perdido para él. Quizás aún estuviese a tiempo de convertirse en un hombre de provecho.

—Es una buena decisión. Francia necesita gente de valor para sacarla adelante. Deberíais decírselo a vuestra tía.

Louis se volvió hacia el carruaje. Augustine esperaba inquieta sin atreverse a acercarse.

—Venid, se lo diremos —dijo cogiendo a Hélène de la mano. Ella volvió a sonrojarse. Todavía le avergonzaba que Augustine supiera que la habían estado engañando, pero la tía de Louis se acercó a ella y la abrazó con el amor de una madre.

—¡Ay, niña, niña, ¿cómo no me di cuenta? Nunca me lo perdonaré —dijo emocionada la buena, y es verdad que algo torpe, señora.

—No es culpa vuestra, tía —dijo Louis tomando la voz cantante—, pero os pedimos vuestro perdón y vuestra bendición antes de que nos despidamos. No vamos a poder acompañaros a Londres.

—¿Cómo que...? Pero ¿por qué? —dijo Augustine mirando consternada a uno y a otro sucesivamente.

—Es largo de explicar, señora —intervino Mézières—, y no podemos aguardar. Pero descuidad. Yo me encargaré de manteneros informada y de hacer llegar vuestras cartas.

—Pero ¿qué voy a hacer yo sola en Londres? —gimió Augustine.

—Vamos, vamos, señora, valor —dijo el anciano barón tomándola de la mano—. Una dama no estará nunca sola mientras queden caballeros.

Augustine se quedó impresionada tras aquella declaración. El barón había dejado muy atrás sus mejores años, pero conservaba indemnes la prestancia y el encanto. Sus palabras surtieron efecto inmediato.

—Si creéis que es lo mejor... —dijo soltando otra lagrimilla.

—Lo creemos, tía —dijo Louis como si no hubiese vacilado ni un segundo.

Mézières miró el reloj y el barón ayudó a Augustine a subir al coche. El matrimonio seguía temblando en el interior. Mézières besó la mano de Hélène, estrechó la de Louis y le aseguró que seguirían en contacto y, tras pedir al cochero que arrancase, se marchó caminando. Augustine se quedó mirándolos por la ventanilla hasta que el coche dobló por la Rue de la Verrerie.

Hélène y Louis se cogieron de las manos, se miraron y volvieron a besarse.

Algunas semanas más tarde...

—¡Comadre Raffin! ¡Felise! ¡Bernardette! ¡Venid todas, hermanas! ¡Se ha armado una buena en el mercado de Saint-Antoine! ¡Van a marchar hasta Versalles y dicen que traerán al propio rey al mercado para que vea como no hay ni un mendrugo que llevar a la boca de nuestros hijos! ¡¡¡Venid todas, comadres, hermanas!!! ¡¡¡Venid y vayamos a Versalles y acabemos con la perra austriaca y con todos los de su calaña!!! ¡¡¡Venid, hermanas, venid!!! ¡¡¡Vamos todas a Versalles!!!

Redobles de tambores llegaban desde todas las esquinas y las campanas de las iglesias cercanas repicaban como si llamasen a fuego. Madame Ciseaux, la mujer del carnicero, era solo una de las muchas que estaban haciendo correr la voz. Una multitud de mujeres enfurecidas se estaba reuniendo en el Faubourg Saint-Antoine y no pensaban parar hasta traer al rey a París para que viese con sus propios ojos en qué condiciones vivía su amado pueblo. Aquella mañana de octubre no iba a ser una más.

—¡Cierra, Louis, cierra!

Desde el fondo de la pequeña estancia, Hélène lo llamó, asustada. Louis también sentía miedo, pero a la vez no podía dejar de observar hipnotizado, semioculto para no llamar la atención, atisbándolo todo desde la ventana entreabierta.

—¡Louis, por favor!

Se volvió y la vio arrimada a la pared. El temor en su rostro limpio y pálido. No podía consentirlo. Ella no. Quizá no tuviera mucha fuerza, pero no dejaría que Hélène sufriese más, y menos por su causa.

Encajó la ventana y cerró del todo las contraventanas. La pequeña habitación se quedó a oscuras, solo unos pocos rayos tenaces atravesando las rendijas de la madera.

—No temas, no temas nada. Te quiero, te protegeré, lo juro.

Se le cerró la garganta al decirlo. Louis era el primero en conocer sus propias limitaciones. No era el héroe valiente y arrojado de los libretos de la ópera. En ese mismo momento sus manos temblaban y su corazón palpitaba reviviendo el temor sentido el día de la toma de la Bastilla.

Abrió los brazos y Hélène fue a refugiarse en ellos.

—Es culpa mía. Si nos hubiésemos marchado a Londres...

—No es culpa de nadie —dijo acariciándole el pelo—. ¿Y quién sabe lo que habría ocurrido en Londres? El barbero dice que también en Inglaterra se están formando comités, que pronto acabarán con todos los reyes. Si el mundo se encamina hacia la barbarie prefiero estar aquí con vos, contigo —rectificó Louis. Todos se llamaban de ciudadano y de tú a tú. Resultaba cuando menos extraño que la joven pareja formada por una costurera y un librador de cuentas se tratasen entre sí con tanta ceremonia, solo que a Louis le costaba adaptarse al cambio—. Nos quedaremos en casa, juntos, y esperaremos a que esto pase.

—Pero el trabajo... —dudó Hélène, que podía estar todo lo asustada que fuese, pero era muy responsable para eso.

—Hoy nadie trabajará, Hélène. Compruébalo tú misma si así te quedas más tranquila —dijo señalándole con la cabeza la ventana cerrada.

Ella se soltó un poco de él sin hacerlo del todo y se asomó por las rendijas.

Las mujeres salían de todos los rincones y hacían corros indignados, mientras puertas y ventanas, tanto de comercios como de vecinos, se apuntalaban cerradas.

El recuerdo de lo ocurrido en el mes de julio aún estaba reciente. No habían transcurrido ni tres meses y, en lugar de calmarse, las aguas bajaban cada vez más revueltas. El problema del abastecimiento se había agudizado y era difícil para todos llevar comida a la mesa. Hélène y Louis tenían un poco de dinero, pero el dinero no servía de nada si no había pan ni carne ni habichuelas ni ninguna otra cosa.

Todas las mañanas, aunque no hubiese nada para comprar, cientos de personas se arremolinaban en las plazas desde primera hora esperando ansiosas la llegada de mercancías. Los soldados tenían que proteger los carros y las mujeres se peleaban por hacerse con una hogaza de pan.

—Al menos mi madre está en lugar seguro. Es una suerte que Madame Quentin le pidiese que la acompañase a visitar a su hija.

—Sí, es una suerte. Quizá con los disturbios sería prudente que se quedase allí más tiempo. No hay necesidad de que corra riesgos.

Hélène lo miró solo un poco enfadada. La madre de Hélène era una mujer silenciosa y poseedora de una profunda entereza que había logrado conservar a pesar de todas las vicisitudes por las que tuvo que pasar. Se veía que adoraba a su hija, y también que temía que cometiese los mismos errores que ella había cometido. Miraba a Louis con recelo; y aunque Louis había tratado de congraciarse con buenas palabras, sabía bien que no le caía demasiado en gracia. Era un sentimiento mutuo.

—Es difícil también para ella. Está acostumbrada a estar sola, pero me quiere, nos quiere mucho —corrigió Hélène.

—Lo sé. Yo también la aprecio —dijo Louis besando en la frente a Hélène, que lo miró agradecida.

La convivencia era complicada para todos en aquella casa estrecha compuesta solo por dos piezas. La de abajo: comedor, cocina y dormitorio de la madre de Hélène con el catre que por las noches tendía en el suelo; y la de arriba, que era donde se encontraban. Paredes encaladas de blanco, un armario desvencijado cuyas puertas no encajaban, un espejo con el azogue oxidado y una cama con una manta de lana azul constituían su único mobiliario.

—Entonces ¿crees que no debemos ir a trabajar hoy? —preguntó Hélène más sugestiva y con una inocencia esa vez no real, sino fingida.

También Louis llevaba un par de semanas intentando poner algo de orden en el desastre contable del señor Perraud, su patrón. Se pasaba las horas tratando de descifrar a la luz de una vela los extraños signos escritos a carboncillo en tablillas de madera por el señor Perraud, y luego pasándolos a papel limpio y blanco. No era un trabajo tan duro después de todo. Perraud le estaba muy agradecido. Siempre le decía que tenía una hermosa letra y admiraba su facilidad para los números. Teniendo en cuenta que el señor Perraud contaba con los dedos, no era un gran halago, pero Louis se sentía satisfecho igualmente.

Satisfecho, pero no tanto que no agradeciese en muda plegaria al Creador la oportunidad de faltar a sus recientes deberes y quedarse a solas en casa con Hélène. Incluso aunque el motivo fuese que las mujeres justamente enfurecidas de París se dispusiesen a presentarse a la vez y por la fuerza en el mismísimo Salón de los Espejos.

—Creo que lo más prudente es que nos quedemos aquí y esperemos a ver qué ocurre —dijo Louis, como si verdaderamente le preocupase en aquel momento la situación política, antes de inclinarse sobre ella y besarla en los labios que Hélène le ofrecía, tentadoramente húmedos y entreabiertos.

Una tormenta de golpes sacudió de pronto la puerta de entrada de la vivienda. Louis y Hélène interrumpieron su beso para abrazarse con más fuerza y contener al unísono la respiración.

—¡Hélène! ¡Hélène! ¿Estás en casa? ¡Ábreme! ¡Soy yo, Camile! ¡Vamos todas a Versalles! ¡Todas las chicas del taller! ¡¡¡Hélène!!!

Los golpes arreciaron. Hélène miró temerosa a Louis y este se llevó el dedo índice a los labios para pedirle que no pronunciase ni una sola palabra.

—¡¡¡Hélène!!! ¡¡¡Hélène!!!

—¡Quizá se nos haya adelantado! —dijo otra voz que Louis reconoció como la de una de las mujeres que trabajaban para el señor Perraud.

—Es posible —asintió la que llevaba la voz cantante—. Tal vez ya esté en la plaza. ¡Corramos! ¡No me lo perdería por nada del mundo!

Los golpes cesaron y las voces agitadas de las muchachas llamando a otras vecinas y amigas se oyeron cada vez más lejos.

—Ya se han ido —dijo Louis en un susurro. Hélène lo abrazó más fuerte.

—No me sueltes. No quiero ir a ningún sitio. No quiero volver a separarme de ti. No lo soportaría.

Por nada del mundo iba a soltarla.

—Nunca más nos separarán. Nadie. ¿Me oyes?

Ella asintió y Louis comenzó a llenarle de besos el rostro y el cuello. Hélène gimió en un tono cálido que Louis conocía bien.

—Hélène... —susurró Louis robando besos cortos a sus labios, bajando con las manos más allá de los límites que correspondían al instinto de protección que le había impulsado apenas unos minutos antes.

Hélène suspiró con fuerza y buscó la boca de Louis. Los besos se hicieron profundos, ansiosos, voraces.

Louis ni siquiera tuvo que animarla para que se quitara el vestido. Ella se lo sacó alzándoselo sobre los hombros, mientras que él se apresuraba a despojarse de la camisa y las calzas. Era una de las escasas ventajas de la pobreza: desnudarse era mucho más simple.

Se dejaron caer sobre el colchón. Estaba lleno de bolas y de hoyos. Se hacía casi imposible dormir en él, pero ¿quién dice que dormían? Desde que se habían reencontrado les consumía un ansia ciega, una necesidad constante de tocarse, de recorrerse, de amarse hasta agotarse. En lugar de las noches de placer largamente demorado de Tours, ahora vivían la premura de la pasión desencadenada, las prisas por unirse tanto y tan cerca como el encaje de sus cuerpos lo permitiese, las llamaradas de una fiebre que a ambos les atacaba en cuanto tenían oportunidad de alentarla.

Louis entró en ella de un solo impulso fuerte; Hélène sollozó y se arqueó hacia él a la vez que se enlazaba con las piernas a su cuerpo y con los brazos a su cuello, mientras que él la abrazaba contra sí por la cintura.

Así se amaban la mayoría de las veces, tan juntos que apenas dejaban espacio a los movimientos, tan hundidos el uno en el otro que sus contornos se confundían. Cuando el estremecimiento sacudía primero a uno de ellos, el otro lo seguía al instante en idénticas y parejas réplicas. A Louis todas las veces le parecían de una belleza irrepetible. Hélène siempre pensaba que no le llegaban las palabras para expresar lo que sentía.

Desnudos y jadeantes en el colchón apolillado, París volvía a amotinarse y ellos se encerraban ajenos a todo para sentirse felices de estar vivos y juntos.

Louis la besó en los labios y apartó de su frente los cabellos pegados por el sudor.

—No sé lo que habría hecho si no os hubiese encontrado. Estaría muerto o loco.

Siempre que hacían el amor, inconscientemente, Louis volvía al tratamiento. Y a Hélène le gustaba y lo llamaba del mismo modo, igual que cuando se conocieron y se descubrieron el uno al otro por primera vez bajo el techo de Augustine.

—Si os hubieseis marchado a Londres sin mí, me habría arrojado bajo las ruedas del coche.

Louis sonrió.

—No lo creo.

—Me habríais roto el corazón al marchar, ¿para qué habría querido vivir después? —dijo ella apoyando la mano en su rostro.

—Contadme cuánto me echasteis de menos —dijo atrayéndola más contra sí, si cabe.

Ya se lo había contado muchas otras veces, pero era una conversación de la que Louis nunca se cansaba.

—Solo podía pensar en qué os habría ocurrido. En si estaríais sano y salvo y en si aún querríais saber algo de mí, y en si querríais encontrarme —dijo ella con timidez. Se había convertido en Madame d'Argenteuil hacía tan solo diez días; pero a veces se le olvidaba, quizá porque la ceremonia había sido muy breve. Un fraile los había bendecido a toda prisa mientras el ruido de mosquetes arreciaba en la vecina Place de la Grève.

—No hice otra cosa que buscaros, todos los días —aseguró Louis a la vez que jugaba con la rosada punta de sus senos, acariciando la piel de seda, arrugándola y endureciéndola bajo sus dedos.

—Yo también. Fui a Bearnes y me echaron. Pregunté por Tremaine y me mandaron a las afueras del Marais, pero por más vueltas que di, no lo encontré, y nadie supo darme razón del lugar correcto.

—No hubiera servido de nada. Lo asaltaron. No era prudente estar allí —dijo Louis, avergonzado por no haber sido capaz de conservar su propia casa.

—Lo que importa es que nos encontramos —dijo Hélène estremeciéndose y abrazándose más a él. Todavía no se había atrevido a contarle a Louis cómo estuvo a punto de ser asaltada y forzada, y quién sabe si asesinada, en una de sus búsquedas por París.

Siempre la acompañaba su madre, pero aunque no decía nada, Hélène sabía que pensaba que aquella era una tarea inútil, que Louis quizás estuviese muerto, o huido, o incluso que se había olvidado de ella, como hizo su marido, el padre de Hélène, que se marchó con la promesa de hacer fortuna y regresar después a por ellas y del que ya nunca más se supo.

Por eso, Hélène a veces se escabullía sin decir nada a su madre y salía sola. Se envolvía hasta la cabeza en un manto y preguntaba a todo el que se encontraba y le parecía que tenía aspecto de caballero si sabía cómo se iba al palacio de Tremaine.

Una tarde, ya casi anochecido, uno de esos caballeros le preguntó para qué quería una muchacha joven y honrada encontrar el palacio de un vizconde. Ella balbuceó y le dijo que buscaba empleo; el hombre le dijo que él le daría un empleo tan bueno como el vizconde y la arrastró a un callejón, le quitó el manto y le metió la mano por entre los senos. Hélène gritó y trató de huir. El hombre le puso la mano en la boca para acallarla y la injurió con palabras soeces e insultantes. Hélène pasó tanto miedo que creyó morir. Más que en Bearnes, cuando esperaba que Louis hablase con su tío; más que cuando estuvo presa en la Madeleine; más que el 14 de julio, cuando el mundo se volvió del revés y las puertas de la prisión se abrieron y se vio sola en medio de un tropel que la arrastraba hacia ningún destino.

Fue una suerte providencial que el señor Perraud se encontrase cerrando el taller en ese mismo momento. El señor Perraud, que había tenido una hija que habría sido de la misma edad de Hélène si un canalla no le hubiese arrancado la vida y dejado desflorada y muerta a los pies de un arroyo con solo dieciséis años. Cuando Perraud vio la escena se sintió lleno de cólera y justa indignación. Cogió una piedra del suelo y sin mediar palabra descalabró por la espalda a aquel animal.

El hombre cayó al suelo, muerto o medio muerto, Hélène no lo comprobó. Solo tenía lágrimas y agradecimiento para su salvador. El señor Perraud la acompañó hasta su casa, le ofreció trabajo en su taller cuando ella le contó la penuria en la que se hallaban, y cuando se reencontró con Louis lo contrató confiando en su recomendación. Verdaderamente, el señor Perraud había sido como un auténtico padre para ella y no como el que se marchó; y esa era otra de las razones por las que habría estado mal que Hélène se hubiese ido a Londres así, sin más.

Pero no podía contarle a Louis lo del asalto porque

temía que la regañase o tachase de imprudente, o incluso que pensase que aquel hombre había conseguido lo que pretendía cuando la asaltó. Hélène solo quería olvidar, mostrarle al señor Perraud lo muy agradecida que estaba, y abrazar a Louis todas las veces que no fuese demasiado vergonzoso hacerlo. Es decir, en cuanto se quedaban solos.

—No volveremos a separarnos nunca —dijo Louis besándola al verla algo apagada y pensativa.

Ella sonrió.

—¿Nunca?

—Nunca —aseguró Louis.

—¿Cuánto me amáis? —preguntó Hélène olvidados ya los pensamientos tristes.

—Con locura —dijo Louis sin decir más que la verdad y levantando uno de los brazos de Hélène para besarla en la suave piel de su axila.

—¿Y os parezco muy hermosa? —dijo ella riendo con las cosquillas.

—La más hermosa de todas las mujeres bellas —le susurró Louis, ardiente y convencido, mordiéndola en el lóbulo de la oreja. Aunque se lo hubiese dicho muchas más veces, a Hélène se le seguían poniendo encarnados de puro placer.

Y Hélène nunca se cansaba de oírselo decir. Ni de leerlo. Si Louis tenía que salir y se quedaba a solas, buscaba el pliego de papel que tenía escondido entre los grumos de lana del colchón y leía y releía su contenido una y otra vez:

«Porque así es como sois, ahora me doy cuenta, valiente, fuerte y hermosa sobre todas las cosas.»

Lo había encontrado un día entre las cosas de Louis, y la curiosidad —y los celos, digámoslo todo— por saber qué era aquel papel que Louis guardaba con tanto secreto, la llevó a leer lo escrito. Hélène se había emocionado y llorado lo indecible. Pero también se enfadó un poco con Louis por no habérselo enseñado. Por eso cuando lo vio revolverlo todo, desolado, y le preguntó humildemente e incluso avergonzado si por casualidad no habría encontrado una carta cuyo contenido era vital para él, ella se hizo la inocente y le dijo que no, que no había visto ninguna carta. Y Louis bajó la cabeza afectado, y siguió buscando muchos días más por debajo de muebles y baúles.

A Hélène casi casi le daba pena; pero mientras, cuando no estaba, sacaba la carta por entre la costura rota del colchón y volvía a leerla, pese a que ya se la sabía de memoria.

«Os amo y os amaré siempre, deseo vivir para demostrároslo. Nunca había rezado y ahora rezo sin descanso por ello. Rezad también por mí, Hélène. A vos, que sois gentil e inocente de toda falta, el Señor os escuchará. Decidle que expiaré mis delitos, que dedicaré mi vida entera a haceros feliz.»

Hélène rezaba a todas horas por Louis, y su oración preferida la escribía a besos sobre su cuerpo.

—Yo también os amo con locura —afirmó girándose sobre él para colocarse encima e incitarle y provocarle a que comenzaran a amarse otra vez, si es que habían dejado de hacerlo en algún momento.

Así pasaron el tiempo, entre caricias, arrebatos, conversaciones y suspiros, alimentándose de besos porque no había más cuando se acabaron las gachas que Hélène preparó con la única harina que tenían. De tanto en tanto sonaban descargas de mosquetes y cañonazos lejanos, y entonces se besaban con más ganas, para ahuyentar el ruido y los temores.

La marcha de las furias, como después fue conocida, no culminó hasta la jornada siguiente, tras un día entero de asedio y una caminata de regreso de cinco horas a pie desde Versalles. Era noche cerrada y Louis y Hélène habían pasado todas aquellas horas juntos, aprovechando cada minuto como si fuese el último. Cuando el jaleo arreció y las salvas sonaron más cerca, Hélène le preguntó a Louis:

—¿Sabéis qué estoy pensando?

—Decídmelo —dijo besándola en el rostro.

—Que aunque todo acabara ahora mismo, habría valido la pena vivirlo.

Lo dijo con sencillez, pero a Louis le embargó la emoción, también él había pensado algo muy parecido. La vida había dado muchas vueltas desde que salió a pasear una mañana de mayo y encontró a Hélène riendo en el huerto. Pero todo aquel tiempo había sido intensamente vivido. Ella le había contagiado su amor y su alegría sincera de vivir y disfrutar de los más sencillos placeres.

El rugido de la muchedumbre se acercaba, comenzaban a distinguirse canciones y gritos de hurra. Louis se armó de valor y se arriesgó a abrir la ventana. Cuando vio lo que había, llamó por señas a Hélène.

Ella se acercó y se escudó tras él, mirando desde su espalda. Escoltados por miles de mujeres y por la propia Guardia Real, una carroza avanzaba despacio, sacudida por los empellones de la muchedumbre. Las luces prendidas del interior del coche permitían ver a sus ocupantes: un hombre de aspecto agotado y una mujer que hacía honor a su rango tratando de aparentar una imposible calma.

Louis se los señaló.

—Mira, Hélène, son su majestad Luis XVI y su esposa, la reina María Antonieta.

Hélène se quedó impresionada. No parecían más que una mujer y un hombre, como cualquier otra mujer y otro hombre. ¿Y no era eso lo que decían los revolucionarios? Igualdad... Hélène no se paraba mucho a meditar sobre esas cosas, pero por primera vez se le ocurrió que los sublevados podían tener razón. Sin embargo, eso no justificaba, se dijo, que pasaran todas aquellas cosas horribles. Y la visión de nuevas cabezas adornando algunas picas de aquella que parecía alegre comitiva volvió a darle escalofríos.

—¿Qué pasará con ellos, Louis?

Él sacudió la cabeza.

—No lo sé. Quizá todo vaya mejor a partir de ahora —dijo con muy escasa convicción. También Hélène lo dudaba, aunque al menos la muchedumbre parecía contenta y habían conseguido comida. Eso era algo.

Louis cerró la ventana. Ya habían visto bastante.

—Ven, Hélène, ¿sabes en qué estoy pensando yo?

Ella fue a sentarse a su lado en el maltrecho colchón.

—¿En qué?

—En que aunque viviésemos cien años, no tendría suficiente.

Hélène sonrió al ver a la vacilante luz de la única vela del cuarto la sonrisa cálida, amante y traviesa de Louis.

—¿Me lo prometes?

—Lo prometo —afirmó él—. Dedicaré mi vida entera a hacerte feliz.

Hélène cerró los ojos, entregándose a los besos de Louis, y volvió a rezar por ello.

Doce años después...

—Buenas tardes, excelencia.

—Gracias, Jacques. Buenas tardes también para ti.

Louis entregó el maletín, los guantes y el sombrero a su criado. Este lo recogió todo con cierta ceremonia pero sin reverencias. Las reverencias ya no estaban de moda. Libertad, igualdad, fraternidad. De todas formas, Louis ya se había acostumbrado y no lo echaba de menos.

—¿Un día provechoso, excelencia?

—Sí, puede decirse que sí. El ministro de Agricultura ha dado el visto bueno a mi proyecto de irrigación para los terrenos de Valdecourt. Empezaremos a sembrar este mismo otoño.

—Extraordinarias noticias, excelencia —dijo Jacques, como si verdaderamente le interesase el tema. Era muy profesional en su trabajo y en tanto duraba su jornada consideraba su cometido mostrarse interesado por la actividad de su patrón. Eso, atender su guardarropa, recibir a las visitas, concertar las audiencias, re-

visar su correspondencia y supervisar a las dos doncellas que se encargaban de la limpieza. Ejercía a la vez de
ayuda de cámara, secretario, chambelán y asistente.
Con todo, la casa era modesta, y Louis pasaba gran
parte del día ocupado, así que aún le sobraba tiempo.

—Si no me necesita para nada más, me retiraré, excelencia.

—Perfecto, Jacques —asintió Louis.

Louis oyó cerrarse la puerta de la salida de servicio
y esbozó una sonrisa. Necesitaba a Jacques, igual que a
las doncellas, pero a veces echaba de menos los tiempos
en que Hélène y él vivían solos en la casita de la Rue de
Boucher.

Y eso a pesar de que habían sido años terribles.
Nunca se sabía qué cabeza sería la que rodaría guilloti-
nada al día siguiente en la plaza de la Revolución, ahora renombrada como de la Concordia. Las comadres
que hacían calceta, tejiendo una vuelta por cada hombre
o mujer ejecutados, terminaron por perder la cuenta.
Hélène había llorado muchas noches durante el Terror
pidiéndole nuevas disculpas por hacer que se quedaran.
Louis le mentía amable y repetía que no era culpa suya
y que saldrían adelante, pero más de una vez echó de
menos ese barco perdido. La madre de Hélène mani-
festó pronto su deseo de volver a Beauvais, donde no
había alguaciles a todas horas por la calle preguntándo-
te de qué lado estabas; y dado que los bandos en el
poder cambiaban de un día para otro, una respuesta
incorrecta podía costarte la vida.

Por fortuna todo había pasado, Napoleón se había
hecho cargo del consulado y Francia comenzaba a pros-

perar. Louis se había atrevido a hacer valer sus derechos y consiguió recuperar gran parte de sus tierras. Tenía muchos proyectos y algunos de ellos ya estaban dando fruto. Sistemas de cultivo más modernos, jornales justos y participaciones equitativas. Sí, las cosas iban a pedir de boca y lo único que Louis habría deseado era un poco más de intimidad.

Entró en la sala sin hacer ruido y encontró a Hélène junto a la ventana, distraída y de espaldas a él, revisando notas y facturas. Tenían muchos gastos y a veces les costaba llegar a fin de mes. Hélène siempre estaba protestando y decía que no necesitaban esto o lo otro, pero Louis consideraba que ya habían pasado bastantes privaciones. Se merecían un poco de comodidad.

Estaba abstraída en los papeles, con la pluma en la mano, haciendo sumas y restas. A Louis le pareció encantadora. La nueva moda de vestidos sueltos, talles altos y escotes bajos le sentaba especialmente bien. El recogido dejando algunos rizos libres también le gustaba. Le gustaba sobre todo deshacérselo, aunque Hélène después se quejase por todo el tiempo que había empleado en componérselo.

Se inclinó tras ella rodeándola por la cintura y robándole posesivo un beso en el cuello. Hélène dio un respingo, sobresaltada.

—¡Por Dios, Louis, me has asustado!

—Chsss —susurró él poniéndole la mano en la boca—. No grites.

Sí, a veces Louis aún echaba de menos los viejos tiempos, pero debía reconocer que, aunque muchas cosas hubiesen quedado olvidadas, otras no solo no se perdían, sino que incluso mejoraban con el tiempo. Acarició el cuerpo de Hélène sobre la muselina. A sus veintinueve años estaba más bella que nunca. Los senos plenos y generosos, las caderas más redondas, su vientre siempre igual de dulce... Hélène exhaló un gemido de placer al notar la caricia de Louis en sus labios.

Louis sabía que si la tocaba la encontraría dispuesta, siempre la encontraba dispuesta. El solo pensamiento despertó su excitación. Empujó sus caderas contra el trasero de Hélène. La muselina era tan fina que era casi como si estuviese desnuda. Ella suspiró con fuerza, rendida y entregada. Louis se recreaba ya en el placer anticipado ante el deseo de tomarla allí mismo, sobre la mesa del escritorio, ahora... cuando un brusco grito los interrumpió.

—¡¡¡Papá!!! ¡Mira lo que he hecho hoy!

Louis dio un rápido paso atrás y Hélène trató de recomponer a toda velocidad las arrugas del vestido y, sobre todo, su gesto ido y traspuesto.

Suzette se alzó de puntillas para tenderle un dibujo a su padre. Era un jardín lleno de flores, todas amarillas, un sol muy grande también amarillo. Una gran obra de arte, sin duda.

—Es precioso, Suzette. ¿Lo has hecho tú sola?

—Sí, yo sola —dijo orgullosa la niña. La doncella apareció con el resto de su descendencia. Liselle, de cuatro años y el pequeño Armand, el único varón, en brazos. Acababa de cumplir un año y ya andaba, precisamente por eso era un peligro dejarlo suelto por la casa. Suzette era toda una señorita a punto de cumplir los siete. Eran un motivo constante de alegrías y también una constante fuente de distracciones inesperadas e inconvenientes.

—Si le parece bien, pensaba irme ya, señora —dijo la muchacha. Solía quedarse hasta las ocho para ayudar a Hélène a bañar y a dar de cenar a los niños, pero esa tarde había quedado con el hijo del lechero y tenía cierta prisa.

—Claro, Rosalie —dijo Hélène con una sonrisa, recuperado el aplomo—. Vete cuando quieras. Louis me ayudará, ¿verdad?

—Por supuesto, todos a bañarse y a cenar. Después leeremos un cuento y a la cama.

—¿A la cama? —protestó Suzette—. Pero si todavía es de día.

—Los niños tienen que dormir mucho para crecer rápido —explicó Louis a Suzette sabiendo que pulsaba en el lugar indicado. Suzette tenía muchas ganas de hacerse mayor.

—¿Es verdad, mamá? —preguntó la niña.

—Es verdad, todo lo que dice papá es verdad —asintió Hélène mirando a Louis con una divertida y cómplice sonrisa en su rostro, a la vez que sujetaba a Armand, para impedir que se subiera a la silla que acababa de arrastrar, con la intención de examinar más de cerca una delicada figura de porcelana de una joven japonesa paseando con una sombrilla—. Así que todos a la bañera.

Los niños salieron, obedientes. Louis y Hélène los siguieron, no sin antes intercambiar una mirada que valía por una promesa. Rosalie había dejado el agua preparada, así que la mitad del trabajo ya estaba hecho. Después de todo no era el peor momento del día. Las risas de los niños, simular su enfado cuando ellos le salpicaban, vengarse chapoteando y haciendo guerras de agua. El baño quedaba empapado, pero como Louis no era quien tenía que recogerlo después... Sí, no era tan malo cuando se acostaban y les daba un beso de buenas noches en la frente. Cuando la casa se quedaba en paz y en silencio y desde la cama veía a Hélène desnudarse frente al espejo.

Cuando se acostó junto a él, Louis reaccionó al simple contacto. La luz del quinqué sacaba reflejos dorados al cabello de Hélène, cuya piel relucía marfileña y satinada. Hélène se veía radiante, o quizás era solo lo mucho que la amaba.

Ansiosa, Hélène buscó su boca y Louis la recompensó cumplidamente abalanzándose sobre ella. Su mente estalló al instante imaginando mil y una pequeñas perversidades. Hélène provocaba siempre ese efecto en él. Los impulsos variaban según la inspiración y el humor. Y lo que en ese momento lo impulsaba era el deseo de tenerla solo para él, única y exclusivamente para él. Y como de todas las causas se deriva una consecuencia, el afán de Louis derivó en el deseo de atarla, anudar sus manos y sujetarla indefensa y desnuda a los barrotes de la cama. Así que sin encomendarse a nadie ni pedir licencia, cogió de la mesilla uno de los pañuelos de seda y antes de que Hélène pudiera darse cuenta estaba ya sujeta e imposibilitada para liberarse por sí misma.

Y es que, aunque en apariencia Louis se había convertido en un ciudadano ejemplar, sus impulsos despóticos todavía permanecían latentes, ocultos y escondidos, pero dispuestos a aflorar a la menor ocasión, especialmente en esas ocasiones. Sobre todo porque era muy difícil resistirse a provocar ese inusitado brillo que reflejaba la mirada de Hélène.

—Oh, señor... —musitó Hélène, respirando con dificultad, mientras Louis se aprestaba a tomar cuanto quería de su cuerpo y, como seguía siendo caprichoso y egoísta, lo quería todo.

La besó y la probó cuanto se le antojó y cuando consideró que de momento ya tenía bastante introdujo en ella solo la punta de su ardiente sexo. Hélène exhaló un grito fuerte y ahogado y se arqueó hacia él allanándole el camino, pero Louis contuvo su avance y se contentó con recrearse en su contemplación. Su cuerpo desnudo, atado, rendido a él y exquisitamente suplicante.

—Oh, por favor... —rogó Hélène, sofocada.

—Por favor, ¿qué? —preguntó inclemente Louis.

—Por favor, más —gimió ella.

Louis sonrió, dudando entre si hacerla sufrir otro poco y seguir atormentándola o hundirse bruscamente y de golpe. Al final optó por lo segundo y el grito extasiado de Hélène fue música en sus oídos, aunque eso no evitó que prosiguiese con su implacable y dulce tortura arrastrando a Hélène a las cotas más deliciosas y extremas del placer a la vez que se brindaba para sí el más genuino y exaltado goce.

—¿Aún más, mi amor? —preguntó junto a sus labios empujando inmisericorde contra ella.

Hélène abrió los ojos, buscando su mirada, dudando entre si pedir clemencia o conformarse con lo que tuviera que pasar. Solo que, antes de que tuviera ocasión de responder, Louis volvió a arrasarla sin piedad. Hélène tuvo que cerrar con fuerza los párpados y limitarse a dejarse llevar por su inflexible exigencia hasta que todo su cuerpo pareció querer fragmentarse en diminutos y brillantes pedazos.

Un esfuerzo terrible y agotador, sin duda, pero ¿cómo negarse a Louis? Hélène seguía encontrando tan difícil como siempre resistirse a sus demandas, y él continuaba siendo igual de exigente y caprichoso. Disoluto, libertino, perniciosamente seductor...

Sí, la pura verdad era que Louis no estaba completamente reformado. En el fondo seguía siendo el mismo. La única diferencia era que amaba a Hélène, y el placer de ella era el de él. Nada podía hacerle más feliz que procurar la felicidad de Hélène. Y Louis deseaba ser muy feliz.

¿Quién podría culparlo? Hélène, desde luego, no.

Nota histórica

Ya que me he permitido la licencia de introducir en la narración un tema de tanta complejidad y trascendencia histórica como es la Revolución francesa, quería dejar constancia de una serie de puntualizaciones.

El amplio conjunto de circunstancias que motivaron la Revolución francesa: la popularización y difusión de las nuevas ideas ilustradas, el éxito de la guerra de Independencia americana —apoyada precisamente por Francia para perjudicar a Inglaterra—, el insostenible déficit del Estado, la crisis alimentaria provocada por los años sucesivos de malas cosechas, junto con el agotamiento del tradicional sistema feudal de privilegios del clero y la nobleza, desembocaron en la serie de sucesos cuyo inicio suele fecharse en la reunión de los Estados Generales en Versalles el 5 de mayo de 1789.

La negativa de la nobleza más reaccionaria a transigir con las demandas de la burguesía y el resto de los sectores progresistas, y la destitución del ministro Necker, favorable a las reformas, propiciaron el alzamiento popular del 14 de julio, concretado en la famosa toma de la Bastilla.

Ante el peligro de revueltas y por creer que sería de más utilidad como fortín que como cárcel, la gran mayoría de los presos fueron conducidos desde la Bastilla hasta otras cárceles en los días previos al comienzo de los motines. Entre los trasladados se contaba el célebre marqués de Sade. Los datos varían según las fuentes, pero el número de presos liberados en la Bastilla oscila entre siete y un único prisionero. Yo me he tomado la libertad de hacer de Louis ese posible y afortunado único hombre liberado. El marqués de Sade, que desde su ventana días antes había llamado al pueblo a la revolución y a liberar a los presos, no tuvo tanta suerte y pasó el resto de su vida entre prisiones y manicomios, que alternó con algún breve periodo de libertad.

La toma de la Bastilla fue solo el principio del fin del absolutismo. El periodo histórico conocido como Revolución francesa comprende los años que van desde 1789 hasta el golpe de Estado de Napoleón Bonaparte en 1799. Si bien los cambios no fueron instantáneos, en un primer momento se trató de que el rey aceptase las demandas del pueblo y la Asamblea. El 4 de agosto de 1789, se procedió a la derogación de los privilegios del clero y la nobleza y se abolió la servidumbre. Los ataques violentos a personas y propiedades privadas fueron puntuales pero existentes y contribuyeron a sembrar el pánico entre un amplio sector de la nobleza. Muchos se exiliaron a Londres y conspiraron desde allí con el objeto de derrocar al nuevo gobierno.

La marcha de las furias, el 5 de octubre de 1789, fue

otro aviso de lo que se avecinaba. Los reyes son obligados a abandonar Versalles y regresan a París. En 1792, tras la segunda revolución y la toma del palacio de las Tullerías, se acusa a Luis XVI y a su esposa, María Antonieta, de conspiración contra la libertad pública y la seguridad general del Estado. Fueron guillotinados. Se abolió la monarquía y se instauró la república. En 1793, Robespierre asumió el mando del Comité de Salvación Pública y desató lo que se conoce como el Terror: al menos diez mil personas murieron guillotinadas. El mismo Robespierre acabaría ejecutado en 1794. Un periodo dramático y caótico que finalizó con el alzamiento en el poder de Napoleón Bonaparte, impulsado por el éxito de su campaña militar en Egipto. Napoleón se autoproclamó emperador y declaró extinta la república, aunque siguió presentándose durante toda su vida como un defensor de los valores de la revolución: libertad, igualdad, fraternidad.

Cierto que todo esto tiene poco que ver con Louis y Hélène. Sin embargo, me atraía la idea de situar su historia en un periodo en el que el mundo cambió tanto en tan poco tiempo, porque creo que siempre es posible cambiar y rectificar, y no forzosamente los cambios tienen por qué ser tan traumáticos como lo fueron durante la Revolución francesa, pueden también ser más amables, como los de Louis y Hélène...

Agradecimientos

Antes de ver la luz en papel, *El juego de la inocencia* fue publicada en digital. Quiero dar las gracias a todos los que con su apoyo, su cariño y su entusiasmo han contribuido a que la historia de Louis y Hélène pueda llegar aún a más lectores. Quiero agradecer vuestras palabras, vuestras sugerencias, las ideas que me hicisteis llegar y que desembocaron en otra escena más que ahora ya aparece incorporada en la novela. Quisiera compensar todas las emociones y las alegrías, la ilusión y las ganas de hacerlo aún mejor que me habéis regalado.

También quiero agradecer a Esther y a Lola, y a todo el equipo de El Rincón de la Novela Romántica, que me hayan enseñado lo que sé de esto: a amar y creer en lo que hago, a trabajar duro, a no desistir, a esforzarme siempre por avanzar un poco más. Porque si algo he aprendido en este tiempo ha sido de vosotras y con vosotras. Gracias por hacerlo posible y por dejarme estar a vuestro lado.

Y a todos los que la habéis leído, me gustaría agradecéroslo. Ojalá que cuando recordéis esta historia sea con una sonrisa. Yo siempre lo hago.